LE MARIÉ DE LA SAINT-JEAN

DU MÊME AUTEUR

AUX ÉDITIONS PRESSES DE LA CITÉ

Y avez-vous dansé, Toinou ?

AUX ÉDITIONS ROBERT LAFFONT

Jeanne la Polonaise
   1. *Jeanne la Polonaise*
   2. *Il neige encore sur Varsovie*
   3. *La Force des larmes*

Par un si long détour
Les Pêches de vigne
Les Saisons de Vendée
   1. *Les Saisons de Vendée*
   2. *L'Etoile du bouvier*
   3. *Notre-Dame des Caraïbes*

La Malvoisine
Le Chemin de Fontfroide
Les Noces de Claudine
Les Lilas de mer, prix Charles-Exbrayat 2001
Les Sœurs Robin, prix du roman populaire
L'Orgueil de la tribu, Grand Prix catholique de littérature
Elle voulait toucher le ciel
La Flèche rouge
La Chanson de Molly Malone
La Mère
La Route de glace
Aide-toi et le ciel…
Délivre-moi
La mer était si calme
Même les pierres ont résisté, prix Charette, 2013
Les Deux Ecoles
L'Instant de grâce, prix Montesquieu, 2016

AUX ÉDITIONS LE CERCLE D'OR

Un Tristan pour Iseut
Lise

AUX ÉDITIONS FLAMMARION

La Chasse aux loups
Le Grand Cortège

Yves Viollier

LE MARIÉ DE LA SAINT-JEAN

Roman

Terres de France

PRESSES DE LA CITÉ

ISBN 978-2-258-14455-2

Presses de la Cité | un département **place des éditeurs**

place des éditeurs

Pour mon père, lundi 23 mai 2016

Il faut dormir.
Il faut laisser aller ses morts
comme une mère son enfant devenu grand,
non souffrir une pauvre amertume.

Philippe JACCOTTET
Requiem

Dans ce roman, tout est profondément vrai. Tout est complètement faux. Et mon avertissement au lecteur est : « Toute ressemblance avec des personnages ayant existé est absolument volontaire. »

Le sourire de ma mère

J'ai photographié ma mère à Angkor, un après-midi de soleil blanc, en juillet 1967. Notre père avait profité de notre retour au Cambodge pour nous accompagner parmi les ruines des temples, il nous avait si souvent parlé de la porte des éléphants, des cinquante-quatre géants de pierre, des racines de ficus étrangleur et de fromager poussées parmi les blocs de grès, les tentacules noués autour des devatas, les divinités hindoues gardiennes des sanctuaires. Nous nous sommes serrés, les trois frères, à l'arrière de la Mercedes familiale. C'était la fin de la saison sèche, les rizières bocagères jaunies émaillaient la campagne et les palmiers étouffaient dans l'air moite. Nous portions des pantalons de toile, des tongs blanches aux pieds, j'avais presque quinze ans, Zhiqiang, mon cadet, treize et demi, et Zhicheng, le petit dernier, en short léger, sept. Nous bousculions le petit chouchou assis au milieu de nous, quand il glissait la tête entre les sièges des parents : « Pousse-toi, Zhicheng ! Tiens-toi bien ! On ne voit rien ! »

Nos trois noms rappellent le chemin de vie de nos parents. Le mien, Zhida, signifie « le premier objectif est atteint ». Je suis né à Saïgon. Mon père et ma mère y seraient restés si le communisme ne les avait obligés à prendre le chemin de l'exil. Zhiqiang, « le second objectif », est né l'année où mon père a obtenu le doctorat de médecine. Mâa-ma était seule à Phnom Penh, notre père était parti en France pour y terminer ses études. Enfin, notre petit frère est arrivé, quand la vie était devenue plus facile pour eux, et ils l'ont appelé Zhicheng, c'est-à-dire « ceux qui ont un but finissent toujours par l'atteindre ». Ils n'étaient pourtant pas au bout de leurs aventures. Mais mon père a toujours été d'un incroyable optimisme, peut-être parce qu'il a été tellement admiré lorsqu'il était petit. Il a été l'orgueil de la tribu, la famille n'a pas tari de compliments au sujet de son intelligence précoce, sa mémoire et même… sa beauté. Il a enlevé des frères, des oncles, des cousins à leur campagne misérable de Shanghaï et à leurs petits commerces de tabac hasardeux et a traversé indemne toutes les tragédies.

Un nuage de latérite s'accrochait aux flancs des pneus arrière de notre Mercedes, parés de blanc comme nos tongs. Des bouquets de bougainvilliers fleurissaient les autels devant les maisons de bois sur pilotis, des cochons somnolents se vautraient dans les mares d'eau croupie à l'ombre des aréquiers. Nous sommes descendus à l'Auberge des Temples où nous étions presque seuls sous les larges pales des ventilateurs du vieil hôtel colonial. A part quelques voyageurs en mal d'exotisme, les ruines de la civilisation khmère englouties par la jungle n'avaient pas encore commencé à mobiliser les foules. Il n'y avait que nous, qui jouions à chevaucher les dragons des temples. Zhicheng s'est essayé à l'équilibre parmi les tours des temples-montagnes. « Fais attention ! Tu vas tomber ! » Il est tombé, il a pleuré. Nous ne savions pas où serait notre vie. Notre père nous assurait qu'il serait bientôt assez riche pour acheter quatre maisons, une pour chacun de ses fils et une pour lui. Notre mère et lui avaient enfin trouvé le bon pays, la bonne ville, le bon refuge, Phnom Penh, le Cambodge.

La guerre ravageait les autres pays d'Asie. Succédant à la France, les Américains avaient débarqué avec leurs GI's, leur matériel et leurs avions. On disait que des rouges s'infiltraient dans les forêts du Nord, mais le Cambodge était la perle de l'Orient, comme une île cernée par la tempête. La vie y était douce. Le jeune Sihanouk conduisait l'arche du pays avec l'immuable sourire commun à toute la population de son royaume. On se levait au cinéma lorsque apparaissait son visage sur l'écran et on applaudissait. Les gongs vibraient sur les campagnes pour la prière. La visite officielle du général de Gaulle avait été un inoubliable moment d'enthousiasme et de ferveur populaires. Jusque dans les campagnes, les ateliers de mode improvisés avaient confectionné des chapeaux qui imitaient à la perfection ceux de madame l'épouse du Général, Yvonne de Gaulle. Des courses de pirogues sur le Mékong avaient célébré la fête des eaux en présence du couple présidentiel.

J'ai toujours eu du mal à appeler mon père papa. Je ne l'appelais pas. Je disais père. Sauf dans les lettres, rédigées, bien obligé, en français. « Cher papa, chère maman, je vais bien, je mange bien, je travaille bien. » Quand nous avons grandi, Zhiqiang et moi, nous avons écrit « chers parents ».

Je revois mâa-ma gravir l'escalier abrupt du Bayon d'Angkor. La chaleur semblait jaillir de la pierre cet après-midi-là, nous étions fatigués des ruines, Zhicheng pleurnichait, il avait soif, nous étions d'accord avec lui. Mâa-ma portait le chapeau comme personne, ses cheveux noir corbeau un peu humides de sueur tombaient sur ses joues. Je la vois dans son sarong de soie indigo flottant sur son pantalon blanc. Elle monte sans s'aider de ses mains, contrairement à nous qui avons escaladé à quatre pattes. Elle est jeune, mâa-ma, le visage lisse à l'ovale délicat, elle écarte les cheveux de ses joues, tend la main vers le Bouddha aux quatre visages et son sourire, lèvres fermées, a quelque chose du mystère de celui de la statue. On raconte que, sous les traits du Bouddha, se cacheraient ceux de l'empereur khmer Jayavarman VII. Mon père s'approche avec son Leica, hésite, puis me tend l'appareil : « Zhida, viens ! » Il prend la pose à son tour de l'autre côté du Bouddha. Mâa-ma ôte son chapeau de paille et secoue la tête pour épanouir sa chevelure. Le ciel éclate de feu, mes frères transpirent derrière moi à l'ombre de la tour-colonne, mon père et ma mère inclinent leurs têtes vers le visage de pierre et leurs doigts caressent ses joues. J'hésite, mâa-ma me paraît si belle, son sourire n'a rien à envier à celui des déesses des bas-reliefs et, au moment de presser le bouton du déclencheur, je détourne à peine le viseur et efface mon père.

Je n'ai photographié que ma mère et le Bouddha, ce jour-là. J'ai récupéré cette photo qui ne me quitte pas, je la porte sur moi dans ma poche de poitrine, je la touche, et la douceur de son sourire me réenchante le monde. Quelquefois même, c'est arrivé, c'est une folie, j'ai eu l'illusion – mais était-ce une illusion ? – de sentir s'animer les battements de son cœur contre le mien. Etait-ce bien à la saison sèche ? Est-ce que je ne confonds pas avec un autre voyage ? J'ai interrogé Zhiqiang et sa mémoire infaillible. Mais Zhiqiang s'emmêle aussi dans les souvenirs et les dates. Nous ne revenions à Phnom Penh et notre maison rose qu'aux grandes vacances. Juillet, août, septembre, c'est le temps de la mousson, le damier des rizières devait être vert, la Mercedes ne soulevait pas un nuage de poussière rouge.

Mâa-ma a pourtant posé avec notre père près du Bouddha aux quatre visages du Bayon. J'ai sa photo, là, sur mon cœur.

1

Le chemin de la Gallifrère serpente à la limite du calcaire et du granit, sur deux kilomètres. On est comme sur une ligne de crête, à un point de rupture. D'un côté, c'est la plaine vendéenne blanche et ses étendues à peine ondulées de blé, de tournesol et de maïs, à perte de vue. De l'autre, le bocage, les collines, la pierre gris et rouille, la rivière, les vallons, les prairies, les haies.

Nous y sommes venus pour la première fois, Zhiqiang et moi, au début de 1972, un jour qu'il pleuvait. Mon camarade de fac de médecine, Stéphane de la Clergerie, m'avait prêté sa voiture qui patinait et cahotait dans les ornières sur la terre grise et collante. Je conduisais depuis plusieurs années la lourde Mercedes de mon père au Cambodge, mais j'ai donné un coup de volant trop brutal et, bien que je n'aie pas roulé vite, la légère R8 a brouté le bas-côté dans un tournant, glissé sur l'herbe mouillée et s'est inclinée lentement, dans le fossé profond. Nous avons cru pouvoir l'en sortir et Zhiqiang a poussé sous la pluie, puis j'ai pris sa place. Nous avions mis notre plus beau costume, la cravate, chaussé les mocassins. Un bouquet de roses attendait sur la banquette arrière. J'ai demandé à Zhiqiang d'accélérer ; la roue de la R8 tournait dans le vide, la boue giclait. Mon frère s'est précipité hors de la voiture, il avait entendu un moteur. Un tracteur arrivait derrière nous. L'homme encapuchonné dans un ciré vert olive s'est arrêté. « Qu'est-ce qui vous arrive, les gars ? » C'était un paysan puissant, grand, les cheveux blancs sous la capuche. Il a marché avec ses grandes bottes dans le fossé, la figure rouge, des mains de laboureur, larges comme des battoirs. « Vous ne la sortirez pas comme ça, les amis. »

Le moteur du tracteur tournait, celui de la R8 aussi. Il a fouillé dans son coffre, est revenu avec la boucle du harnais et le rouleau de corde. Il s'est agenouillé, a fixé la corde lui-même sans rien dire et rien nous demander, a tiré dessus pour vérifier. Nous l'entendions respirer. La pluie battait ses sourcils, qu'il épongeait avec ses paumes. Il ne m'a même pas fait signe de me mettre au volant. Lentement, il a accéléré et la voiture est venue toute seule. Elle n'avait rien, était juste maculée de boue. « Vous allez où ? » « A la Gallifrère. » Il a tendu le bras. « C'est par là. » Il nous a regardés, nous étions crottés comme la voiture, a levé la main pour nous saluer, est remonté sur son tracteur et a disparu dans le champ par la barrière ouverte.

Zhiqiang aurait préféré que nous fassions demi-tour. Mais demi-tour où ça ? J'ai hésité. A la barrière, au risque de patiner et glisser encore dans le fossé ? Et puis c'était moi, Zhida, qui conduisais. Les arbres de la haie égouttaient leurs branches inclinées sur le chemin. J'ai cru apercevoir les toits rouges de la Gallifrère, ai roulé plus lentement encore en évitant les ornières. Nous arrivions par le chemin des tracteurs et des bêtes, du côté des granges, à l'arrière. La ferme nous tournait le dos. J'ai rangé la voiture sous un gros chêne. Pouvions-nous nous présenter ainsi, sales, trempés, crottés ? Nous ne nous sentions pas ce culot. Nous avons sorti nos peignes et nos mouchoirs, essuyé comme nous avons pu nos mocassins dans l'herbe. La pluie insistante qui nous ruisselait sur la figure nous a aidés à nous laver. Bravement, nous nous sommes avancés, le bouquet à la main, avec la timide assurance et l'inconscience de nos dix-neuf et vingt et un ans, dans la cour d'entrée, frissonnant, les vêtements collés à la peau. Gabrielle nous a ouvert avant que nous frappions. Elle nous attendait. « Qu'est-ce qui se passe ? D'où venez-vous ? » On a expliqué, le chemin, le fossé, la pluie, le bon Samaritain.

Sa mère était là. Elle a regardé sa fille, elles se sont regardées, ont ri, la grand-mère est arrivée aussi. Elle a dit : « Mes pauvres enfants ! » Toutes trois se sont reculées, nous ont invités à retirer nos vestes, nos chemises dans l'entrée. Elles ont apporté des serviettes, des chemises, les pulls des frères de Gabrielle, nous ont accompagnés dans la cuisine, pieds nus dans des savates de feutre.

Il y avait du feu, du café et, dans la cheminée, Gabrielle a ajouté une bûche. Elle a mis le bouquet dans un vase. Nous nous sommes exposés à la flambée, nos vestes avaient été suspendues à des cintres. Il faisait bon dans la salle commune de la Gallifrère. Elles nous ont servi le café, amer avec un goût de chicorée marqué comme à l'habitude dans les fermes. Mais il était chaud, je l'ai trouvé délicieux. Elles continuaient de rire. Je voyais bien qu'en s'affairant autour de nous, elles se moquaient des deux nigauds qui avaient débarqué, penauds, trempés, chiffonnés. Nos pantalons fumaient comme si nous brûlions à l'intérieur.

Nous avons entendu un moteur, j'ai cru reconnaître le ronronnement, ai interrogé Zhiqiang du regard. Le moteur s'est arrêté. La mère de Gabrielle a disparu par la porte du débarras à côté, « la souillarde » nous a dit Gabrielle. C'était là où les hommes laissaient les bottes et les bleus de travail. « C'est mon père qui vient d'arriver. »

Nous avons entendu sa mère et son père se parler dans la souillarde. Et il est entré. C'était lui, ses grands pieds, ses mains, son épaisse tignasse blanche, large d'épaules et de poitrine, le paysan du tracteur, notre bon Samaritain, le père de Gabrielle,

Auguste Gallot, l'homme qui nous avait sortis du fossé. Les femmes qui riaient avaient deviné depuis le début que le tracteur qui nous avait secourus était de la maison. Il a ri. « Alors, nous a-t-il demandé avec un tambour dans les cordes vocales, vous l'avez trouvée, la Gallifrère ? » Il a ri plus fort. Chaque inspiration devait engloutir cinq litres de l'air tiède et humide de cet après-midi d'octobre.

Il s'était douté que les deux égarés qui s'aventuraient sur le chemin de terre par un temps pareil arrivaient pour sa fille. Il nous examinait ainsi accoutrés dans les pulls de ses fils. Zhiqiang avait bien un peu de taille et de carrure, mais moi, les manches retournées de laine bleue me tombaient encore sur les mains. Il s'est assis devant le feu au milieu de nous. « Il te reste un peu de café, Irène ? Nos visiteurs n'ont pas tout bu ? » Irène. C'était le nom de la mère de Gabrielle. Gabrielle a versé le café dans la tasse de son père. Les grandes mains rouges de cet homme étaient vraiment d'une épaisseur impressionnante. La pluie maintenant battait de plus belle. La mère de Gabrielle était menue, fine, comme sa fille, et nerveuse, vive, sans une ombre blanche dans sa chevelure brune. Zhiqiang n'osait pas lever les yeux.

« Votre auto est en panne ? Pourquoi l'avez-vous laissée si loin, sous le chêne creux ? Je pourrai encore la tirer jusqu'à un garage si vous avez besoin. Gabrielle vous a dit que notre ancêtre, Amédée Gallot, s'est caché dans ce chêne creux et qu'il a échappé comme ça aux Bleus ? » J'ai balbutié : « Le chêne creux ?... » Les yeux d'Auguste Gallot riaient. Il a demandé à Gabrielle de lui répéter nos noms. Ses yeux clairs nous perçaient. « C'est pas des noms d'ici, ça ! »

2

J'avais remarqué Gabrielle à nos cours « d'option dessin », au lycée. Elle n'était pas comme les autres, restait insensible à mes plaisanteries, pas même l'esquisse d'un sourire quand, pourtant, j'en faisais des tonnes. Elle dessinait mieux que moi. Nous n'étions pas du même niveau, j'étais en première, elle était une petite de seconde, délicate, un teint de lait, la taille fine, aussi grande que moi, un joli cou. Elle attachait ses longs cheveux en queue-de-cheval avec un chouchou. J'ai très vite su qu'elle s'appelait Gabrielle Gallot. Elle signait ses dessins GG.

Un semis de grains de son presque orange fleurit ses joues, plus resserré sur les pommettes. Ses cheveux ont gardé des reflets roux, des éclats de feu, elle n'est pas vraiment châtain comme sa mère. Son père est un vrai roux, de ce roux qui tourne tôt au blanc de neige.

Je la regardais penchée sur son pupitre, près de la fenêtre de la salle de dessin qui donnait sur la cour et, par-delà les toits d'ardoise et de tuile, la flèche de la cathédrale. Ses cheveux flamboyaient, mais c'était mon cœur qui brûlait. Je l'ai trouvée différente. Jamais je n'avais vu de fille comme elle, moi, le Chinetoque de Phnom Penh. « C'est une vraie rousse », chuchotaient les camarades du lycée. Ils ajoutaient moqueurs et envieux : « Méfie-toi. Les rousses, ça brûle, c'est du feu... »

Le chouchou a changé de couleur selon les robes ou les chemisiers. J'ai aimé ce mot « chouchou » qui lui allait si bien, et j'ai calligraphié en caractères chinois « chouchou » et « GG » sur mes feuilles Canson. J'occupais une bonne part des heures de cours à essayer de capter le rayon vert de ses yeux que je surprenais parfois plus farouches et assombris, jusqu'au noir. Mais elle refusait de me voir. J'ai tenté de lui parler. Un peu partout sur mes pupitres et mes livres, j'ai gratté les deux G, auxquels je joignais mes deux Z, Zhang Zhida, et j'ai fini par être collé.

Je lui ai emprunté sans succès sa gomme, sa boîte de bâtons de pastels, son verre à eau de plastique blanc pour l'aquarelle orné du Petit Prince avec son mouton. Et puis il y a eu le bal du lycée, salle du Jardin Dumaine. Elle y est venue avec sa bande des élèves de seconde. Elle avait détaché ses cheveux, belle à priver l'air de ses particules d'oxygène, elle était le centre du monde. Les garçons de sa classe lui tournaient autour. Elle riait avec eux. Je voyais ses yeux pétiller, je ne voyais plus qu'elle et la flamme de ses cheveux dans l'ombre de la salle de bal. Des terminales s'approchaient. Je suis venu près d'elle pendant le twist. « Qu'est-ce que tu as contre les Chinois ? » Les émeraudes de ses prunelles sont devenues plus sombres. La musique assourdissait. J'ai crié : « Mes lunettes ne te plaisent pas ? » « Pourquoi tu dis ça ? » Avec l'alcool, j'ai toujours eu du mal. Une bière suffit et j'en avais déjà ingurgité deux ou trois. Je me suis rapproché. Je transpirais. Je devais empester la bière. « Je sais pas. Comme ça. »

J'ai retiré mes culs de bouteille. Elle s'est reculée. « Je n'aime pas les Chinois qui me marchent sur les pieds ! » Je crois que j'ai ri, bêtement. Elle a haussé les épaules et malgré le flou de mon regard de taupe, j'ai surpris sur ses joues le frisson du commencement d'un sourire. J'ai ri plus fort. La plupart des garçons confondaient comme moi la danse avec un acrobatique exercice de gymnastique. Gabrielle se déhanchait avec grâce. J'ai remis mes lunettes et, dans un élan, j'ai saisi sa main. « Tu danses le rock ? » Je ne sais pas comment ça m'est venu, qu'est-ce que je connaissais au rock ? Elle a d'abord essayé de suivre mes soubresauts et contorsions. Et puis j'ai vu fleurir son sourire un brin moqueur. « Ce n'est pas comme ça ! »

J'ai pris mon air de Chinois battu. « Apprends-moi ! » Elle m'a forcé à pivoter, reculer, revenir. Son beau grand rire a retenti cette fois pour moi. Ses lèvres me découvraient les petits cailloux de ses dents blanches. Ses prunelles scintillaient comme des tessons de verre. Les grains de son dansaient aussi sur ses joues. Ai-je jamais été plus ravi qu'à cette première leçon de danse ? Nous ne nous sommes plus quittés de la soirée. J'ai rejoint la bande des secondes, et nous avons enchaîné d'autres danses. C'est dans la salle du Jardin Dumaine que tout a commencé entre nous.

Nous avons obtenu le bac, un an après, Zhiqiang et moi. Mon frère avait plus d'un an d'avance. Son total de points était supérieur au mien. Mon cadet est un surdoué studieux et nous l'admirons pour ça. Je ne crois pas pour autant être paresseux et j'avais l'excuse de ma mauvaise vue. Pendant toute mon enfance, je me suis plaint de mes difficultés de vision. Mais, curieusement, chez les Chinois, la vue c'est tabou. C'est l'effet d'un probable complexe des yeux bridés. Pourquoi mon père, médecin, ma mère, sage-femme, ne se sont-ils inquiétés de rien ? On a dit en riant : « Zhida est dans la lune. » J'étais sur ma planète, dans mes brumes et brouillards, et on n'est pas allé chercher plus loin. J'y retourne quelquefois, lorsque j'en ai besoin. Je n'ai qu'à enlever mes lunettes. Je pars ailleurs. Le monde devient flou. Je m'évade.

Il a fallu attendre la classe de troisième et la visite du médecin scolaire qui a constaté, effaré, la gravité de ma myopie et cru même d'abord que je me moquais de lui. Je n'arrivais pas à déchiffrer ses lettres sur le mur, les A, E, Z, dansaient devant mes yeux. J'étais myope à huit et neuf dixièmes. Si je n'ai pas toujours été un gamin facile – je n'en suis pas si sûr –, ma mauvaise vue y a sûrement sa part. Comment ai-je fait pour lire au tableau pendant tout mon primaire et mes premières années de collège ? Je ne lisais pas, je me débrouillais avec les moyens du bord, je m'en tirais avec des pitreries. J'écoutais, captais au vol, enregistrais les paroles du maître. J'ai parfait ma mémoire auditive.

J'en veux à mes parents de ne pas avoir découvert plus tôt mon handicap. Ils auraient dû remarquer mon nez collé aux livres et aux cahiers. Le conseiller d'orientation, en troisième, voulait me diriger vers une formation professionnelle, boulanger ou menuisier, à cause de mes résultats en dents de scie. Je n'avais aucun goût pour les métiers de boulange, de menuiserie ou de boucherie. Mes résultats variaient selon que les sujets étaient au tableau ou pas. Tout d'un coup, avec mes larges cercles de lunettes épais comme des loupes, ma vision du monde a changé. Les couleurs sont devenues plus violentes, les contours plus tranchés. La flèche de la cathédrale aux arêtes vives a perdu le flou poétique qui l'enchantait. Mais mes notes ont remonté et Zhiqiang m'a aidé. Le conseil de classe a fini par me laisser passer en seconde, malgré des difficultés en français, ma « langue maternelle étant le cambodgien ». (C'est ce qu'ils ont écrit sur mon livret scolaire. C'est faux. Ma langue maternelle est le cantonais.)

A quatorze ans, je me suis donc découvert binoclard dans le miroir de la salle de bains. Pas fier du tout. Je m'imaginais plutôt mieux, avant. Mon nez me paraissait plus droit, mes yeux moins obliques, mes paupières plus creuses, mon teint moins jaune. Et mes culs de bouteille étaient horribles. Des chauves-souris pendaient, tête en bas, dans les branches des pamplemoussiers à Phnom Penh. C'était moi. J'ai ôté mes lunettes. Je les ai remises. Il fallait que je m'habitue. Mon médecin de père n'avait pas admis que je porte des lunettes. Mon infirmité était une erreur, une offense à l'honneur de la tribu. J'ai supporté. Mon tort est sans doute d'être trop malléable. Je le vérifie à ce que nous avons vécu. Je me fonds. Je nage, bricole. Je m'en sors.

3

Mon père m'a invité à l'accompagner à une soirée au palais, l'année du baccalauréat, pendant nos vacances d'été au Cambodge. J'ai été flatté. Son invitation, je l'avais prise comme une récompense : nous n'étions que dix à Phnom Penh à avoir décroché le bac, cette année-là, et nous, nous l'avions obtenu en France, au lycée de Luçon. Taï Mouï disait que tout Phnom Penh parlait de l'intelligence des frères Zhang. Quand elle racontait ça, notre nounou, notre seconde mère, redressait sa tête à chignon comme si elle en était glorifiée. « Tu viendras avec moi à la soirée du palais, Zhida. » J'avais tout juste dix-huit ans. Zhiqiang n'était pas convié, malgré sa mention ; trop jeune, il attendrait l'année suivante.

Mâa-ma m'a emmené dans la Mercedes chez un tailleur, grand-père Chu, le père de Chu, l'ami de mon père, loin de Phnom Penh. La campagne autour de la capitale était pleine de petits artisans qui approvisionnaient la ville. Nous disions grand-père, mais Chu n'était pas de notre famille. Le petit homme nous a reçus dans sa maison sur pilotis au bord des rizières. Il nous a présenté ses coupons de laine, nous les a donnés à toucher. « C'est pas de la peau de toutou. C'est serré. Ça ne pique pas. » Il a pris mon tour de taille, d'épaules, avec son mètre-ruban. J'ai senti ses mains froides, ses ongles sur mon cou. Ses ciseaux pendaient au bout d'un lacet fixé à sa boutonnière. Il a taillé des patrons devant nous dans des feuilles de papier de soie et a tracé les contours à la craie sur le tissu. Sa femme pédalait à côté sur une machine à coudre. Les aiguilles d'argent entraient et sortaient de l'ouvrage à toute allure.

Nous sommes revenus pour l'essayage et grand-père Chu a ajusté l'habit avec des épingles. Il nous a dit qu'il n'aimait pas la ville où il avait grandi après que son père avait émigré au Cambodge. A Phnom Penh, il aurait fait fortune mais il préférait le sifflet des crapauds-buffles, le soir, et les fleurs et fruits offerts aux divinités du sol, au pied d'un arbre, par les paysans. Cet homme était un artiste qui passait des nuits à observer le ciel. Ses doigts m'ont pincé en ajustant les épaulettes. Il m'a planté devant la glace de sa psyché. Oui, il avait une psyché dont il orientait les reflets dans sa maison de planches au toit de palmes. J'ai enfilé ma première chemise à plastron. Je vivais un rite de passage. Mes frères, envieux, m'ont regardé dans mon bel habit noir, le soir de la fête. L'aîné, chez les Chinois, a des privilèges et des responsabilités.

Ma mère a ajusté mon nœud papillon avant que je monte dans la Mercedes. J'ai relevé le menton. Elle ne nous accompagnait pas, les mondanités la fatiguaient. Depuis le coup d'Etat et la proclamation de la République par Lon Nol, le palais était un marigot, disait-elle. Elle regrettait le départ à Pékin de Sihanouk dont notre père avait soigné les épouses. Nous avions été invités mes parents et moi, quand j'étais petit, à la fête du nouvel an khmer au palais royal. Sur les tapis rouges nous avions marché sous une pluie de pétales de fleurs lancés par des jeunes filles. Les bonzes alignés récitaient des prières, les soldats figés au garde-à-vous avaient le visage impassible comme des figurines de plomb. Je me souviens de l'arrivée du dais empanaché du roi assis sur son palanquin et des délicieuses petites boules de riz gluant du buffet. J'en raffole, bourrées de sucre et de sésame ou de pâte de soja jaune. Mais je n'en ai plus jamais trouvé d'aussi bonnes que celles du palais royal.

Mon père soignait désormais les nouveaux princes de la République dont les femmes venaient mettre leurs enfants au monde dans sa clinique qui occupait les deux premiers étages de notre grande « maison rose ». Il avait réussi un parcours sans faute en moins de vingt ans, depuis son arrivée au Cambodge. A l'époque, il nous avait laissés, mâa-ma et moi, à Saïgon et avait débarqué en exploration, seul, les mains vides, à Phnom Penh. Mes parents continuaient de fuir la traque de la

Chine communiste. Le tort de Zhang Zhuyun, fils de paysans pauvres du Zhejiang, étant d'avoir réussi de brillantes études à la Concession française de Shanghaï. Un jésuite-missionnaire avait remarqué son intelligence en venant acheter chez son père du tabac pour sa pipe. Le missionnaire avait poussé Zhuyun à l'école, financé ses études au lycée puis à l'université Aurore de la Concession de Shanghaï. Les leçons s'imprimaient sans effort dans le cerveau du jeune Zhuyun qui a été reçu à tous ses examens de médecine, en anglais et en français.

On l'a accusé d'appartenir au Kuomintang et il a été arrêté. Il a eu la vie sauve grâce à un cousin qui lui a ouvert la porte de sa prison, un soir, sous la pluie. « Sauve-toi ! File ! » Il est monté dans le dernier avion du pont aérien de Shanghaï à Hanoï. Il a eu de la chance. Mon père a toujours eu de la chance. Ses grands-parents maternels ont été décapités dans la rue à Shanghaï. Les communistes leur avaient passé un écriteau autour du cou : « Nous sommes nationalistes ».

Mâa-ma était aussi dans l'avion. Ils n'étaient pas encore mariés. Elle attendait mon père avec un vélo derrière le mur de la prison et il a pédalé en emportant sa belle sur la bicyclette jusqu'à l'aéroport. Ils étudiaient ensemble à l'université Aurore. Vive comme lui, du signe du dragon, jolie, discrète, de trois ans sa cadette, elle terminait des études de sage-femme. Après Hanoï, ils ont fui à Saïgon, lorsque les communistes sont arrivés au

Nord-Vietnam. Je suis né là-bas. Mais le diable rouge était à leurs trousses. Un ami médecin leur a conseillé Phnom Penh. Le Cambodge avait besoin de médecins depuis l'Indépendance.

Zhuyun est donc d'abord parti tout seul. Je sais qu'il n'a refusé de soigner personne. Il circulait dans Phnom Penh à vélo, louait une chambre sur le boulevard Monivong, se nourrissait de riz et de fruits. Le riz cambodgien est le meilleur du monde. Il pédalait hors la ville jusque loin dans la campagne, sous la pluie, le vent, le soleil, saison humide, saison sèche. En même temps qu'il avait étudié la médecine occidentale, il s'était formé à la médecine chinoise. Il pratiquait l'acupuncture. Tous les apprentissages ont été faciles pour lui, c'est pourquoi il a été si exigeant avec nous. Pendant ses heures de solitude à Phnom Penh, il a appris la langue khmère. Il parlait le français classique des jésuites, le chinois mandarin et cantonais, l'anglais, le japonais. Nous l'avons rejoint, ma mère et moi, après un an. Notre premier petit appartement se trouvait en face de la Poste centrale, au deuxième étage. L'unique pièce était coupée en deux par un rideau, je me souviens de l'odeur de ce rideau en toile de jute et du bruit de ses anneaux sur la tringle quand mon père le tirait le matin et transformait la chambre en cabinet médical avec sa natte d'examen. Il ne me restait plus que l'étroit espace de la cuisine avec son brasero à charbon de bois où cuisait notre riz. Les patients attendaient dans le couloir de l'immeuble. Ma mère servait d'assistante à mon père. J'ai glissé la tête deux ou trois fois sous le rideau, je n'avais pas le droit. J'ai la vision fugace du corps nu d'une femme, mon premier corps nu de femme, allongé sur la natte et piqué d'aiguilles comme une pelote d'épingles.

Mon frère, Zhiqiang, est né dans cette chambre face à la Poste. Il pleurait déjà beaucoup et nous avons déménagé, pas très loin, rue Preah Ang Duong, dans un appartement plus vaste, près de la maison rouge et du cinéma Lux. C'est dans ce cinéma que j'ai appris à me lever avec le public pour saluer l'apparition de l'image du roi sur l'écran. Mon père avait déjà commencé à s'absenter souvent. Il y a eu Paris où il était parti compléter ses connaissances et obtenir son diplôme français, mais il s'en allait aussi souvent le soir, il semblait fuir la maison, il portait désormais le costume et la cravate, il rencontrait du monde. Dans les souvenirs de ma petite enfance, il y a les éclats des querelles de mes parents qui me tiraient du sommeil. Il venait de rentrer. Il était encore en costume, parlait fort, se fâchait. Notre mère pleurait. Je sais qu'il a prétendu depuis qu'il faisait ça pour nous. Il n'oubliait pas sa famille. Jamais il ne l'abandonnerait.

Il est doté d'une constitution robuste. Ses fêtes n'ont pas nui à son travail. Sa réputation de médecin a grandi à Phnom Penh. La réussite est venue. Ses fréquentations nocturnes dans les milieux d'argent lui ont amené une nouvelle clientèle. Les femmes enceintes sont venues consulter, mises en confiance par la spécialité de sage-femme de mâa-ma. Professionnellement, leur couple fonctionnait bien. Ils ont pratiqué leurs premiers accouchements dans l'immeuble près de la maison rouge. Il y a eu des maîtresses dans la vie de mon père, mais la polygamie était de tradition dans sa province originelle du Zhejiang. Puis, trois ans après, mes parents ont appris la mise en vente de l'imposant immeuble rose, tout neuf, à l'angle de la même rue Preah Ang Duong et se sont décidés à l'acheter. Quatre niveaux en béton solide, de larges baies vitrées, ils ont aménagé le rez-de-chaussée et les deux étages au-dessus en clinique gynécologique et ils se sont réservé le dernier étage où ils ont installé notre appartement. De la terrasse qui surplombait la ville on découvrait la cathédrale, le Phnom et le Mékong. Ils étaient chez eux, chez nous, ils étaient allés vite, avaient grillé des étapes. Mon père s'était inspiré pour l'installation de la clinique de ce qu'il avait vu de mieux en France et sa maternité n'avait rien à envier à l'hôpital Calmette voisin. Elle était plus intime, plus discrète, plus confortable. Il est devenu le médecin des épouses royales et de plusieurs ministres. On l'a appelé aussi pour exercer à l'ambassade de France.

4

« Fais attention à tes souliers ! » m'a recommandé ma mère. Le cuir neuf de mes beaux mocassins vernis craquait sur les marches de l'escalier, le vent de la mousson balayait la pluie sous le passage voûté qui conduisait dans la cour derrière la clinique. Mon père a fait tintinnabuler les clés de la Mercedes. « Je n'ai pas envie de conduire, ce soir. C'est toi qui conduis, Zhida. » Je n'avais pas encore le permis, mais ce n'était pas une affaire. Aux vacances précédentes ma voiture avait embouti le tricycle d'un marchand de glaces, devant le marché central. Nous allions jouer au tennis avec des camarades et j'avais pris le volant sans autorisation paternelle. Dieu merci, il n'y avait pas eu de blessés. Les réparations avaient coûté une poignée de riels à mon père, plus quelques carnets de billets pour la tombola de la police, et ma punition avait été de me déplacer à pied pendant le reste des vacances.

Mais c'était l'année d'avant. Le geste de mon père de me confier les clés était une marque de confiance et le signe de mon changement de statut. Mâa-ma m'a encouragé de la tête. Je savais ce que représentait la Mercedes pour mes parents. Je me suis assis au volant. Mâa-ma nous a adressé un petit signe, bras croisés, sous le passage où elle s'abritait.

J'ai roulé prudemment. La pluie battait. Une pluie à cataractes de soirée de mousson. La nuit tombait avec elle. Je n'étais pas très à l'aise, pas tellement à cause de la conduite. Les rues étaient de plus en plus encombrées depuis l'arrivée des Américains et les réfugiés des zones de guerre affluaient. Ces malheureux s'entassaient dans des maisons déjà pleines de parents, ou construisaient du jour au lendemain des cabanes de fortune à la périphérie de la ville qui s'élargissait, ou encore s'installaient sur des bâches et des cartons à même les trottoirs. D'un été à l'autre – nous ne revenions qu'une fois par an – j'ai été impressionné par le grouillement chaque fois plus intense des rues de Phnom Penh. La ville tranquille de mon enfance était changée en ruche bourdonnante et j'hésitais d'abord à me lancer dans le tourbillon bruyant des cyclopousses, camions, mobylettes, marchands ambulants avec leurs chariots à soupes, autos, piétons qui traversaient n'importe où, sans prévenir, comme si la rue leur appartenait. Et puis les réflexes anciens revenaient, je me jetais dans la mêlée et le flot s'ouvrait devant moi, pas plus hostile et redoutable que dans n'importe quelle ville du monde.

J'avais allumé mes phares. Quatre à cinq centimètres d'eau noyaient la chaussée où les gens pataugeaient sous leurs parapluies. Je klaxonnais. Je respirais l'odeur d'eau de Cologne de mon père. Qu'est-ce que je connaissais de cet homme élégant assis à côté de moi ? Nous avions été si peu ensemble. Il m'était, après dix-huit ans, plus étranger que mes tuteurs de France. La lumière du tableau de bord éclairait ses traits marqués de Chinois noble et respecté. Je crois, en tout cas j'espère, que je ne lui ressemble pas. Je préfère tenir de ma mère. J'ai toujours été impressionné par mon père. Nous sommes tous impressionnés.

J'avançais au pas dans le ruisseau de la rue tout aussi encombrée malgré la pluie. Je n'ai pas les pommettes hautes de mon père. J'imaginais ses remarques silencieuses, guettais ses réactions quand je m'engageais à un carrefour. Bras croisés, il ne disait rien. Je l'avais tellement entendu s'emporter au volant contre la pagaille des rues phnompenhiennes et grogner en français contre « le bordel cambodgien ». Il se taisait. De temps en temps, sa bouche émettait un petit bruit.

Il n'y a pas très loin de la maison rose au palais royal. Le bitume de la place bien drainée devant la porte d'honneur n'était pas inondé. J'ai stationné la Mercedes. Son regard m'a paru bienveillant. Dans un élan, j'ai dit : « On est arrivé. Il pleut moins » et j'ai arrêté le moteur. Il a répondu : « C'est bien. » Et, pour continuer à parler, je l'ai interrogé sur les communistes qui l'avaient accusé d'appartenir au Kuomintang. Il m'a semblé que son regard s'attachait à moi dans la pénombre avec une réelle curiosité et j'ai goûté à ce que j'ai pris pour un moment de vrai dialogue père-fils. On est resté dans la voiture, côte à côte. Il me parlait comme, peut-être, il ne m'avait jamais parlé. Il ne m'a rien appris, je savais tout déjà. Il m'a redit, presque tout bas, leur chance à mâa-ma et à lui d'avoir échappé à leurs tortionnaires par le dernier avion. Il était condamné à une mort certaine. Il a serré mon bras, visiblement ému, et m'a demandé de ne pas oublier ses grands-parents maternels. Il s'est tu. Nous avons écouté la pluie tomber sur la voiture, en silence.

Deux jeunes Khmers ont fait le tour de nos portières avec des parapluies et nous nous sommes décidés à descendre. Ils nous ont accompagnés jusqu'à la porte de la muraille au porche de tuiles vernissées, puis sur le tapis vers la galerie à colonnades où nous avons patienté parmi la foule, l'un près de l'autre, au pied des marches. Les rouges, les verts, les ors des murs et des tentures étincelaient dans les halos brouillés d'eau tiède. Des jeunes filles nous ont lancé des pétales de fleurs devant les piliers en teck. J'ai imité mon père, ai tendu mes mains ouvertes et, en riant, ai glissé dans mes poches les fleurs qui s'y étaient déposées. Tout le monde connaissait mon père, l'interpellait, le saluait. Il m'a présenté, j'étais le bachelier, son aîné, on m'a interrogé sur la France. Une petite cour d'une douzaine de personnes s'est formée autour de lui et de son ami, le ministre Yem Sambaur. Nous nous sommes assis à la grande table ovale non loin de la table d'honneur. J'ai été gagné par l'euphorie du commencement de la fête. L'orchestre sur l'estrade jouait déjà. Les boys ont rempli nos coupes de champagne. J'ai compris que l'officier américain à barrettes dorées parlait du roi en exil et de ses relations compliquées avec Chou En-lai. Je crois que c'est ce soir-là, en suivant cette conversation, que mon mauvais anglais appris en France rendait obscure, que j'ai deviné la situation compliquée du Cambodge. J'ai réalisé, aux visages graves de mon père et de ce géant à moustaches blondes, un colonel il me semble, que les vibrations des vitres de ma chambre, chaque matin, quand passaient au-dessus de nous les B52 qui allaient vider leurs chargements de bombes au nord du 17e parallèle, étaient le signe avant-coureur d'autres pluies de feu et de sang.

Mon père s'est levé pour danser avec sa voisine au sarong éclatant de fleurs de flamboyant jaunes et rouges. Je n'ai pas aimé sa manière de poser la main sur le dos de la belle Chinoise comme un propriétaire. A l'évidence, ils avaient des habitudes ensemble. Elle souriait. Nous avons supposé Zhiqiang et moi que, si nos parents nous ont expédiés si jeunes en France, c'est pour nous épargner leurs disputes. Le serveur a rempli ma coupe que j'avais vidée de son champagne délicieusement frais.

« Tu ne danses pas ? m'a demandé mon père quand il est revenu avec sa Chinoise. Invite donc Rosa, la fille de mon amie Ruyu Ly. » « Quelle Rosa ? » Il a eu un mouvement d'impatience. « Eh bien, Rosa ! » Il m'a montré l'adolescente près de sa mère. Une seconde, j'ai pensé que j'étais tombé dans un piège. J'ai chassé cette idée, mais notre père nous avait déjà tellement malmenés… J'avais à peine remarqué la jeune fille un peu grasse qui m'avait salué en détournant les yeux au début de la soirée. Quel âge avait cette fille ? Ses traits étaient empâtés. Comme si elle avait besoin de ça, des rubans blancs fleurissaient ses cheveux. Mon père et sa mère sont repartis danser. Elle me tournait à demi le dos, en me lançant quelques regards de côté entre deux cuillerées de sa crème de mangue. J'ai pris sur moi de l'interroger. Quand elle m'a appris, l'air boudeur, qu'elle était élève au lycée Descartes, j'ai cessé de m'adresser à elle en chinois et nous avons parlé en français. Elle a bien voulu se tourner vers moi et me regarder avec un peu plus d'intérêt, ses grands yeux un peu globuleux étaient d'un brillant marron pain brûlé. Je lui ai dit que j'aurais aimé être élève à Descartes moi aussi, malheureusement mon père nous avait expédiés, mon frère et moi, en France, pensionnaires. « Tu as de la chance de vivre en France ! » Elle semblait déjà assez informée à mon sujet. Je lui ai demandé son âge. Seize ans, elle était en classe de seconde. Puis je l'ai interrogée sur son père. « Il est parti en voyage d'affaires. »

Des arums blancs fleurissaient les tables. J'avais vidé ma seconde coupe de champagne. Les musiciens aux cheveux longs rentraient d'une tournée américaine et leur gloire en était grandie. Avec la diction un peu précieuse et démodée de son lycée de Phnom Penh, elle m'a appris que les filles de sa classe étaient folles du pianiste. « Quelles sont les affaires de ton père ? » « Architecte. » J'ai compris que c'était celui dont mon père avait vanté les qualités à la maison, le plus doué des architectes du Cambodge à son avis. Sa mère nous a interrompus : « Alors vous n'allez pas danser ? » Elle a forcé sa fille à se lever. Mon père nous regardait de loin, au milieu des danseurs. Je l'ai suivie. « Je n'aime pas danser. » Elle n'avait pas besoin de me le dire. Un ruban s'était dénoué dans ses cheveux. Elle l'a touché, boudeuse, et s'est penchée à mon oreille. Je n'ai pas bien entendu d'abord, à cause de la musique et lui ai demandé de répéter. « Ton père et ma mère ont décidé de nous marier. » Nous nous sommes arrêtés de danser. Elle fixait sur moi ses grands yeux francs. Elle était aussi désolée que moi. Tout était arrangé, sa mère et mon père dansaient ensemble, son père était parti en voyage, nous n'avions qu'à nous laisser porter, ils allaient nous marier, ça ferait un bel assemblage chinois de la diaspora. Le fils du médecin et la fille de l'architecte.

J'ai lâché la main de Rosa, traversé la salle en titubant sous les grands lustres à pampilles de cristal, ce n'était pas, je crois, l'effet du champagne. Les nappes me semblaient terriblement blanches. Je m'en voulais surtout de m'être laissé avoir. Mon front, mes cheveux étaient mouillés de sueur. Je ne savais pas où j'allais. J'ai cherché les piliers de teck. Un garde s'est avancé pour m'interdire un passage. Je me suis retrouvé dehors. Il ne pleuvait plus. L'écho de la musique du bal roulait dans la moiteur de la nuit. Les murmures de la ville bourdonnaient derrière le mur d'enceinte du palais. Je me suis assis sur les marches de marbre. Un crapaud-buffle lançait son appel sous les branches d'un frangipanier qui s'égouttait. Mâa-ma pouvait-elle être mêlée à ces manigances ? J'étais désespéré. J'ai senti soudain dans l'air humide une odeur d'eau de Cologne mélangée à un parfum connu de tabac blond. Je me suis retourné. C'était lui, derrière moi. Je me suis levé pour fuir dans le jardin. Mais mon père m'a retenu par le bras.

— Qu'est-ce que tu as ?

— Rosa m'a parlé de vos échafaudages de mariage.

J'ai ironisé.

— C'est pour quand ? Dans quinze jours ? Aux prochaines vacances ?

— Pourquoi pas ? Et alors ?

— Je n'ai pas besoin de mon père pour me présenter des filles !

Des crapauds-buffles répondaient au chant du premier sous les pins nains. Le rouge de la cigarette éclairait la joue et le nez de mon père quand il aspirait la fumée.

— Cette Rosa est une fille bien. Son père est un artiste remarquable. Tu connais maintenant sa mère. Tu le rencontreras sûrement, puisqu'il construit une villa au bord de la mer à Kep auprès de celle de Yem Sambaur.

— Je me fous de sa villa de Kep !

— Tu aurais tort de ne pas t'intéresser à cette jeune fille.

— J'ai horreur des grosses ! Je me fous de sa mère ! Je me fous de son père !

— Tu as tort.

— J'ai déjà quelqu'un...

— Quelqu'un ?... Où ça ?...

— Tu me demandes où ?

— En France ?

Nous étions face à face, il m'envoyait son nuage de fumée dans la figure. J'ai gardé le silence.

— Pas une Française, au moins !

Je n'ai pas répondu.

— Tu aurais l'audace de trahir les tiens ?

Nous avions décidé, Gabrielle et moi, de ne pas nous envoyer de lettres, le courrier entre la France et le Cambodge circulait mal. Sans doute aussi, je redoutais les interdits et les questions de mon père et de ma mère. Je lui avais téléphoné deux fois de la Poste centrale. Raccrocher avait été une torture, mais je lui écrivais tous les jours. Nous nous étions promis d'échanger nos lettres à mon retour des vacances. J'avais plaisir à écrire à Gabrielle en sachant qu'elle me lirait plus tard, à la rentrée. L'empêchement, curieusement, contraignait les mots à brûler plus fort. Il y avait là quelque chose de romantique. J'avais du bonheur à tenir pour elle le journal de mes vacances et à lui raconter par le détail Phnom Penh dont je lui avais vanté les charmes. Les masses sombres des nuages s'amoncelaient à nouveau au-dessus du palais. Les premières grosses gouttes ont recommencé à tomber. Les crapauds-buffles sont devenus silencieux.

— De quelle trahison parlez-vous ? Je veux vivre librement avec la femme que j'aime !

C'était la première fois que je répondais si vivement à mon père. Le champagne a dû y contribuer. J'ai lancé, très vite, en français, ma voix tremblait, les mots se bousculaient :

— Il ne fallait pas nous envoyer en France... Vous nous avez laissés nous débrouiller tout seuls...

J'essayais pourtant, autant que possible, de contenir ma colère et de maîtriser mes paroles. Je cherchais son visage dans le noir. J'espérais encore, malgré tout, retrouver le regard complice du père qui m'avait parlé dans la Mercedes.

— C'est une Française !... Une Vendéenne, une rousse...

J'ai entendu son rire grincer.

— Une rousse ? Encore mieux !

Le marié de la Saint-Jean

Je n'ai pas vu venir le coup. Le plus magistral coup de mocassin jamais reçu de mon père et j'ai dévalé les marches de la galerie du palais. Plié en deux, je me suis rattrapé à une branche du frangipanier. J'ai eu mal au coccyx pendant un mois.

5

Le hameau de la Gallifrère est au bout d'une grande allée, toute droite, quand on arrive par le bon côté. Après, il n'y a plus rien. Après, il y a les champs. La Gallifrère est un écart. La longère de pierre blanche étire ses six fenêtres et trois portes, surmontées des demi-ouvertures d'étage, et barre l'ovale de la vaste cour au muret garni de lances de fer forgé. Les hirondelles collent leur dizaine de nids sous les tuiles de la génoise à chaque printemps. « Elles nous font des cochonneries ! » se lamente la mère de Gabrielle qui gratte les crottes avec son balai sur le trottoir et les marches de la porte d'entrée. « Mais les hirondelles sont sacrées. Elles sont chez elles autant que nous ! lui objecte son homme. Est-ce que tu sais depuis combien de générations elles se sont installées à la Gallifrère ? » Irène Gallot bougonne. Elle sait qu'elle est une pièce rapportée au hameau. Auguste l'a ramenée de son bocage du Haut Pays, les collines de Vendée, la « montagne » du puy Crapaud. Quelquefois, quand les fientes deviennent plus nombreuses, que les hirondelles ont des petits et que les murs aussi sont salis, Auguste se décide à prendre le jet et il nettoie le trottoir et les murs à grande eau.

Les bâtisseurs ont préféré la roche tendre et blanche du calcaire facile à travailler au dur granit gris voisin, pour construire. L'imposante grange ventrue dresse ses larges toits et ses portails noirs en retrait, sur la gauche. Et à droite, il y a cette architecture curieuse qu'on appelle encore le prieuré. On dirait un navire échoué, quille en l'air au bord de la plaine. Les linteaux des ouvertures en ogive bourrées d'une maçonnerie de pierre dessinent leurs arceaux sur le mur aveugle. Récemment encore, les grands-parents Gallot y rentraient leurs chevaux. Les bœufs labouraient le bocage mais, dans la plaine, on travaillait avec des percherons. On dit toujours aujourd'hui « le prieuré de la Gallifrère ». Si les moines de Saint-Michel-en-l'Herm l'ont bâti, la légende raconte que saint Bernard serait venu s'y retirer. Aussi loin que remonte la généalogie, il y a un Gallot à la Gallifrère, Galleau, Galo, la dynastie Gallot remonterait à un frère lai du prieuré. Les Gallot ne sont devenus propriétaires de la ferme qu'à la fin du XIXe siècle, quand Philippe Gallot, l'arrière-arrière-grand-oncle de Gabrielle, a fait fortune dans le commerce des blés et des semences de la plaine après l'installation de ses greniers à proximité de la gare toute neuve de Luçon. Luçon avait encore un port. Les bateaux y remontaient à travers le marais et en repartaient chargés de blé.

A sa mort, l'arrière-arrière-grand-oncle a laissé la Gallifrère à son frère qui l'exploitait. « La cellule souche est bien d'ici, m'a affirmé Auguste Gallot. On s'est faits là. C'est notre terrier. » J'aime ce mot. Les Gallot sont modelés dans ce paysage. Ils mêlent le tendre et le dur du calcaire et du granit.

Et c'est Gabrielle qui a dit, comme une évidence, dans ma chambre d'étudiant à Nantes : « La noce se fera au prieuré. » Une étincelle a fusé au centre de sa pupille verte. Nous étions assis sur le lit, mes deux mains dans les siennes. Elle aime me tenir comme ça, les mains piégées. Nous dormions ensemble depuis que nous étions à Nantes. Le lit était étroit mais nous y dormions bien. Mon cœur a sauté. La noce ? Quelle noce ? J'y pensais. Je n'osais pas l'évoquer. J'avais vingt ans, elle dix-neuf. C'était la première fois que nous parlions de mariage. J'ai répondu, bêtement : « Oui, pourquoi pas. Mais j'ai encore quatre années de médecine à faire. » Elle a rougi, comme lorsqu'elle se met en colère. « Qu'est-ce que c'est, quatre ans ? On attendra. Tu ne veux pas ? » Des larmes ont rempli ses yeux. Elle a dit que, traditionnellement, c'était chez la fille que se célébrait le mariage. J'ai dit : « Oui, bien sûr que je veux. » Et j'ai ajouté pourtant : « Mes parents… » Elle a serré mes doigts plus fort. Elle était furieuse. J'ai cru qu'elle allait me gifler. Un semis de grains de beauté sur sa cuisse s'enfonçait sous la frange de son short en jean coupé. « On célébrera un second mariage chez toi à Phnom Penh, si tes parents en ont envie ! »

J'ai hoché la tête, ri, l'ai prise dans mes bras. « Oui !... Oui !... Oui !... » Nous avons roulé sur le lit. Nous nous sommes embrassés. J'imaginais la fête chinoise et cambodgienne sous le soleil, l'expédition des Gallot à Phnom Penh, la visite à Angkor, la balade en bateau sur le Tonlé Sap, les fleurs, l'encens, les gongs, les modulations rauques des chanteurs de chapay. Sans y avoir vécu autant que j'aurais voulu, l'âme heureuse cambodgienne m'imprègne. J'ai le goût du bonheur, de la fête, des rites. C'était avant, avant la terreur rouge. Tout semblait possible encore. Je travaillais dur. Nous n'avions rien. Nous n'avions que nous. Avec Gabrielle les difficultés du passé n'étaient plus que des enfantillages. Je n'oubliais rien. Nous vivions le moment présent. Elle était venue me rejoindre à Nantes où j'étais étudiant en deuxième année de médecine. Elle était élève de première année à l'école d'infirmières de l'hôpital. Nous pérégrinions aussi discrètement que possible d'une chambre de résidence à l'autre. J'ai dit : « On pourra peut-être anticiper, si toi tu as ton diplôme d'infirmière. » Elle a soupiré. J'ai remonté du doigt, comme un petit Poucet, sur le chemin de sable à l'intérieur de sa cuisse.

Après Maths sup, mon frère Zhiqiang finissait Maths spé au lycée Clemenceau. Nous faisions avec les moyens du bord. Passé le 15 du mois, le maigre chèque envoyé par notre père était dépensé. Alors, le week-end, j'allais manger à la cantine de son lycée avec lui. J'enfilais la blouse d'un élève dans le couloir, la cantinière fermait les yeux. Cette année de l'arrivée de Gabrielle à Nantes a été la plus difficile pour nous. Non pas que nous dépensions davantage mais les chèques de Phnom Penh arrivaient quelquefois avec un mois de retard. J'avoue que nous avons pêché à la main des carpes dans le bassin du jardin des plantes, pendant l'hiver, et que nous les avons mangées. Le soir ou après les cours, dans la journée, je travaillais au MIN, le grand Marché aux fruits et aux légumes d'intérêt national. Je déchargeais les caisses de salades, d'artichauts, celles des patates étaient plus lourdes. Le directeur m'embauchait à la tâche. Les camionneurs passaient leurs mains dans leur barbe poivre et sel. « Tu viens bosser, le soir, le niakoué ? T'as fait la noce toute la journée et maintenant tu as faim ? » Ils tiraient fort sur leurs cigarettes sans filtre. Même les jeunes paraissaient vieux. On mangeait, après, un bon repas dans le bistro du bord de Loire, du pot-au-feu, de la joue de bœuf, offert par le patron. Je dormais quatre heures. Je n'ai jamais eu besoin de beaucoup de sommeil, heureusement, et j'arrivais à suivre les cours. Nous avons hérité d'une grosse mémoire, les trois frères. Depuis que je portais des lunettes, je m'étonnais des facilités de la mienne.

Gabrielle nous a aidés quand nous étions sans rien, après la moitié du mois. Zhiqiang donnait des cours privés de maths aux collégiens de troisième. Je ne le lui ai jamais raconté, mais il m'est arrivé, en l'absence de Gabrielle, de passer deux jours sans manger. J'emplissais mes poches de pain au restau U. Ses parents sont des paysans économes. Ils n'étaient pas si larges avec elle, mais elle avait ce qu'il fallait. Elle m'a aidé aussi, surtout, à travailler. Sans elle, peut-être, j'aurais abandonné, parce que j'étais épuisé. Je me serais laissé distraire, aurais lâché prise. Grâce à elle, j'ai passé sans défaillir mes examens de médecine, chaque année, même celle de la catastrophe de Phnom Penh, j'ai obtenu mon doctorat en 1976, suivi du stage obligatoire en internat à l'hôpital. Je n'ai pas fait la spécialité gynéco comme je l'aurais voulu, mais je suis médecin.

Elle est plus forte que moi, Gabrielle. Soudain, elle me repoussait dans la chambre. « Allez, la récréation est finie ! Maintenant, on travaille ! Tu as un partiel à la fin de la semaine ! » Nous n'avions qu'une chaise et un tabouret. J'aurais voulu faire durer un peu. Ma chérie repoussait ma main : « Arrête ! », refermait le lit encore chaud. Elle avait chaussé ses pantoufles, nous nous asseyions à la petite table. J'essayais de la toucher, de vouloir. « Si tu continues, je m'en vais ! » Alors quand elle a parlé de la noce, la vraie, pas celle des camionneurs, je me suis demandé si c'était possible. Les parents Gallot allaient-ils accepter de marier leur fille à un Chinois voleur de carpes ? Mais je savais que Gabrielle n'avait pas l'habitude de parler en l'air. Elle a dit en riant, pendant que nous nous embrassions : « La noce au prieuré sera belle ! » Je ne connaissais pas encore le prieuré. C'est après, que nous avons entrepris notre premier voyage à la Gallifrère, avec la voiture de mon camarade de médecine, Stéphane.

Gabrielle a tout organisé pour tenir sa promesse. Elle demanderait à son père l'impossible, comme de décrocher le coq sur le clocher de Saint-Aubin, c'est sûr, les paroissiens le verraient galoper sur les tuiles le dimanche après la messe. Elle est l'unique fille du couple Gallot. Ils m'ont accepté parce qu'ils voyaient leur fille heureuse. Auguste Gallot m'a arrêté, un soir, dans la cour, à l'heure du souper, sa main lourde sur mon poignet : « Attention à Gabrielle, hein ! » J'ai hoché la tête : « Oui. » C'était l'an dernier. Nous parlions désormais officiellement de la noce. La date était fixée. Elle aurait donc lieu à la prochaine Saint-Jean, en 1977.

Pendant cette année, ses fils et lui ont arraché les lourds madriers aux dalles de la chapelle du prieuré, décloué les planches des stalles à chevaux qui ne servaient plus. Ils ont démaçonné et ouvert la fenêtre en ogive romane du chœur qu'ils ont vitrée. La lumière a jailli et redonné sa splendeur à la nef. Ils ont dressé ensuite la grande échelle double vers le plafond. J'étais là. J'ai dit que nous faisions des soleils, mon frère et moi, en plongeant dans les eaux du Mékong de la rambarde du pont Monivong. « Les Chinois sont des chats, ils n'ont pas le vertige ! » Je suis monté à l'échelle jusqu'au carénage de la charpente, ai balayé la poussière noire des poinçons, des entretoises et des chevrons. Les lambeaux de toiles d'araignée ont volé, et les pelotes de déjections séchées des hulottes qui colonisaient le plafond depuis des siècles. Les Gallot criaient sous moi. La grand-mère Louise était là aussi. Les pelotes pleuvaient. J'étais enveloppé d'un nuage. Puis nous avons badigeonné les murs intérieurs à la chaux. Le prieuré n'était plus le même. Les Gallot redécouvraient ce trésor qu'ils ne voyaient plus, comme on s'étonne devant un vieux rafiot à quai garni de voiles nouvelles. Il recommençait à vivre et notre mariage s'inscrivait dans l'histoire de la Gallifrère.

6

Et maintenant c'est moi qui conduis le tracteur bleu qui nous a tirés du fossé, Zhiqiang et moi, il y a cinq ans. Assis derrière le volant, j'hésite un moment avant de démarrer. Je m'étonne et m'interroge. Parfois j'ai besoin de reprendre mon souffle. « Qu'est-ce que tu attends ? m'interroge Micha, le frère de Gabrielle. On y va ! » Je tourne la clé de contact. La remorque, à l'arrière, cahote sur les bosses de l'allée. Micha se cramponne au garde-boue. On va chercher à la salle des fêtes les tables que la commune nous prête pour la noce. Dans trois jours, la Gallifrère sera pleine comme un œuf. Gabrielle Gallot épouse Zhang Zhida, le chinetoque, le jaune, le bridé, le niakoué, le Cambodgien, le même pas Français. A l'automne, je devrais ouvrir un cabinet de médecin généraliste à Luçon, mais je n'ai pas encore la nationalité française. J'ai été volontaire pour l'armée, ils n'ont pas voulu de moi. Qui suis-je, je ne le sais pas. Je dis que je suis comme une banane, jaune à l'extérieur et blanc à l'intérieur.

Je ris. Gabrielle aussi. Mais elle connaît mes zones d'ombre. Elle sait que je ne suis pas complètement parti de là-bas. Elle a déjoué toutes mes pirouettes. Nous nous efforçons de reconstituer ensemble mon puzzle intime. De sales petits copains de notre classe de sixième à Luçon racontaient que mon père avait branché des fils électriques sur les testicules des aviateurs américains pendant la guerre et leur avait infligé le supplice de la goutte d'eau. « Menteurs ! C'est pas vrai ! Menteurs ! » D'abord, qu'est-ce que c'était, le supplice de la goutte d'eau ? On s'est battus. Pas trop, Zhiqiang. Moi, surtout, j'y allais, les poings devant la figure, les pieds en avant. J'étais un dragon qui crachait le feu. J'avais un avantage face au soleil, avec mes yeux de taupe, je ne voyais pas mon adversaire. Ils ont dit qu'on était venus en France pour échapper à la justice. « Menteurs ! Sales menteurs ! » J'ai pris des coups, genoux couronnés, des bleus, mon nez a saigné. J'en ai donné aussi. Je sautais comme un grillon. Zhiqiang pleurait. J'aurais voulu un grand pour nous défendre et nous consoler, un père, une mère. Ça, ce n'était pas possible. Il n'y avait que nous, mais on avait déjà la chance d'être deux. On a été punis pour nous être battus.

Les tables tressautent sur le plateau de la remorque. L'ombre d'un nuage court sur les blés blondissants. Juin. Notre mariage a donc lieu le jour même de la

Saint-Jean. Auguste Gallot allumera un feu au milieu de la nuit à l'heure traditionnelle de la brioche et les invités danseront autour. Il est adjoint au maire de Saint-Aubin et président du club de football. Je l'ai vu sur la touche du terrain de foot à l'herbe pelée, heureux comme un gamin lorsque ses avants avaient marqué un but, et abattu après la défaite comme si le destin du village et son avenir à lui étaient compromis. Le vieux Mathieu, le voisin de la salle des fêtes, nous a regardés porter les tables sur la remorque et nous a fait signe de le suivre dans sa cave après le chargement. Micha a bien voulu un premier verre tiré de la barrique, au siphon. Et un second. « Vous n'allez pas partir sur une seule jambe, les gars ! » Pour tout le monde, Michel est ici Micha. Il a la carrure de son père, mais les cheveux châtains de sa mère. Un demi-verre m'a suffi. Je conduis le tracteur et c'est le matin.

Micha sifflote et me montre du doigt le faisan qui piète dans l'allée devant les roues du tracteur, accélère et oblique dans les blés où il disparaît. C'est un de ceux dont on entend, matin et soir, le cri aigu et éraillé de crécelle. Les blés ont la couleur des rizières à la saison sèche. Je pense trop souvent au Cambodge. Mâa-ma me hante. Gabrielle me dit que c'est naturel, on est à un tournant, on va faire à deux le grand saut, le plongeon. Non pas dans les eaux du Mékong mais dans celles du Lay, la rivière où les bêtes de la Gallifrère vont boire. La noce remue en nous des couches sédimentaires, me dit-elle, et elle m'encourage à parler avec ma mère. « Parle avec elle. Adresse-toi à elle. » Elle me montre le ciel de cette fin de printemps, immense. « Demande-lui de t'aider. » Je réponds qu'il y a bien plus que le ciel entre ma mère et moi. Elle fronce les sourcils, rougit. Elle est sûre. J'ai besoin qu'elle soit sûre. Sans elle, je redeviens le gamin perdu dans un grand dortoir glacé, qui se lève et se couche dans le lit de son frère en larmes. Elle murmure : « Parle-lui de moi aussi... » Elle sourit, ses prunelles brillent. « Le musée de ta vie m'intéresse... » Elle a les mots, Gabrielle. Je dis : « Le tien m'intéresse aussi. »

Le grand marronnier de la cour gêne un peu pour les manœuvres. Ses longues branches sinueuses s'allongent et s'étirent, très basses. Auguste en a corrigé quelques-unes avec sa tronçonneuse. Mais leur ombre protectrice caresse la façade de la maison tournée vers le sud. Les frères d'Auguste sont là, les trois, oncles Pierre, Jean et Clément qui nous attendent pour porter les tables. Ils ont pris des congés pour la noce et s'offrent un retour au nid d'origine. La ferme est revenue à Auguste, l'aîné. Eux sont partis vers la côte et le chef-lieu où ils ont prospéré tous les trois. Leurs yeux rient d'avoir retrouvé le clan. L'oncle Clément, le dernier, est le plus grand des quatre. Leurs voix résonnent dans la chapelle encore vide. Les pieds des tables heurtent les dalles.

Irène Gallot apporte une nappe, un grand drap de lin blanc, un peu gris, qui remonte au temps de la splendeur de l'arrière-arrière-grand-oncle. « C'est ce qu'on va mettre, dit-elle. Les armoires en sont pleines. » La trame du drap est un peu molle, elle tire sur la toile. « Si on y passait le fer ? » suggère Gabrielle. Les initiales GD sont brodées en rouge sur le drap. L'aïeule s'appelait Ducloux. Les rires sonnent comme dans une caverne. Trois jours avant la noce, c'est presque la noce. « Tu vas voir comment ça se passe en Vendée ! a dit Micha. Un jour pour une noce, ce n'est pas assez. » « Et normalement chez nous, a ajouté Auguste, on ne se marie qu'une fois ! »

Ça, c'était quand ils arrachaient les moellons qui bouchaient la fenêtre du chœur. Mon père doit être dans l'avion. Zhiqiang va l'attendre à Paris et ils arriveront la veille du grand jour. Il prendra aussi Zhicheng, le petit frère. Mon cœur se pince, tout de même, à voir le rassemblement de jeunes, vieux, cousins, cousines, oncles, tantes, déjà là, qui s'entraînent, s'excitent, s'activent. Il n'y aura pas de noce à Phnom Penh. Au Cambodge il n'y a plus rien. Plus de famille, plus de temples, plus de fêtes. Ils ont rasé la cathédrale de Phnom Penh. Il y a les camps, les barbelés, les bourreaux, les victimes. Il y a la mort.

Je suis seul pour l'instant à la Gallifrère. Mais, j'exagère, je connais tout le monde. Auguste et Irène Gallot nous ont accompagnés à la cousinade. On a visité la famille de la côte et du bocage pour les invitations. Ça a occupé des dimanches. Les cousins nous attendaient, ils étaient curieux du Chinois qui épousait la fille d'Auguste. A chaque visite, ils ont retricoté les généalogies, les alliances, les mésalliances. Ils ont sorti les photos. J'ai remonté les lignées Gallot et Lermite, la famille d'Irène. Parmi les vieux cousins, il y a eu ce curé-écrivain, Pierre Lermite, qui a obtenu des succès dans la littérature catholique bien-pensante. On a sorti ses romans aux couvertures jaunies des bibliothèques. J'ai répété que nous étions venus en France très jeunes, Zhiqiang et moi. Nous avions dû nous adapter et apprendre partout, tout le temps. Depuis l'âge de huit ans, je me suis adapté.

J'ai demandé à Gabrielle pourquoi, au bout du compte, elle s'est intéressée à moi. Nous étions, un soir, devant le magasin de robes de mariée, à Nantes. Elle a haussé les épaules. Son reflet bougeait dans la vitrine. « Parce que c'était toi. Parce que tu n'étais pas comme les autres ! » Elle ne le voyait pas, mais son image se confondait avec celle du mannequin et l'habillait de la robe à capeline blanche. Elle a parlé de sa grand-tante religieuse, Marie-Louise, qui lui envoyait des images de sa mission. Toute petite, elle avait rêvé de devenir missionnaire. « Et tu as voulu me convertir ? » Elle a ri. « Qui sait ? » C'était un soir de décembre, les lumières étaient allumées. Gabrielle n'est pas frileuse, elle n'avait pas mis de manteau. J'ai ouvert mon grand caban bleu et l'ai refermé sur elle. « Je crois que tu m'as eue parce que tu m'as amusée ! » a-t-elle murmuré en parcourant des lèvres tout ce qu'elle trouvait de moi, mon cou, ma joue, et ma bouche que j'avais tournée vers elle. Notre couple était doublé dans la vitrine comme dans un miroir. Notre baiser a été long et passionné, un baiser de cinéma.

Gabrielle apporte le fer à repasser dans la chapelle, elle déroule le fil électrique. Mère et fille déplient la nappe, l'étirent, la toile se tend à l'horizontale, gonflée au milieu comme quand on change les draps de lit, prête à tout engloutir. Elles la laissent reposer sur la table, la défroissent de la main. Gabrielle approche le fer de sa joue pour vérifier sa chaleur, le passe sur la table, dans un mouvement de va-et-vient. Trois jours. Plus que trois. Elle a levé les yeux et me regarde. La lumière de la porte nimbe son visage pâle d'un halo duveteux, presque un voile. « Tu es à ce que tu fais, Gabrielle ? » lui demande sa mère. Ils ont entendu, tous, nous regardent, sourient. « Ah ! L'amour... » clame l'oncle Clément. Gabrielle rougit, baisse le nez vers son fer qui fume, sourit à son tour.

Je sors avec Micha. Après les tables, il faut que nous allions chercher les chaises de la salle des fêtes.

7

Le soir, après dîner, est dévolu à la confection des roses, c'est l'ouvrage des jeunes. Ils viennent de Saint-Aubin, arrivent en chantant. On se retrouve une bonne quinzaine, quelquefois vingt, des cousins et cousines, des camarades d'école de Gabrielle et de ses deux frères. Gabrielle apporte les cartons de papier crépon sur la table, les ciseaux, les rubans, les pinces pour le fil de fer très mince. Elle préfère les roses rouges. Il y aura aussi des blanches, des bleues, des roses. Les fleurs éclosent mieux dans les mains des filles, plus adroites. Nous entonnons des chants de la Saint-Jean. Les cousines en connaissent des dizaines par cœur, mais celle de « mon amant de Saint-Jean » a la préférence et nous la reprenons tous en chœur.

Comment ne pas perdre la tête
Serrée par des bras audacieux…

La table est sous les jupes du marronnier qui croule sous le crépon. La nuit tarde au loin, le ciel brûle encore un peu, la ramure de l'arbre anticipe le noir. Micha a branché la baladeuse, des moucherons se heurtent au verre de l'ampoule et se grillent les ailes. Un trio de chauves-souris tourne autour de nos têtes, c'est l'unique mouvement d'air dans l'immobilité du soir. La mère de Gabrielle nous apporte de la brioche qui a une forte saveur de fleur d'oranger, un pot de café et des tasses. On ne voit pas le temps passer. Il est onze heures déjà. Les filles chantent à mi-voix pour ne pas déranger les enfants et les vieux qui, dans la maison, se sont couchés. Mon ami Stéphane bouscule Maryse, son amoureuse, et leurs chaises basculent à la renverse dans la poussière. On rit tout bas, ils se relèvent et s'accusent l'un l'autre de s'être bousculés. Maryse brosse sa robe et se glisse au milieu des filles pour s'éloigner de Stéphane. Ils se querellent souvent, ces deux-là, il faut dire qu'ils n'ont pas des caractères faciles.

On voudrait que la soirée s'éternise. Les cartons sont pleins de roses. Il en faudra encore. On en mettra partout, aux antennes des voitures, sur les grilles de la cour, aux linteaux des portes, en guirlandes sur les murs de la chapelle. Nous accompagnons à leurs autos ceux qui travaillent demain. Ils évitent de claquer les portières, agitent la main par leurs vitres baissées, puis les cônes de leurs phares éclairent l'allée de leurs halos mouvants. J'ai la joue chaude de Gabrielle contre la mienne, son bras entoure mon épaule. Le bonheur, quelquefois, c'est simple comme une rose de papier.

Des matelas ont été disposés sur le plancher des chambres pour les neveux et nièces d'Auguste. Les plus jeunes couchent dans trois tentes plantées derrière la maison. Je partage la grande chambre des frères de Gabrielle, Micha et Jacquet, depuis toujours, depuis ma première nuit au hameau. Mon lit est en travers contre le mur, au pied du leur. Tout le monde à la Gallifrère la désigne comme « la chambre des garçons ». Irène et Auguste Gallot n'ignorent pas que, depuis longtemps, à Nantes, Gabrielle et moi dormons ensemble. Mais à la Gallifrère, c'est comme ça, on ne couche qu'après le mariage. Nous nous étions dit que, quand ses frères dormiraient, nous pourrions nous rejoindre, mais sa chambre est loin, au bout du couloir, le plancher craque. Il faut passer devant la porte des parents. Gabrielle ne m'a jamais vraiment encouragé, comme si nous risquions de rompre un pacte sacré. Et je crois aussi que ça ne lui déplaît pas de nous laisser languir un peu. Auguste Gallot se lève dans la nuit pour calmer Ulysse. Le chien, qu'il a lâché dans la cour, aboie au passage des chauves-souris ou d'un oiseau, tandis que Micha et Jacquet ronflent. Nous avons laissé la fenêtre ouverte. Des haleines fraîches entrent avec les ruissellements de la pleine lune.

Le grand Bordier, notre voisin de dortoir à Romilly, poussait des cris toutes les nuits et se levait souvent, somnambule. Le pion, Henri, le rattrapait dans l'escalier et le ramenait dans son lit. J'ai toujours huit ans quand je pense à Romilly. Zhiqiang en avait six et demi. Comment notre père a-t-il pu se débarrasser de ses enfants et les expédier au bout du monde ? J'essaie encore de justifier, de comprendre. Je n'y arrive pas. Nous nous sommes interrogés, Gabrielle et moi. Elle m'incite à oublier. Pardonner, tourner la page. Difficile. On a été abandonnés, car c'est lui, tout seul, qui a décidé de nous envoyer en France, malgré les supplications de notre mère. Je sais qu'il a souhaité nous offrir une culture et une éducation françaises. Il avait terminé ses études en France, suivi les cours d'anatomie du professeur Henri Rouvière. Il a été le premier Chinois à obtenir un diplôme de médecine en France. Ces arguments reviennent à chaque fois.

Mais nous étions tout petits ! Est-ce qu'on imagine ? Huit et un peu plus de six ans ! Nous n'avions jamais quitté Phnom Penh, parlions chinois avec nos parents, khmer avec les boyesses, ne connaissions pas un mot de français. Il disait qu'il aimait sa femme qui lui avait « réussi » ses garçons.

Tous les matins, Taï Mouï, qui régnait sur la cuisine, ou Kouma qui l'aidait, nous enfilait notre petit cartable sur le dos, fixait les boucles de nos souliers vernis et nous conduisait à notre mâa-ma pour l'embrasser. Je préférais monter avec Taï Mouï, plus mince que Kouma, dans le cyclopousse. J'ai préféré Taï Mouï, elle a été, avec mâa-ma, l'autre femme de ma petite enfance. Quelquefois, elle devait voler une goutte de parfum au flacon à bouchon de verre de ma mère. Je reconnaissais sur elle la familière odeur de jasmin.

Phnom Penh grouillait de nuées de cyclistes, de piétons, de chars à bras et à buffles, à cette heure matinale. Le cyclopousse roulait sous les grands tecks. Il y avait peu ou pas d'automobiles. Taï Mouï connaissait tous les marchands sur le seuil de leurs boutiques et les saluait, dressée à côté de moi comme une altesse royale. Elle accompagnait le fils du docteur Zhang à l'école chinoise de Phnom Penh. Elle venait avec nous, le dimanche, à la messe à la cathédrale. Mâa-ma était restée fidèle à l'enseignement des sœurs missionnaires de sa petite école de Shanghaï. Mais juste après avoir prié Jésus et Marie, nous courions escalader le Phnom, nous agenouillions dans le temple bouddhiste et faisions brûler les bâtons d'encens que le moine gras en robe jaune nous distribuait. Notre mère et Taï Mouï offraient leurs présents de fruits et d'argent. Parfois, je ne sais plus comment, mais le Phnom n'était pas si éloigné de notre maison rose, notre chienne Tory était avec nous. Nous la poursuivions sur le chemin tournant autour de la colline. Et, brutalement, on nous a arrachés à notre paradis.

Gabrielle n'ignore rien de tout ça. Elle a voulu savoir, je me suis laissé faire. Elle est attentive, je lui en suis reconnaissant. Elle me soigne, s'infiltre dans mes zones d'insécurité les plus reculées, délicate, en infirmière amoureuse et expérimentée, nettoie, passe ses onguents, pose ses pansements, ses baisers sur mes plaies.

Je n'arrive pas à dormir, les pans du rideau de la fenêtre frissonnent et la lumière nocturne tremble comme de la crème. Nous couchons en slip sur les draps à cause de la chaleur. Ulysse grogne dehors. Je vais à la fenêtre. Le chien est allongé au milieu de la cour, tête dressée. Qu'est-ce qu'il a vu ? Il grogne encore, ne me voit pas. Le marronnier étale la grosse pomme de son ombre bleue presque jusqu'à lui. A Phnom Penh, Tory dormait sur la terrasse du troisième étage de notre maison rose. Notre premier avion a été un TriStar blanc à quatre hélices de la TWA, la compagnie du milliardaire Howard Hughes. J'entends, comme si c'était hier, gronder les moteurs après notre embarquement. Nous n'avions jamais quitté le Cambodge. Nous avions peur, ne réalisions pas ce qui nous attendait. Mais nous savions que nous ne reviendrions pas avant longtemps. Taï Mouï avait pleuré en nous embrassant et s'était sauvée dans la cuisine. Zhiqiang l'avait suivie en disant qu'il « ne voulait pas aller ». La pluie de mousson battait le tarmac. Nous avions couru sous les parapluies jusqu'à l'échelle d'embarquement. Mâa-ma faisait le voyage en France et, comme elle était avec nous, c'était malgré tout supportable. Nous nous accrochions à elle. Le pilote a attendu un moment que l'averse se calme. Et, soudain, il a lâché les gaz. Je me souviens de la poussée. J'ai crié. « Mâa-ma, le dragon crache des flammes ! » Des étincelles jaillissaient sous les ailes. « Il va nous manger ! » Taï Mouï nous racontait souvent des histoires de dragons et de crapauds. « Mais non, mon chéri, tout va bien. Il n'y a pas de dragon. On va être tout à l'heure dans le ciel au-dessus des nuages. »

Notre père ne nous accompagnait pas, ses patients avaient besoin de lui. Avant de partir, nous l'avons rejoint dans son cabinet. Nous n'étions pas autorisés si souvent à entrer dans le saint des saints, le large bureau et, derrière le rideau blanc, la table d'examen avec les étriers. Il m'a pris à part. Comme tous les jours, il portait le costume sombre, la chemise blanche, la cravate. « Tu es grand, Zhida. Tu es presque un homme, maintenant. Tu as l'âge de raison. Tu t'occuperas bien de ton petit frère. » A peine huit ans. J'ai incliné la tête. Moi, l'aîné, je n'allais pas me mettre à sangloter comme mon petit frère Zhiqiang que j'appelais Ham Pao, « celui qui pleure toujours ». Notre père nous a poussés dans le dos. « Allez-y maintenant ! » Il ne nous a pas embrassés. Mâa-ma nous a pris par la main et nous sommes partis.

8

L'horloge de la Gallifrère est juste au-dessous de nous, sous le plancher de notre chambre et les solives du plafond de la cuisine. Des épis de blé et des roses rouges sont peints sur son boîtier de bois brun, un soleil souriant et une lune aux yeux baissés ornent son balancier, son cadran porte gravé le nom de son horloger : Galipaud. J'ai demandé à Irène d'où elle venait et depuis quand elle était à la Gallifrère. Elle m'a répondu que les Galipaud étaient horlogers à Luçon, de père en fils, depuis longtemps, peut-être bien depuis Richelieu. Elle sonne non seulement les heures et les demi-heures, mais aussi les quarts. Sa sonnerie m'empêchait de dormir, au début. Maintenant, au contraire, elle m'accompagne et me rassure, je n'ai pas besoin de regarder ma montre. Cette nuit, je ne dormirai pas beaucoup et les suivantes non plus, mais je m'y attendais. J'envie le sommeil lourd de Micha et Jacquet. Gabrielle dit « le sommeil du juste ». Bonne dormeuse, elle aussi.

Nous avons grelotté en descendant de l'avion, à notre arrivée à Paris. C'était en octobre. Un ciel gris sur la capitale, le vent froid pénétrant, les trottoirs mouillés, les gens en imperméables et manteaux. Nous vivions en shorts, en chemisettes et en tongs, à Phnom Penh, et ne savions même pas ce qu'était le froid. Mon Dieu, qu'est-ce que nous avons grelotté ! A Orly, je n'osais pas respirer parce que ma bouche fumait, j'avais peur que mon âme s'échappe ! Mâa-ma nous a acheté des pulls, des chaussettes et des gros souliers à semelles de crêpe dans une boutique de l'aéroport mais j'ai eu froid quand même. Elle aussi était gelée. C'était la première fois qu'elle quittait les pays du soleil, elle n'était jamais venue en France. Notre père avait conseillé de faire le voyage un mois plus tôt, la température aurait été plus clémente, l'adaptation plus facile, mais elle avait retardé la date de notre départ et de notre séparation jusqu'à l'extrême limite.

Tonton Pan et tonton Tchou nous attendaient à l'aéroport. Tonton Pan était aussi grand et gros que Tchou était petit et maigre. Notre père nous avait dit qu'ils étaient comme Laurel et Hardy, les compères américains qui nous faisaient rire au cinéma Lux. Il avait connu Pan et Tchou lors de son séjour en France, ce n'étaient pas vraiment des amis, plutôt des connaissances de travail à l'hôpital. Ils ont chargé nos valises dans le coffre et sur la galerie de la voiture. Ils n'étaient pas aussi rigolos que nos héros. Leurs visages nous ont semblé tristes comme ceux des Français sous la pluie. Leurs yeux regardaient à côté de nous. L'immense de la capitale nous a surpris, les nœuds des routes, les ponts, les feux, les immeubles. Les gens couraient comme s'ils étaient poursuivis. Le tourbillon des voitures et des camions qui s'accumulaient en bouchons aux croisements et s'élançaient brutalement en rugissant nous a fait peur. Ils nous ont conduits rue Monsieur-le-Prince.

J'ai encore dans la bouche le goût des noisettes de beurre roulé en boule des petits déjeuners à l'hôtel d'Alsace. Et celui de la confiture sur le pain trempé dans l'Ovomaltine. Nous mangions autant que nous voulions de portions de Vache-qui-rit que nous avions déjà goûtée à la table du Cercle français de Phnom Penh. Ces premiers jours, ces premiers pas autour du théâtre de l'Odéon, dans les allées du jardin du Luxembourg, avaient un air de vacances. Nous étions presque contents. Pourtant, soudain, à table, notre mère s'arrêtait de manger, ses yeux devenaient rouges et nous n'arrivions plus à avaler. Notre père avait adroitement manœuvré entre la foi catholique de mâa-ma et ses relations à la cathédrale. Il a argué de ses références en matière d'éducation et de culture chez les jésuites et les bonnes sœurs, a parlé à l'évêque de Phnom Penh qui a écrit à son collègue de Meaux et obtenu notre placement au petit séminaire de Romilly. Notre mère pouvait-elle s'opposer, émettre le moindre doute sur les bonnes intentions du premier prélat du Cambodge ?

Je ne sais pas si j'en veux à ce grand missionnaire blanc à longue barbe de s'être fait le complice de l'entreprise de notre père. Je suis convaincu qu'il se croyait dans la ligne de sa vocation missionnaire en confiant deux petits païens à la fille aînée de l'Eglise. Il arrachait ces enfants sino-cambodgiens aux griffes du bouddhisme et nous donnait même la chance de devenir – pourquoi pas ? – missionnaires. Mais que connaissait cet homme fatigué, épuisé par les fièvres, de la sensibilité d'un enfant ? Mon père lui plantait ses aiguilles d'acupuncteur dans la chair une fois par semaine et c'est au cours de ces séances qu'ils ont comploté et qu'il lui a demandé de l'aider à faire en sorte que ses fils suivent les enseignements de la France chrétienne. Il m'arrive de penser aussi que mon père a été persuadé de nous offrir le meilleur. Qu'avait-il à faire des sentiments, ces niaiseries bonnes pour les femmes ? Alors que nous aurions pu apprendre à l'école française de Phnom Penh, et au lycée Descartes, il s'est débarrassé de nous.

L'horloge sonne deux heures. La voix légèrement froissée de son bourdon déclare aux allongés, dormez en paix, je suis là, dong, je me balance, je veille, dong, comme un écho de la vie elle chasse les angoisses de la nuit. Je l'assimile au timbre de baryton d'Auguste. Micha et Jacquet ronflent encore. Gabrielle me manque. Rêve-t-elle ? Elle a le souffle si léger quand elle dort, ne pousse pas un soupir. Il m'est arrivé de glisser ma main devant son nez et sa bouche dans notre lit de Nantes pour me rassurer.

Nous avons quitté l'hôtel de la rue Monsieur-le-Prince le quatrième jour. La Peugeot noire du gros tonton Pan a roulé à travers une campagne française gelée comme si, pour être en harmonie avec nous, l'hiver anticipait les rigueurs de sa froidure. Une bise glacée soufflait sur la plaine. Les feuilles tombaient en pluie des arbres et jonchaient la route en dangereuses plaques glissantes. Des vols de corbeaux planaient sous le ciel charbonneux. « Ça sent la neige », a dit tonton Pan. Parce que la neige a une odeur ? Quelle odeur ? Nous n'avions aucune expérience de la neige. Nous ne la connaissions que par les illustrations de nos livres d'enfants. Mâa-ma était assise sur le siège du passager avant à côté de tonton Pan, nous sur la banquette arrière. Nous avons roulé longtemps. Il a arrêté la voiture devant un mur gris et haut d'au moins trois mètres, a dit : « C'est là. » Nous sommes entrés par la porte piétonnière près du lourd portail de bois du porche. « Il y a beaucoup de murs... » ai-je murmuré, la gorge étranglée. Une vieille religieuse, un chapelet à gros grains serré dans la main, nous a accompagnés à travers un long corridor. J'ai compté les clochetons, trois. Une statue de la Madone, tête inclinée, nous a regardés passer. Nous avons marché sous la galerie d'un cloître aux piliers de fonte. Un petit homme un peu bossu chargeait dans sa brouette les feuilles des tilleuls de la cour qu'il rassemblait avec son balai.

Le grand ensoutané qui nous a reçus dans son bureau où flottait une odeur de tabac refroidi nous a expliqué qu'en l'absence du père supérieur il était chargé de nous accueillir. Tonton Pan traduisait parce que nous ne comprenions pas un mot de ce qu'il disait. Mâa-ma avait du mal aussi, elle était attentive, les yeux fixés sur la face rougeaude du prêtre. Il a confirmé en consultant les papiers sur le bureau que tout était en ordre pour nous recevoir et prié mâa-ma de signer. On est ressortis. A cause du vent qui miaulait, il a fallu remonter dans la Peugeot et on a roulé jusqu'à un café pour boire quelque chose de chaud en attendant l'heure que le prêtre avait indiquée. Ham Pao a dit qu'il n'avait pas soif et il s'est mis à pleurer, il ne voulait pas rester là et s'est cramponné à la robe de mâa-ma qui lui a demandé d'être raisonnable. Elle aussi était triste, mais c'était pour notre bien. L'année scolaire passerait vite et nous nous retrouverions tous ensemble à la maison rose. La Peugeot nous a ramenés devant le porche du séminaire. Tonton Pan a tiré l'anneau de cuivre de la lourde porte. La même religieuse au visage creusé de rides violettes et grises a ouvert. Tonton a déchargé nos valises. Un prêtre au gros ventre l'a aidé à les rentrer dans la cour de la porterie. Là, Zhiqiang a refusé de descendre, s'est accroché aux sièges, a repoussé la main de mâa-ma. J'étais resté à côté de lui dans la voiture, j'ai crié avec mon frère « Non, mâa-ma ! Non ! ». Le prêtre est revenu, traînant les pieds dans de grosses galoches noires. Il a rentré la tête dans la Peugeot en nous ordonnant de descendre. J'ai bondi sur le trottoir parce qu'il allait m'attraper par le bras, mais Zhiqiang a pleuré plus fort encore et il n'a pas bougé. Alors le gros homme a enfoncé ses épaules par la portière. « Vas-tu venir, petit garnement ! » Accroché à notre mère, Zhiqiang s'est débattu. Je me suis approché, « Laisse-le ! Laisse mon petit frère ! », mais, d'un violent coup d'épaule, le prêtre m'a repoussé et j'ai roulé par terre.

Il est sorti de la voiture, Zhiqiang dans les bras, qui se tordait et battait des jambes et des pieds. Le prêtre avait la figure violacée, il sentait la sueur, une odeur aigre de tabac froid. J'apprendrais trop vite que c'était Henri, le pion du dortoir et préfet de discipline surnommé Pingouin par les séminaristes. Il a hurlé : « Allez-vous-en ! » Mâa-ma se tordait les mains dans la voiture, la figure pâle, dévastée. Tonton Pan a claqué les portières. La voiture a démarré et j'ai couru derrière en criant. Pourquoi mâa-ma est-elle partie ? Pourquoi ne nous a-t-elle pas ramenés avec elle ? Je ne sais pas comment la vieille religieuse m'a rattrapé. La Peugeot avait disparu. La bonne femme boitillait. Elle m'a pris par la main, « Viens, mon petit », et m'a ramené vers le haut mur et le porche gris. La Madone couronnée nous a regardés passer, les yeux baissés, son Jésus sur son bras, le sceptre dans la main.

Les premiers mots de français que nous avons appris étaient du latin. Nous devions nous agenouiller, Zhiqiang et moi, comme les séminaristes, à la messe à la chapelle, tous les matins. Notre règlement était celui du séminaire. Une religieuse, sœur Marie-Marthe, nous donnait les cours. Elle avait profité du vent moderniste qui soufflait sur sa congrégation pour envoyer promener la cornette portée par la vieille bonne sœur boiteuse de la porterie et se coiffer seulement d'un léger voile bleu qui laissait paraître ses cheveux bruns. Mais nous n'avons pas beaucoup aimé sœur Marie-Marthe qui était une femme froide, distante, alors que nous aurions tellement eu besoin de chaleur. Epaisse comme un couteau, elle était plus sèche que les lames de la sœur cuisinière pourtant avare en beurre et matières grasses.

Trois ans. Nous avons supporté ce régime pendant trois ans. Nous ne sommes pas retournés à Phnom Penh avant trois ans. Nous n'avons revu ni père ni mère pendant tout ce temps. A six et huit ans, c'est l'éternité. J'ai fait le décompte du nombre de jours et de nuits pendant mes insomnies dans le lit de fer du dortoir où nous étions soixante-neuf alignés sur trois rangs sous la surveillance de Pingouin. Mille quatre-vingt-neuf jours et nuits sans tendresse, sans amour.

Ces trois années que j'égrène dans la douceur de la nuit de la Gallifrère me reviennent comme un long hiver sans fin. L'horloge sonne encore. Il faut que je dorme.

Comme j'ai eu froid dans le dortoir de Romilly ! Il a neigé quelques semaines après notre arrivée. Un matin, nous avons découvert les épaules de la Madone, et sa couronne et son sceptre revêtus d'un manteau de neige. Nous avons roulé d'énormes boules de neige sur le bitume de la cour. Je n'aime pas l'odeur de la neige. C'est une fade odeur sans odeur. C'est l'odeur de la mort. Le dortoir n'était pas chauffé. Des fleurs de givre garnissaient les vitres des fenêtres à l'intérieur. Pour la toilette, le matin, nous courions en grelottant dans nos pyjamas de coton jusqu'à l'alignement des robinets d'eau glacée au fond du dortoir. Les engelures ont enflammé mes mains et mes pieds. Les doigts me faisaient mal. La peau de mes orteils a craqué. « Mes pauvres petits ! » a dit la vieille sœur boiteuse. Elle a cousu pour nous un sac de laine molletonnée où nous avons rentré nos pieds sous les draps. « Vous ne le direz à personne ! » Elle a été la seule à nous consentir un peu d'amour. Parfois, elle laissait tomber un bonbon dans la poche de notre blouse. Discrètement, elle regardait autour d'elle avant de nous glisser une caresse rapide sur la joue, comme si elle craignait d'être prise en faute de tendresse. Nous étions les plus petits du séminaire. Les plus jeunes, sinon, avaient dix, onze ans. J'attendais que Pingouin ait fini sa ronde dans le dortoir après l'extinction des lumières, me levais et rejoignais Zhiqiang dans son lit. Je mettais la main sur sa bouche pour qu'on ne l'entende pas pleurer. Je crois qu'il a pleuré tous les soirs pendant trois ans à Romilly. Peut-être qu'il en a rajouté, pour que je vienne. Le lit était étroit. Les couvertures pas assez larges. Nous nous tenions chaud. Nous dormions dans les bras l'un de l'autre. J'ai toujours anticipé de quelques minutes l'heure de la sonnerie, le matin. Je devais avoir un réveil dans la tête. Je n'ai pas été surpris une seule fois. Je me glissais entre mes draps froids. Nous avons écrit à nos parents chaque dimanche en français, sous la surveillance d'Henri qui corrigeait nos fautes. La formule était à peu près la même, chaque fois. « Je mange bien, je dors bien, je travaille bien. »

Nous aurions aimé recevoir la visite de tonton Pan ou tonton Tchou. Laurel et Hardy ne sont jamais venus.

9

Gabrielle pense que si je dors peu, c'est un héritage de Romilly. J'en aurai rapporté au moins ça. L'horloge de la cuisine sonne trois heures. Ulysse a émis quelques bruits de gorge, des grognements, il y a un instant. Juin est la saison des hulottes, le chien les guette ! Je me lève sans bruit. J'aimerais surprendre le vol lourd de ces dames blanches, comme les a baptisées la légende. La lune éclaire la cour, le chien couché tête dressée dans la poussière. Je ne vois pas de hulottes. Elle me dit aussi, Gabrielle, qu'il nous faut mettre les bouchées doubles pour compenser l'amour dont j'ai été sevré trop jeune, trop longtemps, qu'il faut qu'on se rattrape. Je lui réponds avec les mots du poète : « Arrêtez de me secouer, mon corps est plein de larmes. »

La soutane d'Henri empestait le gros tabac gris. Il enfouissait avec son mouchoir, dans sa grande poche, sa pipe qu'il allumait dans son box, le soir, avant de se coucher. La fumée se répandait en un entêtant nuage dans le dortoir. Il quittait ses grosses galoches derrière le rideau blanc de sa cabine et circulait entre nos lits en savates de feutre, mais on « sentait » approcher sa silhouette. Nous n'avons jamais fumé, Zhiqiang et moi, à peine essayé, les remugles d'Henri ont suffi à nous donner le dégoût du tabac pour la vie. Les plus grands toussaient quand le nuage sinuait par-dessus la cloison, des quintes montaient des quatre coins du dortoir, des rires. Les lits ferraillaient. Pingouin jaillissait de sa cabine. A mesure qu'évoluait sa ronde, les toux s'apaisaient. Quelques irréductibles au fond résistaient. Il ne s'arrêtait pas, mais lançait au passage : « Tu viendras me voir, Resweber, demain matin ! Toi aussi, Maillard ! » Le dortoir retrouvait ce que le père Raphaël, le supérieur, appelait « le repos sacré du grand silence ». Un silence hanté de rêves, de soupirs, de gémissements, de cris du grand Bordier somnambule. Nos nuits étaient encore plus tristes que nos jours.

J'ai dormi. Et rêvé. J'étais redevenu petit garçon et je jouais sur le trottoir avec notre voisin khmer, devant notre second appartement à Phnom Penh, près de la maison rouge et du cinéma Lux. Comment s'appelait ce garçon ? J'aimais beaucoup ce camarade, son sourire surtout, remonté jusqu'aux oreilles. Les poches remplies de capsules de bière, nous jouions avec comme on joue aux billes. Le jeu faisait alors fureur à Phnom Penh et j'y étais assez adroit : nous disposions nos capsules au milieu d'un cercle tracé dans la poussière et les visions à cinq pas avec une pierre pour les en sortir et les gagner. Il y avait les capsules ordinaires et les rares que nous nous montrions comme des trésors. Je jouais en rêve, pieds nus comme mon camarade, et je savais que je me ferais gronder si mâa-ma me surprenait sans mes tongs. Mais j'étais tourmenté parce que je n'arrivais pas à retrouver le nom de mon ami. Je visais la capsule, elle volait hors du cercle. Et soudain, sans savoir pourquoi, j'ai basculé dans le dortoir de Romilly, l'alignement des lits, les odeurs, Henri. J'ai suffoqué, me suis réveillé en sursaut, subitement heureux d'ouvrir les yeux dans la chambre de la Gallifrère.

Il fait jour. Une vive lumière blanche éclaire nos lits. Micha, qui m'a vu bouger, dresse le bras, tend le pouce et l'index. « J moins deux, Zhida ! » Jacquet se tourne, grogne. Il est le plus jeune des enfants Gallot, dix-sept ans, encore élève à l'école d'agriculture, bâti en gaillard de la belle espèce, les poignets épais comme ceux de son frère et son père, et châtain comme sa mère et Micha. Les Gallot n'ont pas raté leur nichée. Je rêve beaucoup. Je rêve trop. L'étonnant, c'est qu'en même temps que mes songes m'embarquent, j'ai conscience de rêver, mon esprit reste en état de veille et glisse dans l'histoire un élément étrange, comme pour m'alerter et prouver qu'il n'est pas dupe. Là, c'était la question pressante du nom de mon ami au large sourire. Bien sûr que je connais son nom. Il s'appelait Nem. Sa mère le hélait par la fenêtre du premier étage, nous habitions, nous, le rez-de-chaussée. J'ai encore dans l'oreille le timbre aigu de la voix de sa mère, de plus en plus insistante, parce qu'il ne lui répondait pas et continuait de jouer. Je suis heureux de ce moment passé avec Nem dans mon sommeil et tant mieux que mon esprit ait chassé très vite l'épouvantail Henri. J'ai remarqué que, si je rêve en chinois, c'est que je suis angoissé.

La voix d'Auguste Gallot s'élève de la cour, il rattache le chien. Je vais à la fenêtre, les lattes de peuplier du plancher ont travaillé et les clous affleurent par endroits. Je les connais, les ai repérés, pourtant je me méfie toujours. C'est le moment où le premier fuseau de soleil glisse à ras du clocher de l'église. La Gallifrère est perchée sur un modeste promontoire, une motte au bord de la plaine. Le rai de lumière s'allonge, scintille, étincelle. Le bourg de Saint-Aubin est proche, à un peu plus d'un kilomètre. Je n'ai pas encore mis mes lunettes. Au réveil, j'aime entretenir le flou, l'incertain, le mystère. Le ciel me semble bleu, sans un nuage. Le levant m'éclabousse, m'éblouit, m'aveugle, mêlé d'ors et de rubis. Micha s'approche derrière moi. Auguste nous salue de la main, en bas. J'aime le yin et le yang du calcaire et du granit qui se rejoignent ici et se confondent. Je ne me lasse pas des vastitudes de la plaine et des frondaisons des chemins dégringolant vers la rivière. Mes lunettes sont sur la table de chevet, je vais les prendre.

Je savais qu'il ne serait pas si simple de me faire adopter à la Gallifrère, malgré la générosité des Gallot. J'ai dû fournir des gages, et ils ne m'ont pas fait de cadeau. Pas même Gabrielle. J'ai aidé aux foins, aux moissons, aux bêtes. On ne m'a pas laissé prendre pension gratuitement, contre rien. La vie se gagne à la sueur de son front. Au matin de ma troisième nuit à la ferme, Irène Gallot a sorti sa petite surprise. « C'est pour toi. » J'ai essayé la combinaison de toile bleue toute neuve, à fermeture Eclair de la braguette jusqu'au col. Les cottes de travail, je connaissais. Nous en avions déjà porté, Zhiqiang et moi, quand nous étions gamins à La Faute. Une paire de bottes toutes neuves m'attendait derrière la porte de la souillarde. J'ai suivi Micha et Jacquet au robinet derrière la maison où nous nous sommes lavés à l'eau froide, puis me suis assis auprès d'eux dans la remorque à l'arrière du tracteur du père. Ils m'avaient remis une fourche, prêté un chapeau.

Je n'étais pas encore un Chouan – un Chouan jaune – mais j'étais appelé à le devenir.

Ils allaient me tester, je le savais, allaient mesurer la résistance de l'intellectuel, le binoclard, le prétendant prétendu futur médecin. Et je n'ai pas douté que j'allais souffrir. Qu'est-ce que je pesais à côté de ces hommes, même du jeune Jacquet, moi qui flottais dans ma cotte bleue ? Ils n'ont pas abusé, n'ont été ni méchants ni durs avec moi. La botteleuse avait lié de petites bottes rectangulaires. Ils m'ont montré d'abord, en riant, où planter ma fourche, parce que je n'avais jamais, bien sûr, chargé une botte de foin sur une remorque. Au début, ça m'a paru facile, mais à la trentième, la quarantième... Pour eux, c'était comme un jeu, le coup de reins, hop ! la botte volait. Hop ! Encore. Hop ! Hop ! Mais pour moi, une fois sur deux j'avais mal piqué la botte, elle partait sur le côté, m'arrachait les poignets, me brisait les reins. Il me semblait que j'aurais été mieux là-haut, sur le plateau. Ils parlaient du temps, des choses, du match du dimanche. Quand la remorque a été pleine, on l'a déchargée dans la grange. C'était pire, l'air manquait, on mangeait la poussière. La remorque vide, on est repartis faire le plein. Le soir, j'étais éreinté. On s'est retrouvés ensemble, torse nu, autour du robinet de la cour. Auguste tout blanc jusqu'aux emmanchures de la chemisette et le ras du cou, à peine quelques poils, et le semis de taches de rousseur partout comme sa fille. On s'est abreuvés à longs traits dans nos mains, l'eau du puits était fraîche.

J'ai remonté comme eux la fermeture Eclair de ma cotte et on est rentrés à la maison où les femmes nous attendaient. « Alors ? » a demandé Gabrielle. « Alors, a répondu Auguste, ton gars a tenu le coup, c'est pas un feignant ! » J'ai vu qu'elle était contente. « Tu ferais bien de lui soigner les mains, a-t-il ajouté, parce que ses doigts d'artiste ont un peu souffert... » Elle a percé mes ampoules avec une aiguille et badigeonné d'éosine. Ils ont ri. « Avec toutes ces couleurs, tu as des mains de peintre ! » J'ai persévéré dans les travaux agricoles, ai roulé la brouette de fumier dans l'étable, couru pour ne pas rester bloqué dans les trous et les bosses du trottoir au cul des vaches. Je vidais à la fourche sur le tas, les bottes dans les bouses.

Et puis le lendemain des moissons, au soir, Auguste m'a fait signe, alors que nous allions passer à table. J'avais aidé à monter les sacs de blé dans le grenier, au-dessus de nos chambres. Ça m'avait plu, l'odeur me rappelait de bons moments du passé à Pugny, chez maman Madeleine. J'avais su équilibrer comme il faut le sac sur mes épaules et monter l'escalier aussi facilement que mes beaux-frères. Auguste a montré la place à côté de lui sur le banc. « Assieds-toi, fils. » J'ai éprouvé comme un vertige, j'ai eu un moment de doute. Je me suis demandé si c'était bien à moi qu'il parlait, j'ai regardé autour. Les frères de Gabrielle étaient dehors. Je me suis approché, les yeux me faisaient mal, au bord de pleurer. Je ne voulais pas que ça se voie, mais Gabrielle l'a vu. Les gars qui sont rentrés l'ont vu. Ils le voyaient. « Fils », il m'avait appelé « fils ». Je me suis assis. « Merci. » Il a dit : « Il n'y a pas de quoi. » « Merci pour tout. » « Si tu as quelqu'un à remercier, c'est celle-là ! » Il montrait

Gabrielle. Parler de la noce a été facile, après. J'ai commencé à accompagner Gabrielle et sa mère, le dimanche, à la messe de Saint-Aubin. C'était comme une présentation officieuse à la commune, à la paroisse. Les Gallot avaient encore leur banc dans l'église, comme autrefois, en face de la statue de sainte Anne.

Jacquet me rejoint en bâillant à la fenêtre de la chambre. Ulysse reconnaît la haute silhouette de son jeune maître dans l'embrasure, tire sur sa chaîne et saute en aboyant joyeusement contre le couple de tourterelles posées sur le toit de la chapelle. « Vas-tu te calmer ! » le gronde Auguste en finissant de remplir sa gamelle près de la niche, avec son arrosoir. Les relents amers de la soutane du curé Henri reviennent me visiter. On ne savait pas où regardait le pion, ses yeux dissimulés derrière des verres fumés. Une camionnette tangue sur l'allée. « C'est le boucher, Tudeau », murmure Jacquet. Un léger voile de poussière monte derrière la voiture. La carrosserie étincelle. Auguste ouvre le portail de la cour. Notre duo, en slip, regarde la lumière s'étaler. « J moins deux », répète à son tour Jacquet.

Quelque chose qui ressemble à la joie se propage dans mes doigts, mes cheveux.

10

Nous nous sommes toujours efforcés, malgré tout, d'aller de l'avant, Zhiqiang et moi. Zhicheng, notre petit frère, aussi. Cette ténacité, nous l'avons dans la peau. C'était indispensable, sinon nous ne serions plus là. C'est mâa-ma qui a encouragé notre père à chercher un refuge à Hong Kong quand les Khmers rouges étaient sur le point de prendre Phnom Penh. Il est parti avec l'argent, les bijoux, elle lui a dit de tout emporter. Nos parents avaient l'habitude, après Shanghaï, Hanoï, Saïgon, mais cette fois, quand le moment est venu pour elle de partir, elle a dit : « Non, je reste ! Non, je ne prendrai pas l'hélicoptère ! » C'est ce qu'elle a voulu. Nous le savons maintenant.

Je descends dans la cuisine derrière Micha et Jacquet, ne vois pas Gabrielle, la cherche. Je l'aperçois dehors qui sort du jardin, le panier sous le bras. Son visage n'est encore qu'une tache claire, je vais au-devant d'elle. La grand-mère, Louise, et elle sont allées cueillir des asperges à la fraîche. Elle a mis sa robe rouge, noué sur sa tête un calicot en bandeau à ras du front et des oreilles. A mesure qu'elle approche, ses yeux, sa bouche, son sourire : je la trouve plus désirable encore. « Vous en avez trouvé beaucoup ? » Elle me montre le contenu du panier. « C'est les dernières, dit la grand-mère. C'est la fin. » Gabrielle me tend ses lèvres. Je lui dis, ça me vient comme ça, « la belle ferronnière ». Des éclats de saphir brillent dans ses prunelles. Je râpe, comme sans le faire exprès, ma joue contre sa peau tiède. « Tu as bien dormi ? » Je perçois sur ses lèvres le frisson du désir. Nos mains se touchent. « Quand on est jeune, on n'a pas besoin de beaucoup dormir », plaisante la grand-mère. Nous posons le panier sur la table de jardin et, la main dans la main, nous allons rejoindre dans la cour le boucher et sa camionnette.

La fraîcheur de l'aube est déjà entamée. Tudeau nous salue et déverrouille la porte arrière de sa remorque frigorifique. Il monte à l'intérieur, effleure la viande pendue au croc. « Regarde comme elle est belle ! Tu l'as soigné celui-là. Je n'en ai pas tué souvent des comme ça. Ils voulaient le garder, à l'abattoir ! » Il parle à Auguste de son veau qu'il a chargé quelques jours plus tôt dans sa bétaillère. Des panières de linge blanc attendent sur le plancher de la remorque, le commis descend la caisse des couteaux. Tout est prévu pour que Tudeau s'installe dans l'ancienne boulangerie, mais il réorganise tout ça, commande le déplacement de la gazinière, installe son billot devant la porte, rapproche la table où il va disposer faitouts, cocottes, plats. La fourgonnette des cuisinières arrive à son tour. Il ne laisse pas les trois femmes souffler, leur tend des blouses blanches, se fâche contre le commis qui a laissé entrouverte la porte de la camionnette. « Tu veux inviter les mouches ? Tu sais ce qu'elles vont faire les mouches ? » Les cuisinières retroussent les manches des blouses sur leurs bras potelés. Elles transpirent déjà.

Les noces de campagne régalées par le boucher ne sont plus à la mode. Les gens préfèrent le confort et se mettre les pieds sous la table sans le branle-bas de l'organisation et des préparatifs. Autrefois, on fixait la date avec le boucher d'abord, avant de prendre rendez-vous avec le curé. Tudeau a cru à une plaisanterie, quand les Gallot sont venus le voir. « Qu'est-ce que vous voulez ? Non, ce n'est plus possible. C'était bon pour mon père, avant. » Et puis Irène lui a dit qu'il n'y aurait pas que lui. Il y aurait aussi les Chinois. « Des Chinois ? Quels Chinois ? » « Notre futur gendre est de là-bas, il y aura de la cuisine chinoise ! » « Comment ? » « Préparée par des Chinois de Paris. » « Vous allez faire venir des cuisiniers chinois de Paris ? » « Oui. » « Ma parole, vous êtes fous ! » « Ecoute, Maurice, lui a dit Auguste, si on n'est pas fous pour le mariage de notre fille, on ne le sera jamais ! » Le boucher a secoué la tête. Il a ouvert la porte au fond de son magasin et appelé sa femme. « Ce qu'on voudrait, leur a dit Irène, c'est la blanquette de veau de ton père, celle de notre mariage. Ça ne doit pas être bien difficile. Tu dois avoir la recette ! » La femme de Tudeau a souri. « Maurice prétend toujours que je n'arrive pas à égaler la blanquette de son père ! Il n'y a pas meilleure que la blanquette de veau des Tudeau ! » Ils sont passés du magasin dans la cuisine, Tudeau a fait asseoir Irène et Auguste, sa femme a sorti des verres. Le menu s'est enrichi d'autres plats. Le boucher écrivait sur son calepin noir à tranche rouge.

Le jeune veau blanc qu'Auguste a élevé pour la noce, il l'a nourri au lait, il a même cassé des œufs dans le lait qu'il lui donnait à téter pour le fortifier. Je n'ai pas compris d'abord pourquoi il lui apportait tant de soins. Il le choyait comme aucun, le veau meuglait tendrement quand son nourrisseur entrait dans l'étable. Un soir qu'il lui donnait à boire, Auguste m'a souri : « Je vais l'inviter à notre table ! » « Ah ?... » « A la noce ! » De jolies boucles de poils blancs dégringolaient sur le front du veau. Il le gardait toujours impeccable, le lavait, l'étrillait, le brossait. Le veau m'a tendu son mufle rose et humide en meuglant parce que je le caressais. Nous allions le voir, Gabrielle et moi, à nos séjours à la Gallifrère, il grandissait comme une promesse. Quand nous parlions ensuite de la noce, je pensais à sa silhouette blanche dans l'ombre de l'étable. Mais quand Tudeau est venu avec sa bétaillère, Auguste n'était pas là. « Tu lui diras de s'en arranger tout seul ! » a-t-il demandé à Irène. Il a démarré son tracteur et il s'est sauvé dans les champs.

Les femmes descendent de la fourgonnette des paniers d'œufs, des sacs de farine, de sel, de sucre, et les portent dans la boulangerie. Le commis installe un moulin à viande. Tudeau décroche un quartier de veau qu'il pose sur son billot. Il cherche dans sa caisse à couteaux, sort le hachoir, la scie, passe machinalement la longue lame à dépecer sur le fusil à aiguiser en ne quittant pas de l'œil l'organisation de sa troupe. Jeanne, la plus forte des cuisinières, transporte la bouteille de gaz et le réchaud à lessive sans effort, comme un homme. Elle se penche pour allumer le feu sous la marmite remplie d'eau. La flamme bleue se répand en grondant autour du rond du réchaud. Il n'y a plus une buée de brume autour de la Gallifrère. Tout est nettoyé, le soleil a commencé de lancer son jaune. L'air circule lentement. Quelques feuilles du marronnier frémissent. « Quel beau temps ! Quelle douceur ! » dit Jeanne en finissant de régler son feu. Elle se relève, remonte ses seins, resserre le lacet de ses cheveux en natte épaisse sur sa nuque. Elle me regarde, sourit au marié. Le bleu de ses yeux se confond avec le myosotis très pur du ciel à cette heure de la matinée.

Nous avons demandé, Micha et moi, s'il était utile d'aller chercher le stand prêté par le club de football pour le vin d'honneur. Il fait beau, aligner les tables sous le marronnier ne serait-il pas suffisant ?

Auguste préfère, malgré tout, dresser les bâches contre les grilles et le mur de la cour, leur ombre ne sera pas de trop. Elles ajouteront un caractère plus festif. Et puis, on ne sait jamais, s'il pleuvait ? Je m'installe au volant du tracteur. Le petit Alexandre, six, sept ans, accourt, la casquette de base-ball sur la tête. « Je vais avec vous ! » Micha le hisse sur ses genoux. « Faites attention à lui ! » crie la mère du petit, sortie sur le seuil. Micha acquiesce et salue la cousine avec la casquette d'Alexandre. La remorque vide ferraille à grand bruit sur les pierres.

Le gamin a un air de Nem, le petit Khmer qui jouait avec moi aux capsules de bière sur le trottoir. Sa peau est cuivrée comme celle d'un enfant de là-bas, mais c'est surtout son sourire à fossettes. Je crois que j'ai gagné beaucoup plus de capsules que Nem. Mon palet était un précieux morceau de tuile qui trouait ma poche. Le rire de Nem jaillissait, même quand il perdait, avec des ruissellements de cailloux dans une rivière. Nous avons couru tout nus nous mettre sous les gouttières du cinéma pour la douche, à la première averse de la mousson. Nous dansions sous la pluie. Un serpent, une grenouille nous ont plu sur la tête, sans doute déboulés des eaux du grand lac Tonlé Sap que les cyclones aspiraient.

11

Je m'en veux toujours de n'avoir rien senti venir. Nous étions à l'aéroport de Phnom Penh. Mâa-ma nous avait accompagnés, comme d'habitude, jusqu'au comptoir de la douane, elle n'a jamais manqué un seul départ à la fin de nos vacances. J'ai calculé, c'était le quatorzième et c'était devenu pour nous un rituel. Elle était toujours triste de nous voir nous envoler. Nous, nous avions grandi. A-t-elle pensé que ça pouvait être notre dernier adieu ? Moi, je me réjouissais de retrouver Gabrielle et ma vie française, même si c'était douloureux de partir. L'idée de la séparation définitive ne m'a pas effleuré une seconde, et je me reproche pour toujours d'avoir quitté mâa-ma, cette dernière fois, sans imaginer que, peut-être, je ne la reverrais plus.

La présence de Zhicheng a pu ajouter à mon inconscience. Le petit frère prenait l'avion pour la deuxième fois avec nous. C'en était fini des privilèges du petit dernier, né l'année qui a suivi notre départ à Romilly. Nous sommes convaincus, Zhiqiang et moi, que nos parents ont tenté de raccommoder avec lui leur couple. Il a profité de l'existence dorée de presque fils unique du docteur Zhang jusqu'à treize ans. L'argent ne manquait plus à la clinique de la maison rose. Nous, nous étions loin et les chèques qui nous arrivaient continuaient à être insuffisants. Je comprenais que la radinerie de notre père était volontaire. Nous devions apprendre à nous débrouiller tout seuls et gagner notre vie. Il avait connu des moments difficiles. Nous serions formés, nous aussi, à cette rude école. On peut dire que, de ce côté-là, nous avons été servis.

Zhicheng n'a pas été comme nous élève à l'école chinoise de Phnom Penh, mais est allé directement à l'école puis au lycée Descartes. Et notre père a attendu ses treize ans, donc, pour l'orienter vers de prestigieux lycées américains ou suisses, mais leurs emplois du temps faisaient la part trop belle, selon lui, aux loisirs. Il a préféré les programmes français et profité du départ en retraite d'un couple d'amis du Cercle français de Phnom Penh qui rentraient en France pour leur confier notre frère. Zhicheng n'est pas venu avec nous à Nantes et en Vendée, nous avions, à vingt ans, autre chose à faire que de nous occuper de l'adolescent. Il a accompagné ce couple dans sa retraite de la côte landaise et s'est retrouvé là-bas dans la solitude des lacs bleus et de la forêt de pins. L'adaptation n'a pas été facile pour lui. A son arrivée à Paris, lors de son premier voyage, il était incapable de lacer ses souliers tout seul, tellement il avait l'habitude d'être servi. Nous aurions dû l'aider davantage.

Notre mère s'inquiétait surtout de lui, de sa valise, de ses affaires, à l'aéroport, ce matin du dernier départ. Nous attendions l'avion, assis à la terrasse d'un café, tandis que Zhicheng nous énervait à réclamer sans cesse un livre, des journaux, et à courir vers les toilettes. Taï Mouï était venue aussi. Les deux femmes ne semblaient voir que lui. J'étais à côté de mâa-ma pour notre dernier thé. J'ai remarqué que, comme à tous nos départs, elle a laissé sa tasse pleine, elle ne pouvait rien avaler. J'ai demandé à mes frères comment elle était habillée, ce jour-là. Ils ne se souviennent pas. Sans doute sa jupe bleue et l'un de ses habituels chemisiers de soie blanche. Nous n'avons pas pris de photo.

Elle n'a pas changé, me semble-t-il, d'un été à l'autre pendant ces treize ans de vacances. Est-ce qu'un fils voit sa mère vieillir ? Elle a toujours été élégante, n'a jamais eu besoin de se teindre les cheveux. Zhicheng dit qu'il a vu Taï Mouï noircir les siens. Mais notre mâa-ma était si discrète dans les domaines de l'intime, comme dans tous les domaines, d'ailleurs.

J'ai cru, nous avons cru, espéré jusqu'au bout, le pays à l'abri de la menace. Bien sûr, les attentats se multipliaient, mais les Américains étaient là. Le marché central continuait de regorger de papayes, mangues, oranges vertes, légumes, poivre, épices, et de toutes les richesses agricoles du paradis khmer.

Les bouchers assis en tailleur à même leur étal tranchaient les viandes au ras de leurs pieds nus. Les poissonniers arrosaient d'eau fraîche leurs poissons pour garder leurs écailles brillantes. Nous recherchions, Zhiqiang et moi, les marchands de rouleaux de riz gluant fourrés de banane mûre et de boulettes roses et vertes au sucre de palme. Pouvions-nous imaginer que la guerre s'acharnerait à détruire la Perle de l'Orient et penser qu'un jour un torrent de violence, de souffrances et de larmes emporterait tous ces bonheurs, ces plaisirs et ces rires ? Même les enterrements au Cambodge étaient prétextes à des chants et des vêtements de fête.

Quelques semaines avant nos ultimes vacances à Phnom Penh, j'ai ressenti combien pourtant tout cela était fragile. Nous traversions le jardin des plantes, Gabrielle et moi, à Nantes, des nuages d'avril glissaient lentement dans le bleu du ciel. Je n'ai pas bien compris d'abord ce qui m'arrivait. Il n'y avait presque pas de vent. Je me suis arrêté. J'avais mal. « Qu'est-ce que tu as ? » m'a demandé Gabrielle. C'était dans l'air. J'ai fermé les yeux. La tour de la cathédrale se dressait derrière les branches. L'odeur était forte. J'ai dit : « C'est le tulipier... » Nous étions sous ses branches et les fleurs blanches à reflets verts exhalaient dans l'air leur parfum vanillé, sucré. Tout d'un coup, elles me rappelaient les odeurs mêlées, l'abondance des fleurs aux halles de Phnom Penh, les rires bruyants, le désordre heureux, les jacasseries des marchands.

J'aurais dû être content, j'étais transporté et, je ne sais pas pourquoi, j'étais malheureux. Il y avait dans la lumière comme une menace. J'avais soudain la sensation que tout cela était volatil. Les nouvelles de l'Asie du Sud-Est n'étaient pas bonnes, tout pouvait s'évanouir, s'envoler, se diluer, s'échapper comme ce parfum dans l'air évanescent. J'avais mal à mon Cambodge. Gabrielle me tenait par la main, elle me souriait mais elle ne comprenait pas bien, inquiète comme souvent de mes besoins d'Asie. Elle m'a serré fort le bras. « Tu es fatigué. Tu as beaucoup travaillé. » C'était vrai. Nous bachotions la nuit, Stéphane et moi, et j'allais toujours trois ou quatre fois par semaine, le soir, décharger des caisses de pommes de terre et d'artichauts. Je l'ai suivie, nous sommes descendus vers la rive du fleuve. Un trio d'ivrognes sur un banc palabrait avec ses bouteilles, une famille pique-niquait au bord du quai, les eaux grasses de la Loire lançaient de vibrants reflets sous l'ombre violette des arbres du trottoir. « Dis-moi », a insisté Gabrielle.

La douleur était partie. J'ai raconté le parfum du tulipier qui m'avait emporté au Cambodge et que, c'était bête, j'avais eu le sentiment d'avoir définitivement perdu tout ça. « Tu vas le retrouver. Tu y retournes bientôt. » Les billets étaient pris, je devais partir, comme d'habitude, avec Zhiqiang, pour les vacances. J'ai haussé les épaules, hoché la tête, me suis excusé, l'odeur du tulipier m'avait rendu nostalgique. Quelquefois, elle a craint que je ne rentre pas, et me menaçait : « Si tu ne reviens pas, j'irai te chercher à Phnom Penh ! » Elle était au courant des infidélités de mon père. Je savais que, lorsque je ne dormais pas avec elle, elle roulait le traversin en travers du lit et le serrait dans ses bras. Je lui ai dit que si j'étais né à Nantes ou à Bordeaux les choses auraient été moins compliquées. Elle a répondu : « On s'en fout ! » et, en riant, que c'étaient les Chinois qui avaient inventé les nouilles bien avant les Italiens. Marco Polo en avait rapporté la recette de ses voyages en Asie. Un nuage blanc plus compact, plus formé, comme un iceberg, remontait le cours du fleuve. Nous nous sommes assis sur un banc pour nous embrasser. Elle a chuchoté : « Quand nous aurons notre maison avec un jardin, nous y planterons un tulipier ! » Le souvenir de mon angoisse du tulipier m'est revenu parfois comme un élancement dans une dent cariée, pendant les semaines qui ont suivi. Et puis nous sommes partis. Et, à Phnom Penh, j'ai oublié. Mais maintenant je me dis que cet épisode du jardin des plantes était comme une prémonition des malheurs et je m'en veux de ne pas avoir pris plus au sérieux cet avertissement.

12

Les hommes aiment s'étourdir et danser au bord du cratère du volcan. La guerre grondait aux portes de la ville. Régulièrement les bateliers repêchaient des corps mutilés dans les eaux du Mékong. Et pourtant, il me semble que nous n'avons jamais été aussi insouciants que pendant ces dernières vacances. Les réfugiés affluaient des campagnes. La population de la ville avait triplé, disait mon père. Les bars étaient pris d'assaut. Le whisky américain était devenu la boisson nationale. Les fêtes battaient leur plein jusqu'au bout de la nuit. Nous avons dansé, nagé tous les jours à la piscine du Cercle, joué au tennis et les boys khmers continuaient de ramasser nos balles contre une poignée de riels. Outre la clinique, notre père avait monté un fructueux petit bureau de change de francs et de dollars. Nous n'avions jamais été aussi riches, le trafic était la norme, Zhiqiang a acheté son permis de conduire contre un morceau de gruyère du groupement d'achat de la Mission française. Les autos arrivaient sur les bateaux de l'armée que les militaires revendaient avec une avantageuse commission. Mes frères sont de mon avis, nous aussi, nous avons tout fait pour ne pas voir et jouir de ces derniers jours de soleil avant l'orage.

Nous avons passé une semaine à la station balnéaire de Kep, avec nos parents et Taï Mouï, pendant ces vacances-là. Jamais, je crois, nous n'avons été aussi bien ensemble. A moins que ma mémoire complaisante n'invente cette ultime parenthèse de bonheur familial dans notre histoire. Yem Sambaur, le ministre de la Justice, avait prêté à nos parents sa villa sur la colline face à la mer de Chine. Le toit de sa maison était couvert de palmes, les branches des manguiers faisaient de l'ombre aux larges baies vitrées. Nous ne le savions pas alors, mais notre père n'avait pu s'empêcher de promettre Zhicheng, secrètement, en mariage à la fille du ministre. Notre père et notre mère, qui faisaient chambre à part, ont enterré pour quelques jours la hache de guerre. Alors que je buvais mon café sur la terrasse, un matin, je l'ai même surpris sortant de la chambre de mâa-ma vêtu de son seul short bleu.

Il a transporté avec nous les énormes bouées de caoutchouc noir jusqu'à la mer. Les tentes du campement des militaires américains en vacances dressaient plus bas leurs toiles vertes sur le bord de la route de la corniche et les flonflons des musiques de leurs bals montaient jusqu'à nos chambres, tard dans la nuit. Nous descendions en courant parmi les palmiers du parc vers la plage et l'embarcadère pour l'île aux Lapins qui alignait ses piliers loin au large, où les bateaux attendaient les clients pour la traversée. Notre mère préférait nager le soir, après le dîner, soleil couché, pour éviter le feu du ciel. L'après-midi, elle restait à l'abri sur le sable blanc avec Taï Mouï, sous les cocotiers. Notre père a plongé avec nous pour une course aller et retour jusqu'au dernier pilier de l'embarcadère. Mâa-ma a donné le départ. Il a déroulé moins vite que nous et, très vite, nous avons pris l'avantage. Mais, passé le pilier, il a commencé à nous remonter. Inéluctablement, il a rejoint puis dépassé Zhicheng, trop jeune encore pour lutter. Nous nous sommes écroulés, épuisés, sur le sable. « Je vous aurai ! » a-t-il lancé à Zhiqiang et moi en reprenant son souffle. Il n'a jamais accepté la défaite, aucune. C'est sa force. Il s'est toujours sorti ainsi des pires difficultés. Notre mère et Taï Mouï se sont approchées sur la plage, les serviettes de bain sur les épaules. Des taches de soleil filtrées par la trame lâche de la paille de leurs chapeaux bariolés dansaient dans l'ombre blonde sur leurs visages en sueur. Nous avons marché dans la mer ensemble et remonté vers l'abri des palmiers où nous nous sommes allongés, les quatre nageurs, sur les couchettes de planches et de piquets des masseurs et masseuses. Je me suis endormi abandonné aux mains qui me caressaient et me manipulaient et c'est après, je m'en souviens, que mon père m'a montré la petite paysanne au chapeau conique qui attendait, accroupie, auprès de son panier sur le bord de la route. J'ai couru sur le sable brûlant.

Je suis revenu les bras chargés de quatre grosses cosses marron épineuses de *lao line*. Notre père a sorti son couteau. « Quelle horreur ! s'est écriée mâa-ma en se pinçant le nez et en s'éloignant avec Taï Mouï. Comment pouvez-vous manger ça ! » J'en avais déjà mangé avant, mais je me souviens de la saveur des fruits tièdes, cet après-midi-là. Tout le monde n'aime pas les *lao line*. Certains détestent, comme mâa-ma, ce fruit repoussant qui sent mauvais. Sur l'arbre, il exhale un fumet entêtant de pissotière. Ouvert, il pue franchement. Dans un mouvement de solidarité virile, nous nous sommes approchés en riant de notre père qui tranchait la peau épaisse et découpait pour nous de petits cubes dans la chair blanche visqueuse et molle. Nous nous sommes bousculés pour nous régaler du fruit délicieux qui désaltère. J'ai sucé les noyaux du mien pour m'imprégner de sa saveur sucrée un peu écœurante. C'était mon Cambodge que j'avais sur la langue, un mélange des saveurs les plus raffinées et des relents des pires latrines. Mon père a dit qu'en Thaïlande il avait mangé une variété à chair rose, presque rouge, qui se vendait jusqu'à mille dollars, et il a ajouté, en riant à son intention, que notre mère avait tort, parfois les meilleures choses sentent mauvais.

Nous étions une famille. Mâa-ma nous enduisait d'huile pour nous protéger des *mokafouille*, les moucherons voraces. Je lui ai demandé de m'en badigeonner le dos comme quand j'avais cinq ans. Nous nous sommes disputé des saladiers de grosses cigales de mer. Une pluie d'exocets s'est abattue sur notre bateau au retour de l'île aux Lapins, et l'un de ces petits poissons volants a heurté mâa-ma au visage. Les nageoires coupantes l'ont blessée. Sa joue a saigné, mais notre père l'a soignée. La joue de mâa-ma était encore écorchée à l'aéroport.

Je me rappelle son dernier baiser, quand nous prenions la file du contrôle des billets. Je l'ai embrassée distraitement, comme ça, dans l'avion déjà. Elle a pris mes joues entre ses mains, comme d'habitude. « Au revoir... mon grand... » J'ai toujours aimé cette seconde d'hésitation de mâa-ma avant qu'elle n'ajoute « mon grand ». Bonjour... mon grand. Comment vas-tu... mon grand ? Cette seconde de latence, comme une retenue de la pudeur. Elle nous a répété plusieurs fois qu'elle s'en voulait du jour où elle avait fui sans un adieu dans la voiture de tonton Pan, en abandonnant ses petits garçons sur le trottoir de Romilly. J'aimerais tellement encore aujourd'hui qu'elle enferme mon visage entre ses longs doigts et m'appelle son grand.

J'ai pu partager avec elle de précieux moments d'intimité quand elle a accompagné Zhicheng, comme elle l'avait fait pour nous, pour son installation en France. Les conditions d'arrivée du petit frère n'étaient pas les mêmes. Il était reçu dans une bonne maison où on l'a accueilli comme un fils. Mâa-ma, cette année-là, a ensuite passé quinze jours à Nantes, où elle a partagé ma chambre d'étudiant. Nous étions ensemble, rien que nous deux, Gabrielle lui avait gentiment laissé la place. Je n'ai pas mangé une seule fois au restau U pendant ces deux semaines. Mâa-ma m'attendait devant nos deux assiettes sur la petite table de ma chambre. Elle avait réussi à cuisiner pour nous, pour moi, un plein faitout de soupe cambodgienne sur ma plaque électrique. « Mange ! Il faut que tu manges ! » disait-elle, et elle remplissait mon assiette. Elle me pinçait le bras. Elle m'aurait voulu plus gros. Je gonflais mes muscles. « Je fais du sport, mâa-ma ! De la boxe, du judo, du rugby ! » C'est vrai. J'ai été l'apprenti carabin le plus assidu du ring et du tatami. J'ai trouvé aussi le temps pour ça. Gabrielle n'aimait pas me voir revenir avec une entaille au-dessus de l'œil ou des ecchymoses sur les joues. « Je suis un fox-terrier, mâa-ma, un sanglier ! Les gros ne me font pas peur. Je ne les vois pas. J'enlève mes lunettes. J'invite des 4e dan. Ils m'appellent le tapis volant ! » Mâa-ma était curieuse de tout. Elle sortait sans crainte, courait les magasins d'alimentation à la recherche de produits chinois a priori introuvables. Elle a voulu m'accompagner de bonne heure aux halles où j'allais travailler et elle y est restée une partie de la matinée. Elle regardait, silencieuse, mais elle avait une façon à elle d'aller vers mes camarades de travail, les hommes d'âge mûr qui tiraient fort sur leurs cigarettes sans filtre, elle leur adressait son sourire mystérieux et doux, le même que pour accueillir et rassurer à la maison rose les femmes souffrantes et affolées par les douleurs de l'accouchement. Elle m'a demandé un soir, après que Gabrielle était venue manger avec nous : « Crois-tu qu'elle réussira à te faire de beaux enfants ? »

Nous dormions ensemble dans ma chambre. Le lit étroit n'était pas un obstacle avec Gabrielle mais, avec mâa-ma, nous avons dormi tête-bêche, au début. Les pieds de ma mère m'arrivaient à la figure, alors je me suis couché sur le tapis au pied du lit. Elle avait des pieds étroits et en était fière. Tous les soirs pendant son séjour, elle s'est assise les pieds dans ma bassine remplie d'eau chaude où elle avait versé un peu d'eau de rose. Le jour baissait, c'était en octobre, nous n'avions pas allumé la lumière et nous parlions en chinois cantonais de la Chine, de la France, du Cambodge, de mes frères, de mon père, jusqu'à la nuit noire. Elle disait alors : « Si tu allumais ? » Je tournais le variateur et lui passais la serviette. L'eau de la bassine avait depuis longtemps cessé de fumer. La chambre sentait bon le discret parfum de rose. Elle s'essuyait les pieds avec soin, la phalangine du second orteil de son pied droit était légèrement oblique. Nous avons cette infime déformation congénitale, les trois frères, une marque de fabrique.

13

L'évêque de Phnom Penh ne s'est pas trompé. J'ai voulu être missionnaire quand j'étais petit garçon à Romilly. De huit à onze ans, été comme hiver, le dimanche, nous avons eu deux messes à la chapelle. Après la première messe basse à sept heures, nous retournions devant l'autel pour la grand-messe, la messe chantée. L'après-midi, avant la promenade, on récitait les vêpres et le soir, avant le coucher, les complies. Le séminaire formait les bons petits soldats de Dieu. Nous portions un dizainier à la ceinture, l'anneau à croix de fer dont les dix créneaux permettent de compter les « Je vous salue Marie » de la dizaine de chapelet. Aux études libres, nous lisions les vies de Thérèse de Lisieux, du curé d'Ars, de Don Bosco, de Dominique Savio, ces belles âmes aux mains jointes et à la sainteté exemplaire. Aux petites vacances, nous avons eu droit – quelle chance ! – à *Sylvain et Sylvette* et *Tintin*. Nous avons rivalisé, Zhiqiang et moi, à savoir lequel de nous deux arriverait à prier le plus longtemps, à genoux, bras en croix, devant l'autel. Nous dessinions des croix sur nos cahiers, nous écrivions « Jésus, Marie, Joseph » après notre nom, en tête de nos devoirs. Ai-je, vraiment, voulu être missionnaire ? J'y voyais surtout le chemin le plus direct pour retourner au pays dont nous avions été arrachés.

Je ne me suis jamais trouvé bien au séminaire sauf, peut-être, dans mon rôle de consolateur avec Zhiqiang à mes côtés qui pleurait dans le sinistre dortoir. Il a été souvent malade, a toussé beaucoup, je prenais le tousseur dans mes bras, blotti contre moi. Il m'a, une fois, refilé son impétigo, ça grattait, et sœur « Thermomètre », la religieuse infirmière au grand tablier de caoutchouc blanc, nous a badigeonnés de rouge. Henri, le pion, ne m'a jamais attrapé dans le lit de mon frère. Je ne crois pas qu'il ait fermé les yeux exprès, à moins qu'il n'en ait reçu la consigne, on était si petits. Je ne faisais pas de bruit, me glissais comme un chat. Les voisins de dortoir ne nous ont pas mouchardés, certains, parmi eux, pleuraient aussi dans le noir.

C'est à lui, Henri-Pingouin, que nous appelions encore « Dix heures dix » à cause de sa démarche, les pieds en éventail, que je dois mon plus terrible souvenir de Romilly. Nous approchions des grandes vacances, à la fin de notre première année scolaire. Nous parlions désormais aussi bien français que nos camarades. Ce jour de juin, je ne sais plus pourquoi, les ballons nous avaient été confisqués. Nous tuions le temps à lancer un caillou le plus loin possible à travers la cour. Peut-être que, moins myope, j'aurais été plus adroit, mon caillou a heurté le grand Clénet au front. Il est tombé, a crié en découvrant le sang. La coupure n'était que superficielle. Je me suis dénoncé. « C'est bien, m'a félicité Pingouin, ta franchise sera récompensée. » Mais à la fin de l'étude du soir, il m'a fait signe de venir à son bureau. J'ai gravi les marches de l'estrade, bras croisés. « Avance ! » Il a pivoté sur sa chaise, la touffe de cheveux en bataille, les yeux cachés derrière les verres fumés de ses lunettes, et m'a couché sur ses genoux. J'avais le nez dans sa soutane, il m'a coincé entre ses jambes, j'ai senti ses mains froides descendre ma culotte. Nous étions une cinquantaine dans la salle d'études des petits, quelques primaires comme nous, des sixièmes et des cinquièmes. Et ses battoirs ont commencé à frapper mes fesses nues devant tout le monde. J'ai hurlé. Je crois que tous les élèves étaient muets. « On… ne… joue… pas… à… lancer… des… pierres… ! » Chaque mot était accompagné d'une fessée. Il a recommencé une fois, deux fois, « On… ne… joue… pas… », ses mains claquaient l'une après l'autre. « Reculotte-toi ! » Il a appelé le grand Louis-Marie Clénet qui s'est approché avec son pansement sur le front. « A ton tour, maintenant ! » Et il a remis ça avec lui. J'ai plus été blessé dans mon amour-propre que par les claques de Pingouin. Zhiqiang, bras croisés sur son bureau, pleurait en silence. Les grands m'ont dit pour me consoler que la comédie de la fessée n'était pas nouvelle, Henri la rejouait chaque année au moins une fois, il cultivait ainsi sa réputation de terroriste. Il m'arrive encore parfois de me réveiller, hurlant, en sueur. Je suis cul nu devant mes camarades et les mains de ce salaud s'abattent sur mon derrière.

Heureusement, les grandes vacances sont arrivées. Le père Raphaël nous a conduits dans sa 2 CV chez notre tutrice. Le père supérieur était un bon homme, on le croisait dans les couloirs le chapelet à la main. Il avait été capitaine, blessé au front pendant la guerre. Il n'était pas grand, quand il conduisait, seule sa coiffure, sa barrette, émergeait au-dessus du volant. Madeleine Jaud, de la paroisse voisine de Pugny, s'était portée volontaire pour être notre tutrice. La route de Pugny tourne entre de vastes peupleraies qui longent un bras de la rivière Aube, les prairies sont vertes au bord de l'eau. On échappait enfin aux murs du pensionnat. J'ai tout de suite remarqué les fleurs dans la cour de la ferme. Maman Madeleine est apparue sur le seuil. Elle a posé sa main tiède sur ma tête, j'ai compris après que c'était un geste de tendresse. On était tondus l'un et l'autre comme des petits bagnards, du rouge encore aux lobes des oreilles. Son mari ne mettait pas les pieds à l'église, sauf pour les enterrements. Le père Raphaël a ouvert nos cahiers de devoirs de vacances, avalé le café que Madeleine avait réchauffé sur le gaz. « Vous n'oublierez pas de leur faire réciter leurs prières. » Il a tracé une croix sur nos fronts. « Bonnes vacances, les enfants. Vous serez sages et polis avec monsieur et madame Jaud. » Le moteur de la 2 CV grondait encore au fond de la cour lorsque madame Jaud nous a dit de l'appeler Madeleine. Elle avait ouvert nos valises, nos vêtements étaient tous trop grands ou trop petits, disait-elle. Zhiqiang avait beaucoup grandi pendant cette première année. Notre mère avait acheté des vêtements qui durent. Les premiers jours ont été consacrés surtout aux essayages près de la machine à coudre de Madeleine. « Tu ne peux pas les laisser un peu tranquilles, sainte Marie Madeleine ? » lui a reproché Robert Jaud. Il l'appelait comme ça parfois, par ironie pour ses « bondieuseries ». Il nous a fait peur au début quand il haussait ses sourcils charbonneux. Il se rasait deux fois par semaine, le jeudi et le dimanche. Madeleine a retourné les jambes de nos culottes courtes, les a piquées à la machine. « On les rallongera, s'il le faut, à la fin des vacances. » Notre chambre, rien qu'à nous, jouxtait la salle profonde du grenier. Nous avons eu du mal d'abord avec son odeur de vieille poussière. Et puis il y a eu les battages. Nous nous sommes endormis avec, dans le nez, l'or du blé neuf amassé derrière la cloison de bois.

Cet été, à Pugny, il a toujours fait beau. Zhiqiang ne pleurait plus. Madeleine a disposé des pots de géraniums à toutes les fenêtres et des jardinières sur le mur de l'escalier de pierre qui montait à notre grenier. « Les géraniums chassent les mouches et les moustiques ! » Nous dormions souvent porte ouverte sur l'escalier, les marches étaient chaudes. Au milieu de la nuit, le chat Pompon entrait et venait se coucher sur notre lit. On était chez nous, presque. On a été libres à Pugny. La ferme n'était pas grande. Robert travaillait beaucoup, il était déjà dans l'étable quand nous nous levions le matin. Nous l'entendions jurer dans la cour. C'était un peu sa manière de dire bonjour. Il rentrait débordant d'odeurs de vache, nous effleurait de sa casquette. « Bonjour, les Annamites ! » « Arrête ! » lui disait Madeleine. Nous avons compris très vite qu'il jouait à l'ogre avec nous, avec elle. Un matin, après une semaine, Madeleine a dit devant lui qu'on pouvait l'appeler « maman Madeleine » si on voulait. Il a sifflé en hochant la tête. Elle étalait la couche de crème sur nos tartines, à Zhiqiang elle ajoutait du sucre, moi je préférais le sel. Il a ajouté, moqueur, en regardant le petit matelas de crème sur notre pain. « Oui, Marie Madeleine, tu vas le gagner, ton paradis ! »

Elle a haussé les épaules. « Je me donne du mal, parce que je veux gagner aussi le tien, malgré toi. Le paradis sans toi, ce ne serait pas le paradis ! » Ils s'aimaient, ces deux-là. La comédie faisait partie du jeu de Robert, et c'est Madeleine qui dirigeait la maison. Nous n'avons jamais entendu Robert jurer dans la cuisine, pas chez elle, pas entre ses murs, en tout cas il ne l'a jamais fait devant nous. Zhiqiang a bien voulu l'appeler tout de suite « maman Madeleine ». Il se précipitait dans ses jambes. « Un câlin, maman Madeleine ! Un câlin ! » Moi, j'ai attendu un peu plus.

Nous avons appris, chez maman et papa Jaud. Nous ne connaissions rien à la campagne française. Quand je suis arrivé à la Gallifrère, je n'ai pas été trop perdu grâce aux leçons des vacances à Pugny. Nous coupions des fleurs de carotte pour les lapins, nous n'en avions jamais vu, on caressait la grosse mère lapine aux yeux roses dans le clapier. Robert nous a dit que nous nous régalerions avec le lapin doré à la cocotte de Madeleine, on n'était pas sûrs, il s'amusait à nous faire peur.

Les poules n'étaient pas tout à fait les mêmes que celles du Cambodge plus hautes sur pattes, moins lourdes, noires souvent, on levait leurs œufs dans les nids. Nous remplissions les arrosoirs à la pompe, le soir, et nos sandalettes étaient trempées. J'ai conduit la jument, Caroline, à travers les champs avec Robert. Je la tenais par le licol, sa grosse tête acajou au-dessus de la mienne. Nous descendions à la Loue, le ruisseau en contrebas de la ferme, pour y construire nos barrages. Zhiqiang a décollé une grosse pierre au fond du lit du ruisseau et il a vu luire quelque chose comme du métal. On a gratté dans la boue. Ça ressemblait à un couteau. Quand on l'a décollé des graviers et de la terre, on a vu que c'était une épée. « Un glaive romain ! » « Ça n'est pas un glaive romain, les enfants, a dit

Robert, c'est une épée française ou allemande. La guerre est passée chez nous. »

Nous avons regardé avec lui « La Piste aux étoiles » à la télévision, nos chaises de chaque côté de lui. Ils n'avaient pas d'enfants. C'était le drame de leur vie. Maman Madeleine nous l'a dit un soir dans notre chambre du grenier. « Voulez-vous vous relever, les enfants ? Allez embrasser papa Jaud. Il sera content. » Papa Jaud. Maman Madeleine. Elle n'était pas bigote, le dimanche, elle nous habillait, vérifiait une dernière fois que nous étions bien mis avant de monter les marches du portail de l'église. Nous passions à la boulangerie avec elle, après la messe, elle prenait des éclairs au chocolat pour le dessert, nous achetait aussi des rouleaux de réglisse avec un bonbon de couleur au milieu que nous mangions dans la 4 CV au retour. « Alors, demandait la boulangère, tu es contente de tes pensionnaires ? » « Demande-leur à eux s'ils sont contents ! » Elle nous disait de manger vite la réglisse. « Vous ne le direz pas à Robert ! » Mais à notre arrivée, il nous scrutait de son regard d'ogre. « Je crois bien qu'il y en a qui ont fait encore un péché de gourmandise… »

Et puis il y a eu Hélène et Pauline Charpentier, les voisines de la ferme de Pugny. Nous conduisions ensemble les vaches à leur pâture. Les deux sœurs étaient plus vieilles que nous, elles avaient douze et treize ans, et dès qu'elles sortaient, nous accourions. Madeleine n'aimait pas trop nous voir avec elles, elle craignait qu'elles aient une mauvaise influence. « Mais comment veux-tu les empêcher ? disait Robert. Nos cours sont mitoyennes. Et puis ce n'est pas plus mal qu'ils touchent un peu les filles ! » La 2 CV du père Raphaël est revenue. Maman Madeleine nous avait recommandé : « Vous ne pleurerez pas, sinon je pleurerai moi aussi. » Nous nous sommes promis de nous écrire. Ils viendraient nous voir. Elle avait proposé au père Raphaël de nous prendre toute l'année et de nous mettre à l'école au bourg, mais nous dépendions de l'évêque de Meaux. Nous nous sommes embrassés. Les filles sont sorties sur leur seuil pour nous regarder passer dans la 2 CV. Nous sommes partis sans larmes. Mais le soir, dans le dortoir de Romilly, Ham Pao a sangloté à nouveau.

Les promesses ont été tenues. Une lettre de maman Madeleine nous est arrivée tous les quinze jours et ils n'ont jamais manqué la sortie autorisée mensuelle. A chaque fois, papa Jaud nous a soulevés l'un après l'autre à bout de bras. « Mais vous devenez lourds ! Vous avez grandi, petits Annamites ! » A chaque fois, nous avons levé le couvercle du carton de la boulangère, des éclairs au chocolat y étaient alignés à côté des rouleaux de réglisse que nous enveloppions dans un papier et cachions au fond de notre poche parce que les pères nous auraient obligés à les partager avec nos camarades.

Un dimanche, Robert et Madeleine nous ont même fait la surprise de venir avec Hélène et Pauline. Robert a cligné de l'œil. « On a dit à la bonne sœur qu'elles étaient vos petites amies ! » « Ce n'est pas vrai, a corrigé Madeleine, on a dit qu'elles étaient des cousines... » « Les filles étaient curieuses de mettre les pieds dans ce repaire de curés ! » a chuchoté Robert. « Il fait froid chez vous ! » a frissonné Hélène dans la laide petite salle de la porterie. « Les petits curés sont réchauffés ! » a ironisé papa Jaud.

A Pugny, aux grandes vacances, l'année suivante, nous avons retrouvé fringants nos géraniums sur la rampe de l'escalier et nous avons compté leurs pompons rouges. Malheureusement le père Raphaël nous avait inscrits pour presque un mois à la colonie de vacances de Serre-Chevalier et la rentrée des classes est venue trop vite. « Vous partez déjà ! On n'a pas eu le temps de profiter de vous ! » s'est plaint Robert en posant sa casquette sur nos deux têtes. Il savait que nous ne passerions pas les prochaines grandes vacances avec lui. Mâa-ma nous avait écrit que, si tout allait bien, si nous faisions une bonne année scolaire, nous prendrions l'avion pour Phnom Penh et la maison rose. Elle avait hâte de voir comme ses deux garçons étaient devenus grands. Et la troisième année à Romilly a été une longue attente. Heureusement les chers Madeleine et Robert n'ont pas failli aux rendez-vous de la porterie. Par deux fois, Robert est même venu tout seul. Il nous a pressés de monter dans la 4 CV, il nous ramenait à Pugny. Madeleine nous avait préparé un festin, du bifteck et des frites. Ils n'ont pas renouvelé ces voyages car, au retour, nous étions tous tristes.

Nous avons conservé longtemps la lettre de mâa-ma qui nous promettait le retour à la maison. Elle était pour nous aussi précieuse que si c'était le billet d'avion. J'ai lu et répété son « j'ai hâte » comme une prière. Mâa-ma avait été initiée à l'art et à la philosophie du calligraphe à son université de Shanghaï et elle ne nous écrivait qu'à la plume et l'encre noire, elle détestait les stylos à bille qui faisaient fureur en Asie. Son écriture était belle. Nous nous sommes passé cette lettre à tour de rôle, Zhiqiang et moi, dans son enveloppe, comme toutes les autres, « par avion » à liseré bleu-blanc-rouge. Nous l'échangions dans le dortoir avant de nous coucher. C'est Zhiqiang qui a commencé à l'embrasser avant de la glisser sous son oreiller. Nous avons repris ce baiser ensuite, chacun à notre tour, tous les soirs. Je n'ai aucune lettre manuscrite de mâa-ma. Pas un mot. Rien. Tout a disparu dans le cataclysme.

Pugny à part, ces trois années à Romilly ont été comme un long séjour dans la vallée des ombres. Les professeurs nous parlaient des limbes au séminaire, cet endroit du rien où séjournent éternellement les âmes des enfants sans baptême.

14

Je me suis habitué à voyager léger. J'ai tant vécu dans le transitoire que je me suis trouvé des amis partout et j'ai été capable d'arracher des racines à peine enfouies. Et maintenant, avec Gabrielle, je fais tout le contraire. Par moments, les préparatifs de notre mariage m'effraient. Je m'aperçois que je l'épouse aussi pour qu'elle m'installe dans son héritage. Elle me donne une famille, des oncles, des cousins, des amis, une tribu, une terre. Leur nature est généreuse. Ils ne sont pas regardants. Ils me donnent, m'adoptent. Ça la réjouit. Ça m'inquiète, me trouble. Elle me dit : « Il y en a qui apportent de l'argent. Moi, c'est la Gallifrère, c'est ça... » Et ajoute en riant : « C'est ma dot ! Elle ne te convient pas ? » Puis m'embrasse, comme si elle me donnait la becquée. « Si. Mais c'est toi que j'épouse... » « C'est moi aussi, tout ça. » « Et moi, je t'apporte quoi ? Mes désordres ? Nos guerres ? Mon passé est parti en fumée... » Elle n'aime pas que je lui dise ça. « Tu dis n'importe quoi. » « Nous n'irons pas ensemble à Phnom Penh... » « Qu'est-ce que tu en sais ? » Nous étions dans ma chambre d'étudiant, il y a six mois. « Alors tu ne veux plus te marier ? » « Si, je le veux. Mais j'ai l'impression quelquefois de ne rien apporter dans la corbeille. » Elle m'a attiré contre elle, quand elle rit parfois on dirait qu'elle chante, elle a entrelacé ses doigts et les miens. « Ton histoire n'est pas faite que de Phnom Penh. Raconte-moi, raconte... J'en ai appris déjà plus que tu crois. Ça me plaît que ça soit compliqué. »

Mais certains moments sont comme les empreintes des oiseaux de mer sur le sable mouillé, tout de suite effacés par le flux.

Auguste m'emmène à la gare de Luçon dans sa grosse Peugeot, Micha nous suit dans la petite 4L de sa mère que je n'imagine pas Auguste conduire, tout juste si quelquefois il la déplace dans la cour. Le break lui sert à tout, à aller à la messe, à transporter les bottes de paille, un jour même un veau paraît-il, et le chien Ulysse monte en général avec lui. Hier, il l'a vidé de ses sièges, lavé, brossé, frotté, aspiré. La 504 rutile presque au soleil, on a du mal à reconnaître la bétaillère poussiéreuse. Il a jeté sur le tableau de bord sa casquette dont le galon de cuir marque de son empreinte son abondante tignasse blanche. Il me demande si les préparatifs de la fête me conviennent, je lui réponds qu'il faudrait être difficile et un discret sourire frissonne sur sa figure rouge. Nous avons laissé le trio de ses frères et Jacquet à l'installation du stand du vin d'honneur. On a transporté avec eux quelques tubes de ferraille puis il m'a fait signe, on est partis. Sur la route, il conduit comme dans ses chemins, tranquille, regarde les champs. On dirait que toujours il se promène, partout chez lui ici. Il fait galoper le moteur, tantôt grave et tantôt aigu, oublie de changer les vitesses et, tout d'un coup, se décide. On entre dans Sainte-Gemme. Tout le village sait que dans deux jours il marie sa fille au Chinois. Il connaît tout le monde. La population de Sainte-Gemme, de Saint-Aubin, et des villages alentour forme comme une famille. Il est sûr qu'en grattant dans les généalogies on trouverait des croisements multiples, des mariages consanguins. « Tu apportes un nouveau sang. On va renouveler la vieille souche ! Tu comprends que c'est par intérêt que je t'aime ! » m'a dit Gabrielle. Auguste lève la main pour saluer par sa vitre ouverte un passant sur le trottoir, puis un deuxième, il klaxonne le troisième, ralentit, s'arrête. « Comment vas-tu, Paul ? » Ils se serrent la main, Paul s'incline à la fenêtre de la Peugeot, me voit, m'adresse un salut de la tête. « Alors, ça y est, tu deviens beau-père ? » « Tout arrive. L'important, c'est que le gendre soit bon ! » Paul rentre encore la tête, cligne vers moi un petit œil d'oiseau rond et noir. « Ça, mon vieux, on ne le sait qu'après ! » Ils rient, se palpent encore les mains. On nous klaxonne. Deux voitures sont bloquées derrière nous. Ils se séparent. Auguste tourne le volant et, en démarrant : « On compte sur toi après-demain ! » « On viendra. Marie adore danser ! » « Paul Maquigneau, le menuisier qui a fait la porte d'entrée, me précise Auguste. C'est un bon. On l'a invité au vin d'honneur et au bal. » Les Gallot ont remplacé le bois plein de leur porte d'entrée par une lumineuse porte vitrée devant le couloir de leur maison à l'occasion du mariage.

Auguste me dit qu'il regrette que son père ne soit plus là. Cette noce lui aurait plu. « Tu comprends ce que je veux dire ?... » Je hausse les épaules, ne sais pas. « ... Une noce à l'ancienne, comme autrefois... Il ne doit pas en revenir de voir marier sa petite Gabrielle à un Chinois ! Quand elle a voulu embrasser son grand-père qui allait mourir, on croyait qu'il n'avait plus ses esprits. Il l'a regardée. Elle avait six ans. "La battez pas, surtout !" » Je hoche la tête. Il déplace sa casquette dont le reflet le gêne sur le pare-brise. « Tu ne le choquerais pas plus que ça... Il a toujours été pour le progrès. C'est lui qui a acheté le premier tracteur à Saint-Aubin... » Il me regarde, explique : « Il avait l'esprit large. »

Nous stationnons la voiture à l'ombre des tilleuls de la gare. Cette place je la connais, j'ai souvent fait le trajet en train Nantes-Luçon et Gabrielle est venue me chercher avec la 4L de sa mère, dont régulièrement elle m'a confié les clés. Un jour, j'ai dit à mes parents que le jeune Richelieu, futur ministre de Louis XIII, nommé évêque de Luçon, s'était lamenté de débarquer dans « le diocèse le plus crotté de France ! », mon père a fait la grimace. Le train n'est pas arrivé. La pendule annonce trois heures, il n'y a que nous. Nous nous asseyons tous les trois sur le banc dans l'ombre bleue de la marquise. Le soleil est aveuglant sur les cailloux gris du ballast et les lignes d'acier des rails. J'enlève mes lunettes et me frotte les yeux. « Vous aurez beau pour la noce... » C'est le chef de gare en chemisette bleue avec son sifflet, il soupire, s'assoit entre Micha et moi, ôte sa casquette, s'essuie le front avec son mouchoir. « On aurait pourtant besoin d'eau... » Il parle de son jardin, du niveau qui baisse dans le puits, puis avec Auguste des obligations des parents pour organiser un mariage. « Vous attendez des gens de chez toi qui arrivent de loin ? » me demande-t-il. « Oui, répond Auguste, les premiers. Il en viendra d'autres, demain. » Le chef de gare hoche la tête, réajuste avec soin sa casquette, se lève. Un souffle de vent passe et nous comble de sa fraîcheur.

L'autorail s'arrête dans un crissement aigu de freins. Ça sent le gasoil. Les portes semblent tarder à s'ouvrir, on dirait qu'il n'y a personne à en descendre. Et on les voit, là-bas. Ils ont déjà commencé à se passer les bagages sur le quai d'en face. J'y vais, mon cœur bat vite, je me précipite, traverse les deux voies derrière l'autorail. « Tonton Chu ! Bonjour ! Oncle Wen ! Tante Li ! » Ils sont là pour moi. Affairés à leur déménagement, ils répondent à peine, le chef de gare à côté d'eux en oublierait de donner le signal du départ. Il reste encore une valise. C'est toute la Chine qui débarque à Luçon. Ça y est. Ils se décident enfin à nous saluer, joignent les mains, s'inclinent. Le chef de gare se souvient de son sifflet, l'embouche. L'autorail s'ébroue, s'ébranle, la ferraille craquante comme de vieux os.

Tante Li me sourit, joint les mains vers moi. Je joins mes mains et les mêle aux siennes. « Merci, d'être venue. » Auguste hésite et empoigne franchement les mains des arrivants pour les saluer à la française. « Bonjour… Victor ! » Il se rappelle que tonton Chu, depuis qu'il est arrivé en France, veut qu'on l'appelle de son prénom français. Victor a mis un beau costume gris. Auguste le dépasse de la tête et des épaules. Il enferme dans ses deux grosses pognes les mains menues, encore jointes, de tante Li. « Bienvenue, les amis ! » Ils se sont rencontrés une fois, quand Gabrielle et moi avons piloté la tribu Gallot dans le Chinatown du 13e à Paris. Micha et Jacquet étaient là aussi. Micha m'imite, il embrasse aussi l'oncle Wen. Et je me tourne vers Taï Mouï, comme toujours discrète, en retrait, sous son chapeau de paille. Je lui tends les bras. « Taï Mouï ! Taï Mouï ! La meilleure pour la fin ! » Elle me tend les siens. « Chère Taï Mouï ! » Les yeux fermés, je reconnaîtrais le contact et l'odeur de sa peau. Elle m'a plus touché que mâa-ma lorsque j'étais petit, elle me lavait, m'habillait, laçait mes souliers, me forçait à manger, trouvait toujours que j'étais un trop petit moineau. Je reconnais la forme de ses doigts, même plus usés, aux phalanges déformées. « Tu vas, Taï Mouï ? » Je lis dans ses yeux son bonheur d'être là, l'embrasse, garde sa main dans la mienne. Je palpe la bosse sur la phalange de son index. « Tu as mal, là ? » « C'est rien. »

Les hommes tournent autour des bagages. « Vous avez un cabrouet pour transporter tout ça », dit le chef de gare, montrant la charrette à bras sous la marquise, que Micha va chercher. Il y a deux grandes malles en saule garnies d'étiquettes et un carré de quatre volumineuses valises, plus une demi-douzaine de sacs. « Vous transportez ce chargement depuis Paris ! On ne vous a pas fait d'histoires ? » demande le chef de gare. « Et on a tout déchargé du train à Nantes pour le recharger dans l'autorail ! Il faut bien, dit en riant tonton Wen, pour la cuisine, les couteaux, le matériel... » « Parce que vous transportez des couteaux ! » s'exclame le chef de gare, épaté. Quand Wen rit, son sourire irradie et son regard se réduit à un trait. Auguste organise le chargement sur le chariot. Wen est le frère cadet de Victor. Il a créé avec tante Li son restaurant La Lune à deux pas de l'église Notre-Dame-de-Chine à Paris. Ils ont émigré quand la vie était facile au Cambodge et leur famille les a pris pour des têtes brûlées. La Lune ne désemplit pas, Wen vaque à tout, la toque sur la tête, dans sa cuisine et la salle, saluant ses clients et leur demandant si ce qu'ils ont dans leur assiette leur convient. Tante Li encaisse au comptoir et surveille le ballet du service dans le brouhaha des caquetages et des rires bruyants, des jacasseries dans toutes les langues d'Asie, et le français. « On va en mettre sur la galerie », dit Auguste. Heureusement, le toit du break est long et large. Nous hissons là-haut les deux lourdes malles. Auguste a emporté des cordes. « C'est toujours utile ! » Il me regarde, rit dans sa barbe, je suis sûr qu'il pense à notre première arrivée à la Gallifrère. Nous entassons les valises dans le coffre et sur le siège arrière de la 4L. « Qu'est-ce qu'on fait, demande Auguste avant de fermer la portière, on passe à l'hôtel ? Ou on file directement à la Gallifrère ? » Victor a pris place à l'avant à côté de lui. Je suis sur la banquette arrière entre Wen et tante Li. Taï Mouï est avec Micha dans la 4L. « On aura un endroit pour se changer à la Gallifrère ? » demande tante Li dans un français au fort accent. « On devrait vous trouver ça ! » « Eh bien, ce serait peut-être mieux, dit Wen. On déchargera les malles des couteaux et du matériel de cuisine. » Auguste Gallot démarre. « On reviendra plus tard vous montrer Luçon. » « Je crois que le plus beau est la Gallifrère ! plaisante Victor en chinois. Zhida me l'a dit. » Je traduis. « Si Zhida l'a dit, confirme Auguste, c'est que c'est vrai ! »

Victor me surprend. Il n'y a pas si longtemps il était en enfer. Il y a six mois, il était gris, mal rasé, les narines pincées, le regard fiévreux, l'air sans cesse aux aguets, comme si on le poursuivait encore.

15

Ils ont débarqué à Paris, Taï Mouï et Victor, il y a à peine un an, avec leurs princesses, leurs trois filles auxquelles ils ont donné, à chacune, à leur arrivée, des noms de fleurs, Violette, Rose, Capucine, et proscrit ainsi leurs noms chinois. Victor est intraitable là-dessus. On les croyait définitivement engloutis. Et puis mon père m'a téléphoné un soir. « Chu est à Paris avec Taï Mouï et ses filles, chez son frère. » Après un séjour de plusieurs semaines dans un camp de réfugiés au Vietnam, ils revenaient au monde. Chu-Victor avait trouvé une filière pour rejoindre Paris et le restaurant de son frère. « Ils sont vivants tous les cinq ! » « Vous avez d'autres informations ? » « Non. C'est Wen qui m'a prévenu. » « Et mâa-ma ? » « Je ne sais pas. Je n'ai pas pu parler à Chu. » J'avais le cœur qui sautait. Si Chu, Taï Mouï et leurs filles avaient survécu, pourquoi pas mâa-ma aussi ? C'était terrifiant, je suis passé par des moments d'espoir fou et d'abattement insupportable, si mâa-ma n'était pas avec eux, c'était qu'elle ne ferait jamais le voyage. J'ai appelé Zhiqiang à Grenoble, Zhicheng à Parentis. On a dit : on vient, on prend le train. Notre père arriverait plus tard. Il était à Hong Kong.

L'appartement de Victor et Taï Mouï, à Phnom Penh, se trouvait à trois immeubles de notre maison rose. Victor était professeur de sport à l'école chinoise. Notre père et Victor sont de vieilles connaissances, mon père a soigné le grand-père de Victor à ses débuts, dans sa période difficile, quand mâa-ma et moi étions encore à Saïgon et qu'il pédalait jusque dans la campagne de Phnom Penh avec sa petite mallette de soins sur son porte-bagages. Il a lavé le vieil infirme, enduit d'onguent ses escarres, allumé les spirales d'encens contre les moustiques et parlé avec lui, tandis qu'il brassait l'air sur son visage avec l'éventail en bambou. « Ton père, m'a dit Victor, a lubrifié mon grand-père pour son passage dans l'autre monde. » Et mes parents ont engagé Taï Mouï chez nous comme cuisinière-chef. Pas seulement cuisinière, chef de tout, de maison, femme de confiance, chef des boyesses. Mâa-ma l'appelait aussi quand elle avait besoin d'aide à la maternité et Taï Mouï était là, toujours, bonne à tout, adroite, disponible. J'ai vu Chu à la barre fixe, une boule de muscles, les mains enduites de craie. Il a été aussi infidèle à Taï Mouï que notre père à mâa-ma. Leur infortune a contribué à rapprocher les deux femmes. Chu avait rencontré Taï Mouï dans la boutique d'horloger-bijoutier, réparateur de pendules, de montres et de stylos à encre où elle aidait son père. Il admirait l'adresse de l'artiste à manipuler ses pinces miniatures. Elle était là. Les montres, leurs rouages fascinent en Asie. Les premiers objets volés à leurs victimes par les Khmers rouges ont été des montres. Certains en avaient enfilé quatre, cinq sur un bras. Victor dit qu'une montre c'est comme la vie, il suffit qu'un ressort fléchisse. J'ai remonté ma manche quand j'ai débarqué à La Lune pour parler avec lui, la première fois. Je lui ai montré la Rolex achetée avec lui par mon père pour mes dix-huit ans. « C'était avant… » a-t-il murmuré, la voix cassée. Mon père m'avait offert cette montre pour se faire pardonner le brutal coup de pied du palais royal trois semaines auparavant.

Quand il s'est assis dans la Peugeot d'Auguste, tout à l'heure, Victor a tiré un peu mon bras pour découvrir mon poignet. Il a effleuré la montre du pouce, c'est devenu maintenant entre nous un rituel, un signe de reconnaissance. Né au Cambodge, il a un an de plus que notre père. Le sien, émigré de Canton, était ce tailleur à la campagne dans la banlieue de Phnom Penh, sur la nationale 1, qui m'a confectionné l'habit de la soirée. Nous sommes allés souvent chez ses parents dans la maison sur pilotis non loin de la rivière, un peu à l'écart du village de pêcheurs. Une digue modeste contenait les eaux, mais à la saison des pluies la rivière la franchissait et s'étalait sur la plaine. Chu a grandi sur l'eau en compagnie des gamins du village, il s'est forgé les muscles à manœuvrer des barques, à la pêche, la course dans les eaux jaunes de la rivière. Des bœufs blancs à longues cornes broutaient au bord. Il a aidé à nettoyer les canaux, remonter les digues creusées par les passages, les bêtes, les rats, les chiens. Grand-père Chu a beaucoup cousu pour nous, des bobines de fil de toutes les couleurs encombraient la table de sa machine. La mère de Chu traquait le moindre grain de poussière, la plus petite araignée, sur son plancher avec son balai de riz.

Chu-Victor fréquentait le cabinet de mon père, le soir, après la classe. Il prenait comme nous l'escalier de service, montait à l'appartement retrouver Taï Mouï et le personnel, goûtait les plats, sortait fumer une cigarette sur la terrasse avant de descendre frapper à la porte que notre père lui ouvrait entre deux patients. Il disait en riant qu'il venait prendre sa leçon auprès du professeur Zhang Zhuyun. Leurs bavardages mélangeaient sans prévenir le cantonais, le cambodgien et le français. Notre père moquait les vulgarités du « cambodgien de pêcheurs » de Chu, corrigeait ses fautes de syntaxe française et glissait, par coquetterie, des incursions en japonais et en anglais. Chu prenait un faux air pincé et saluait d'une courbette le talent du « professeur ». « J'ai perdu une demi-heure avec ce diable de Huot ! » grognait mon père en se lamentant de son retard dans ses consultations. A Phnom Penh, hors la communauté chinoise, tonton Chu était désigné sous son nom cambodgien : « Huot ». La remarque de mon père avait comme un goût de revanche. Chu l'avait vu pédaler sous la pluie, il gardait le souvenir du petit médecin à la rue mendiant un bol de riz chez ses patients, quand lui régnait déjà, jeune et séduisant professeur de sport à l'école chinoise. J'ai mieux compris la complexité de leur relation quand j'ai appris que grand-père Chu avait prêté de l'or à mon père pour l'installation de sa clinique. Mon père affirme avoir vu dans la maison de bois, sous les palmiers géants, un coffre rempli de pierres et d'or. « Accumulés comment ? » « Par ses travaux de couture. » J'ai vu arriver Chu à la maison rose, sapé comme un fils de tailleur, en costume noir, le buste droit, les cheveux brillantinés, la plaisanterie facile sur ses lèvres rieuses. La vie était alors pour lui comme un grand jeu. Les filles bourdonnaient autour de lui telles des abeilles autour d'un pot de miel. Même mâa-ma était conquise, il la faisait rire, elle l'interrogeait sur ses nouvelles « filles », admettait chez lui des comportements qui la scandalisaient chez notre père. Son indulgence à son égard était difficile à comprendre. Elle a emmené Taï Mouï en larmes à la cathédrale, le prêtre les a encouragées à réciter des Notre Père pour supporter dans la prière les incartades de leurs maris frivoles.

Mon père a proposé à Chu de l'accompagner à Hong Kong quand les Khmers rouges ont menacé Phnom Penh. Ils avaient, l'un et l'autre, les moyens de mettre leur famille à l'abri. Chu n'a pas voulu abandonner ses parents vieillissants. Le tailleur refusait de partir, il avait l'expérience des malheurs de l'émigration. Sans doute les choses auraient changé pour notre mère s'il avait accepté. Chu a cru jusqu'au bout à une entente à la cambodgienne entre nationalistes et communistes. Le retour de Sihanouk ramènerait la paix et la prospérité. Est-ce que quelqu'un était assez fou pour anéantir des siècles de civilisation du plaisir, de fêtes, de vie simple et paisible ? Les plus beaux fruits pendaient aux arbres. Chu n'avait pas connu l'exil, la fuite, la faim, la mort aux trousses, le mépris, la bicyclette, il n'a pas imaginé le massacre khmer rouge et les hurlements des millions de victimes. « Ton père avait raison ! J'ai eu l'esprit borné ! » m'a-t-il dit. Je sais qu'il ne se pardonne pas. Il a honte. Mais il s'acharne à refaire, reconstruire, cache sa honte derrière son rire, ses blagues. Il tire un trait sur le passé, ne veut plus entendre parler de Chu ou de Huot, s'écorcherait pour arracher sa peau jaune. La France l'accueille, lui, sa femme et ses filles, il veut être français et met la main à sa poitrine quand il dit ça. Victor. Il a choisi ce nom qui est celui de leur survie et de sa victoire, exige que sa femme, que ses filles, l'appellent ainsi. Il l'a dit à mon père au téléphone. Victor, je m'appelle Victor. C'est vrai qu'il est sorti vainqueur de l'enfer khmer. Peu à peu la vie lui est revenue à la gagner dans le restaurant de son frère et de sa belle-sœur. Les clients l'appellent comme ça, d'une table à l'autre. Victor ! Victor ! « Je chie sur la gueule de celui qui m'appellera Chu ! » Il vient. Il sert, rit fort, débarrasse l'assiette, apporte le plat chaud dans le vacarme des couverts et des voix. On dirait qu'il a toujours travaillé à La Lune. Est-ce qu'on imaginerait qu'un peu plus d'un an plus tôt… Un soir, trois mois après notre première rencontre à Paris, en visite dans le petit appartement de la tour des Olympiades du 13ᵉ qu'ils partageaient désormais avec une autre famille, j'ai vu des haltères sur la natte de la chambre. J'ai pensé, ce jour-là, que Victor était sauvé.

16

La bâche du stand du vin d'honneur est montée à l'envers. Auguste ouvre grand la portière de la 504 et s'en prend à Jacquet qui connaît aussi bien que lui le barnum pour l'avoir monté aux fêtes du foot. Jacquet lui dit que ça n'est pas grave. « Comment, ça n'est pas grave ? » et il exige qu'ils descendent la bâche et la retournent, le voilà qui grimpe à l'échelle, commence à détacher brutalement les cordes, puis s'arrête tout d'un coup, mesure la disproportion de sa colère. « Allez, vous continuerez sans moi… » Il descend calmement de l'échelle. « Nos amis chinois nous attendent. Vous ne les avez pas salués. J'ai soif. Eux aussi. Venez boire avec nous. Aidez-moi d'abord à transporter leurs malles. » Le boucher Tudeau a abandonné son billot et s'approche en s'essuyant les mains à son tablier blanc, il tend un doigt encore un peu gras à serrer. « Bonjour messieurs-dames. Excusez-moi. Alors, c'est vous ? » Wen et Victor serrent ce doigt et m'interrogent des yeux. « La cuisine française de la noce, c'est moi, explique Tudeau. La chinoise, vous. Vous êtes donc mes concurrents ! » Tante Li joint les mains et salue. On dirait que c'est son chignon tiré comme une pelote de fil qui lui tend la peau et la rend si lisse. « Je ne suis qu'un petit cuisinier chinois, s'excuse Wen en souriant. Je suis encore un apprenti... » « Vous allez voir l'apprenti... » dis-je à Tudeau. Victor murmure à Auguste qu'avant de boire Wen aimerait voir les canards. « Eh bien, on y va ! »

On le suit tous au poulailler où les canards somnolent en grappe noir et blanc dans la poussière à l'ombre du frêne de la cour. La chaleur est vive à cette heure du milieu de l'après-midi. Quelques becs plats se dressent et halètent, béants en V. « C'est normal, explique Auguste, des canards gras, la chaleur les fatigue. » Il montre l'eau verte de la mare, où flottent quelques plumes. « Ils ne manquent pas d'eau. » Wen tire les poils rares de sa barbichette crénelée qui ressemble à celle de Monsieur Wang de *Tintin et le Lotus bleu*. « Ils ne vous plaisent pas ? » interroge Auguste. « Il est toujours inquiet comme ça, le rassure Victor, mais on connaît la qualité d'un canard après qu'il est plumé. » Les malles de saule sont dans l'arrière-cuisine. A la Gallifrère, on a tout en double, gazinière, four, frigo, évier, dans la cuisine et l'arrière-cuisine. Ça va permettre à Wen d'organiser tranquillement son laboratoire. Il lève le couvercle d'une des malles pour vérifier que rien n'a bougé pendant le transport. Je vois un attirail de flacons, de produits, de couteaux, de crochets, et un soufflet. Pas surprenant que les malles aient été aussi lourdes. Irène et Gabrielle alignent les verres sur la table. Auguste me donne une bouteille pour que je serve avec lui. Nous levons nos verres. Je trinque avec Taï Mouï, nous nous disons tellement de choses, sans rien dire. Gabrielle nous rejoint et glisse son bras sous le mien. Taï Mouï sourit. Nous nous croyions perdus et nous sommes retrouvés.

Nous allons planter les houx. La tradition veut qu'on les plante la veille du mariage, mais il y aura tellement à faire demain… Les invités lointains vont débarquer, Zhiqiang, Zhicheng et mon père doivent se retrouver à Paris, ce soir. Je croyais qu'ils téléphoneraient, ils doivent être, eux aussi, suffisamment occupés. On part en cortège après dîner avec les pelles, la pioche. Micha et Jacquet mènent la danse, ils promènent les beaux houx comme des arbres sacrés. Des amis, des cousins, des cousines veulent porter aussi. On suit. On rit. On chante. Des chansons d'aujourd'hui et des chansons d'hier.

Mon père m'a marié, furgaille !
Jamais je m'en irai
Sans que la mariée soit furgaillée !

Les feuilles vernies des houx brûlent dans les feux du couchant. On en trouve partout dans les haies du bocage de Saint-Aubin qui se couvrent de boules rouges en automne et jusqu'au milieu de l'hiver. La campagne déborde alors d'arbres de Noël et les petits oiseaux viennent s'y nourrir. C'est nous, les futurs mariés, qui creusons et plantons les houx au bout du bout, à l'entrée de l'allée de la Gallifrère. On se passe la pioche à tour de rôle et les commentaires grivois fleurissent. On a apporté aussi la barre à mine, la roche affleure à ras d'humus, Gabrielle soulève la lourde barre et cogne sans vergogne. Elle y va. Comme elle y va ! La troupe ahane avec elle. Elle m'embrasse en me remettant l'outil. On enfonce le pied du houx dans le trou, le cale avec des pierres, les filles fleurissent les branches avec les roses en papier. On plante encore devant les piliers du portail de la cour. La terre est plus profonde, les trous plus faciles. La nuit nous a rattrapés. Les premières chauves-souris. La lune presque pleine. Les premières étoiles. La fraîcheur et l'odeur poivrée des champs. Les gars ont sorti leurs briquets. *Furgaille !* Il faut emmagasiner le bonheur et les rires, ils peuvent resservir plus tard.

Je monte l'escalier derrière Jacquet qui chantonne tout bas dans le noir. Tout bas, mais c'est assez pour déranger ceux qui essaient de dormir. On a enlevé nos souliers mais le bois des marches gémit et craque. Jacquet retient un fou rire qui explose quand nous entrons dans la chambre. « Pas si fort ! » lui commande son frère qui ferme vivement la porte, un claquement à réveiller toute la maison. Je me glisse sous le drap et me roule en boule comme un hérisson menacé. Nous le faisions déjà à Romilly. Zhiqiang me demandait : « On fait le hérisson ? » Je ne sais pas si je suis épuisé. Je pense à tout. Je ne pense à rien. J'ai tellement changé de lits. Après chaque voyage, de l'Asie en France ou de la France en Asie, il fallait s'habituer au couchage. La première fois, après trois ans dans le dortoir de Romilly, il m'a fallu quelques longues nuits avant de retrouver le sommeil sur la natte de bambou de la maison rose. La nuque trempée, j'étouffais sous la moustiquaire. Plusieurs fois, j'ai déplacé la natte vers des endroits supposés plus frais du plancher, puis j'ai fini par rejoindre Zhiqiang et nous avons eu encore plus chaud à deux. Pourtant j'étais tellement heureux de retrouver nos murs. J'y promenais mes doigts que je humais ensuite. Je respirais les odeurs de bébé de la maternité, de riz tiède, de placenta. Notre premier jeu à notre arrivée a été d'enjamber la barre de fer de l'escalier de service et de dégringoler à califourchon sur la rampe. Comme autrefois, comme avant.

C'est Micha qui ronfle, je crois, maintenant. Victor a apprécié le rosé de Mareuil, il m'a tendu son verre, au dîner, plusieurs fois. Les Gallot l'ont interrogé sur le Cambodge. Je les avais prévenus, il n'a rien dit. On ne parle pas de ces choses-là. Il n'y a qu'à moi qu'il a accepté de parler. Il a tourné vers Gabrielle et moi son regard brillant : « Un couple, ça fonctionne comme une montre. Pour que ça marche, il doit tourner comme deux roues dentées. » « Tu en connais un rayon ! » s'est moqué tonton Wen. J'ai plaisanté : « En ce qui concerne les montres ! » « Sur le fonctionnement du couple un peu aussi… » a ajouté Victor, faussement modeste, en baissant la tête. Taï Mouï a rougi et, comme pour se venger, elle a dit en rougissant encore, que, depuis qu'ils étaient partis du Cambodge, la situation des survivants, là-bas, devait être pire que tout ce qu'on pouvait imaginer. Il m'a semblé, un instant, que Victor retrouvait le visage détruit de son arrivée à Paris. Il y a eu un long silence. J'ai vu sa main couvrir la main tremblante de sa femme. Et puis nous avons parlé des travaux de demain.

La séparation avec Gabrielle, pour aller nous coucher, a été difficile. Je voulais qu'on reste un peu seuls dans la cuisine. Elle m'a soufflé dans l'oreille, quand ses frères allaient monter : « Va avec eux… », a glissé ses doigts entre les miens et a repris le geste de Victor pour imiter l'emboîtement des rouages. « Tic-tac ! Tic-tac ! L'horloge avance. Nous n'avons plus que deux jours et deux nuits à patienter, et après… toute la vie ! » Elle s'est sauvée en riant dans le couloir.

17

Tonton Wen prétend que les canards français ne conviennent pas au canard laqué, leur peau ne se décolle pas, ils sont trop maigres, et lui a besoin de canards gras, comme ceux qu'il importe d'Irlande pour son restaurant. Auguste n'a pas cédé, il n'était pas question d'importer des canards irlandais pour la noce de sa fille en Vendée, le canard de Challans s'exporte dans le monde entier et on irait chercher ceux de la Gallifrère à l'étranger ? Il a acheté à la foire deux douzaines de canetons qu'il a nourris au blé et au maïs pilé. Dès potron-minet il s'est levé pour préparer, comme pour le veau, une pâtée boulangée d'un broyage d'orties, de son, de lin, de lait et de quelques œufs, disputée par les becs avides qui se battaient avec des yeux de serpent quand il s'approchait avec ses seaux. C'est maintenant l'heure de vérité. Wen recommande un canard de deux kilos et demi pour six personnes. Les canards d'Auguste semblent correspondre mais, comme l'a dit tante Li, on jugera lorsqu'ils seront nus. Personne n'est trop rassuré : si les canards ne conviennent pas, le menu sera gâché.

Auguste a monté à hauteur d'homme, sous l'auvent du grand hangar, la fourche du tracteur qui sert à lever les bottes de paille. Wen y accroche, tête en bas, les canards, rase quelques plumes sur le côté et leur tranche la jugulaire, le sang s'écoule dans le seau. Il les maintient fermement quand ils battent des ailes, jusqu'à ce que le dernier nerf se relâche et qu'ils s'abandonnent. Nous sommes alignés à côté, sur un banc, le dos contre les bottes de paille, pour plumer. Taï Mouï se tourne un peu, elle refuse de voir Wen tuer. Victor apporte les bêtes mortes, les plumes résistent, les grosses surtout, des ailes et de la queue. Les tabliers bleus sur les genoux, on serre le canard encore tiède entre nos jambes, il faut tirer fort, les plumes cèdent avec un craquement de soie déchirée et nous les jetons par poignées dans les panières à nos pieds. Irène a apporté de grands sacs de jute où elle les entasse. « Je vais les laver, en remplir des édredons, des oreillers. Vous dormirez sur le duvet de votre noce, les enfants ! » Je tiens à ne manquer aucune étape de la cuisine des canards : le canard laqué, c'est la Chine sur la table.

Il fait toujours le temps rêvé, ciel de dragée et soleil jaune comme les meules de paille derrière nous. Ça jacasse, en français et chinois, dans la ligne d'ombre accrochée à l'auvent du hangar. Et il y a ces moments où personne ne parle, où on n'entend plus que le bruit feutré des plumes arrachées. J'essaie de suivre le rythme de Gabrielle dans son tablier bleu mais elle plume plus vite que moi. Elle a le geste, le coup de poignet, les plumes cèdent sous ses doigts. Je dis qu'elle a la chance de plumer des canards plus faciles, elle répond qu'elle a plumé ses premiers canards pour sa communion à douze ans. Sa main picore et retire sur la peau nue du canard le fin duvet blanc qui vole dans ses cheveux. Je ris. Elle les enlève, plonge brusquement la main dans la panière, prend une poignée de plumes dont elle me frictionne les oreilles.

Après nos premières grandes vacances à Phnom Penh, Zhiqiang et moi, nous ne voulions pas repartir. Notre nouveau petit frère, Zhicheng, deux ans, nous amusait comme un jouet et nous souhaitions le voir grandir. Je l'ai dit à mâa-ma, à Taï Mouï, à l'évêque, trois ans, c'était assez, nous parlions français aussi bien que notre père. Nous pouvions bien gémir, pleurer, prier. « Non, n'insistez pas ! nous a-t-il dit. Vous ne retournerez pas au séminaire. Tout est prévu. Tout est organisé. » Toute la nuit la veille de notre départ, il a plu, un violent orage tropical. Nous étions habitués aux caprices et aux excès de la mousson. J'ai prié pour que l'éclair tombe sur la maison rose et en brûle assez pour nous empêcher de partir. « Si on se sauvait ? m'a soufflé Zhiqiang. On irait dans la forêt. On reviendrait après le départ de l'avion. » Nous nous sommes levés, mais la forêt était loin, il y avait l'orage, les tigres dans la jungle. Nous nous sommes recouchés en pleurant.

Au sommet de la pyramide chinoise, il y a le père. Un bon fils se sacrifie pour son père et sa tribu, Zhida ! Les enfants sont là pour faire nombre. Nos noms cambodgiens, car nous en avons, ne disent rien d'autre. Moi, je suis Yunnat, c'est-à-dire, Yun un. Zhiqiang est Yunny, Yun deux. Zhicheng, Yunsan, Yun trois. Des numéros, nous sommes des numéros. Notre père nous a envoyés en France par orgueil. Il a été fier d'annoncer à ses amis que ses fils y étudiaient et parlaient le français sans accent. « Laissez-nous aller à l'école à Phnom Penh, père ! » Il m'a répondu sèchement : « Tu comprendras plus tard ! » Comprendre ? Oui, tout était prévu. Nous ne retournions pas à Romilly. Il soignait Albert Dubigeon, cet homme aux cheveux teints acajou que nous avons vu pour la première fois dans le soir, les yeux couleur de porcelaine.

Notre mère se tenait debout, un peu en arrière, adossée à la balustrade de la terrasse, la ville était sous elle, le Mékong. Le couchant dévorait le fleuve dans des embrasements comme le Cambodge en a le mystère. Nous revenions de courir avec le chien Tory sur la colline du Phnom. Notre père et l'homme buvaient un whisky. Est-ce le regard de mâa-ma qui m'a fait trembler ? J'ai deviné avant qu'il ne parle qu'il était le dragon qui allait nous enlever. Il nous a tendu sa main large et molle. « Bonjour, Zhida ! Bonjour, Zhiqiang ! » Il connaissait déjà nos prénoms. J'ai tourné le dos vers la cuisine où Taï Mouï remuait des bassines. Zhiqiang s'apprêtait à me suivre. « Attendez un peu, a dit mon père. C'est avec mon ami, Albert Dubigeon, que vous allez partir en France. Il vous emmènera chez lui, au bord de la mer. » Notre père a prononcé « au bord de la mer » en souriant, comme s'il s'agissait d'un cadeau. Albert Dubigeon a hoché la tête et ajouté, la voix grave, un peu cassée : « On a encore un peu de temps pour se connaître. On ne part qu'à la fin du mois. » Voilà. C'était comme ça. Nous étions paralysés. Nous n'arrivions plus à bouger. « Vous pouvez aller, maintenant, les enfants », nous a ordonné notre père. Nous avons quitté la terrasse, notre mère nous a suivis, le Mékong brûlait au soleil.

18

Notre père a réussi le sevrage d'Albert Dubigeon qui consumait sa vie dans l'opium. Tonton Albert, c'est ainsi que nous devrions désormais l'appeler, avait tout essayé, sans succès, et même les aiguilles d'acupuncteur de notre père étaient restées sans effet. Alors il lui a proposé le traitement de la dernière chance. « Ça risque d'être douloureux. On n'est pas sûr de gagner, mais si on y arrive, tu es sauvé. Sinon, tu vas finir salement. » Il lui a préparé un baluchon et ils sont partis dans la Mercedes jusqu'à la lisière de la forêt où il lui a remis une carte et une boussole. « Tu te débrouilles pour traverser la forêt. Tu devrais en avoir pour quinze jours. Je te récupère de l'autre côté, là-bas. Sois au rendez-vous, je n'attendrai pas longtemps ! » Dubigeon a rallié le rendez-vous à bout de forces, le regard en feu, les vêtements en loques, la barbe de quinze jours. Son bras et sa main gauche avaient doublé de volume à cause de la morsure d'une araignée. « Je suis foutu, vais crever. » Dans la voiture, il a sombré dans un délire qui a duré trois semaines, veillé nuit et jour par sa maîtresse cambodgienne, Ieng Thirit.

Il hurlait contre ses démons, agité, en sueur, brûlant d'une fièvre de cheval. Et puis sa robuste constitution a lentement pris le dessus. Il était guéri de l'opium et, même, en avait le dégoût. Il a vanté partout les mérites de son libérateur. Mais il s'apercevait maintenant, disait-il, qu'il était pauvre comme Job, incapable de régler ses dettes. Lieutenant retraité de l'armée française, le charme du Cambodge l'avait fixé au pays et il avait acheté une plantation d'hévéas pour s'y retirer avec sa femme. Mais il n'avait pas la fibre du planteur et avait dégringolé dans l'opium. Il est venu consulter mon père et a sollicité en même temps un premier prêt. Les aiguilles de l'acupuncteur ne pouvaient être que la béquille pour l'aider à se guérir soi-même. Il est venu une deuxième fois. L'argent s'envolait en fumée. Sa femme le quittait. Ils divorçaient. Il est venu la troisième, plus délabré, plus misérable encore. Il s'était trouvé Ieng Thirit, folle de jeu, le mah-jong surtout, qui gaspillait le peu qui lui restait. Là, il avait revendu sa plantation, mais ça ne suffisait pas. C'est là que mon père lui a préparé son baluchon. Et c'est après qu'il a eu l'idée.

Le séminaire ne nous convenait pas, il nous fallait une nouvelle adresse. Albert Dubigeon n'était pas sans rien, l'armée française lui versait sa pension, et il lui restait un héritage de famille sur la côte atlantique, en Vendée, à La Faute-sur-Mer, une villa que ses compères de jeu et de fumerie avaient négligée. La Vendée, où était la Vendée ? Notre père a cherché sur la carte. Il n'y avait pas de La Faute. Albert l'a située du doigt près de La Rochelle. Notre père l'a encouragé à y partir pour se couper de ses démons et lui a demandé d'être notre tuteur, en règlement de sa dette. Pour moi, il a échangé ses enfants contre un plat de lentilles. Rien qu'à l'évocation du nom, nous avons eu peur. Pourquoi « La Faute » ? Quelle faute ? Mais c'était « La Faute-sur-Mer ». A La Faute, il y a la mer.

Nous sommes montés dans l'avion entre tonton Albert et tante Ieng qu'il emmenait avec lui. Zhiqiang avait grandi. Il n'a rien dit mais il a refusé la main de tante Ieng. Nous savions désormais quelle serait notre place dans cette vie. Nous étions destinés à partir. Notre mère portait Zhicheng dans ses bras. Elle l'a soulevé bien haut derrière la vitre en agitant sa main pour nous dire au revoir, quand nous nous sommes retournés sur la passerelle. Elle nous avait préparés comme elle avait pu à ce départ. Mâa-ma a été biberonnée à la petite Thérèse de Lisieux. Elle a cru avec elle que tout est grâce. J'imagine qu'elle a marché vers le sacrifice de ses enfants avec la sérénité, peut-être la joie des martyrs. Chaque souffrance offerte contribue à sauver le monde. Mâa-ma était une belle âme. Elle nous a assuré que, comme sainte Thérèse, patronne des Missions sans avoir quitté son carmel, nous pouvions partir très loin, bien sûr elle en était malheureuse et nous allions lui manquer, mais elle serait avec nous tous les jours. Nous avions fait officiellement notre communion à la cathédrale de Phnom Penh pendant ces premières vacances chez nous. Elle nous a habillés en petits mariés du bon Dieu. « Venez, nous a fait signe l'évêque, à la Sainte Table. » Il a tracé une croix sur nos fronts avant de mettre l'hostie sur notre langue. Toute la tribu a posé autour de nous devant le porche pour les photos. Il avait plu, les feuillages des flamboyants s'égouttaient, mais la lumière était redevenue très blanche. Mâa-ma avait demandé à l'évêque de nous accompagner. J'ai ce cliché. Les sourcils de Taï Mouï sont épilés avec soin. « Souriez ! Allons, souriez ! » C'était Victor qui photographiait, il est absent de la photo. J'ai prié Jésus, ce jour-là, de nous garder ensemble et de ne pas nous renvoyer en France. Il ne m'a pas entendu. Je ne sais pas si mon dieu est chrétien ou bouddhiste. Je parle avec lui, je ne sais pas si c'est vraiment de la prière, je tends un fil qui me relie au ciel et aux absents, une échelle. J'en suis soulagé et tout est justifié.

Nos places étaient derrière tonton Albert et tante Ieng dans l'avion. On aurait dit qu'ils nous avaient oubliés, ils ne se retournaient pas. Heureusement, il y avait les hôtesses. Tante Ieng, surtout, n'était pas bien, elle était comme absente. Nous savions qu'elle ne voulait pas partir. Elle parlait très mal le français. Leur couple avait beaucoup tangué, et puis elle avait suivi. C'est Zhiqiang, encore lui, qui m'a soufflé à l'oreille : « Quand on arrive à Paris, on dit rien. On se sauve. On prend le train et on va chez maman Madeleine et papa Jaud à Pugny ! » Nous n'avons pas faussé compagnie aux Dubigeon à Paris, nos valises étaient lourdes, on était fatigués. Nous sommes montés dans le car puis dans le train avec eux. Puis un autre car nous a amenés à La Faute. Albert a ouvert les volets de la maison qui sentait mauvais. La « villa Mignon », c'était écrit sur le mur au-dessus de l'escalier. La mère de tonton s'appelait Mignon. Des grandes herbes fauchées qui avaient colonisé le jardin étaient rassemblées en meules rondes sur les carrés. Et ça a très mal commencé. J'ai voulu voir la mer.

J'allais sur mes onze ans. La fatigue du voyage, l'envie de bouger et, surtout, l'indifférence des Dubigeon m'ont poussé. On l'entendait au loin gronder. On n'a rien dit. On est partis. J'ai entraîné Zhiqiang. La Faute, alors, n'était pas grand-chose. On a couru devant les quelques commerces de la rue principale, l'avenue de la mer. Trois ou quatre rues perpendiculaires en partaient qui se perdaient dans les dunes et la forêt de pins. On a traversé le petit pont de bois sur la rivière et escaladé la dune. La mer, enfin l'océan, était derrière. C'était le soir. On s'est arrêtés, essoufflés. La plage était déserte. On a marché sur le sable. On s'est assis à côté d'un parasol rouge, dépenaillé, abandonné. Le vent apportait des odeurs amères. Il soufflait fort et nous criblait la figure. La plage est immense.

Le soleil orange roulait vers le flot. Les rouleaux s'effondraient en rugissant.

En face, on a vu l'île. Ré. J'ai pensé à Kep et l'île aux Lapins. Mon cœur s'est serré. Nous avons essayé d'ouvrir le parasol, mais le système était bloqué. Nous ne sommes pas allés jusqu'à la mer. Nous sommes restés assis à contempler le soleil. A un moment, il n'y a plus eu ni ciel ni mer. Ils se mélangeaient dans le même orange avec le rond plus soutenu au milieu. Des mouettes piaillaient en piquant vers les flots. Les coups de vent coupaient le souffle. Le sable crépitait. Et soudain, je ne sais pas pourquoi, quand le soleil a commencé à s'engloutir, c'est venu, ça m'a submergé, c'était sans doute ce que j'attendais, j'en avais besoin. Il n'y avait que nous sur la plage. J'ai pensé que nous étions seuls au monde. J'ai fondu en larmes et tourné la tête, car je ne voulais pas que Ham Pao le voie. Mais il l'a vu. Je ne pouvais pas me retenir. J'ai dit : « C'est le vent salé. » Le soleil allait être avalé. Avec mes doigts, j'ai essuyé mes yeux. Je me disais que nous avions la chance d'être là, à cet instant. Mais c'était plus fort que moi. Les larmes coulaient. Zhiqiang avait ramassé un morceau de bois flotté blanc comme un os. Il me l'a tendu : « Tu as vu ? », le bout de bois était très léger. Je me suis essuyé. J'essayais de penser comme mâa-ma, je me disais que nous allions être bien ici, nous aurions la mer tous les jours. J'ai rendu le morceau de bois à Zhiqiang. Le soleil avait disparu. Il n'était plus qu'une tache d'huile orange diluée dans l'océan qui devenait mauve. Zhiqiang m'a souri. « Ça va ? » « Oui. » « Tu n'étais pas triste ? » « Non. » « On va y aller ? » On est restés encore jusqu'à ce que l'océan soit complètement mauve. On a retraversé le pont.

Quand on est arrivé à la villa Mignon, il faisait presque nuit. Albert m'a pris par les cheveux. Il tirait fort. C'était la première fois qu'il me touchait. Il y en a eu d'autres, des tirages de cheveux qui ne laissent pas de traces et des coups de pied au cul qui m'ont rappelé celui de mon père. Quand je retourne à La Faute, les voisins de la villa Mignon me disent qu'Albert a été dur avec nous. « Où étiez-vous ? On vous a cherchés partout ! » Il était allé chez les voisins. Sa grosse patte molle dans mes cheveux. Il me faisait mal. Il nous a envoyés nous coucher sans manger. Notre séjour a commencé par une punition.

Albert Dubigeon était un soldat, une caricature. Règlement, jugulaire, jugulaire. Il pouvait passer une journée sans dire un mot. Les grognements d'ours suffisaient. Ieng lui servait son whisky en l'appelant capitaine, grade de sa promotion d'officier de réserve. C'étaient les bons jours, quand ils étaient amoureux. De son mariage, il avait deux enfants qui vivaient à Paris avec sa femme. Nous ne les avons rencontrés qu'une ou deux fois, des jeunes gens déjà qui ne se sont pas intéressés à nous. Les Dubigeon ne nous ont pas aimés. Ils ne nous avaient pas avec eux pour ça. Nous nous sommes pliés aux parties de mah-jong de tante Ieng, qui ne sortait pas, nous parlait en cambodgien, nous envoyait au bureau de tabac chercher des paquets de cigarettes à la marque du chameau. Elle était une petite femme khmère au grain de peau délicat, aux formes pleines, les cheveux très noirs liés en catogan. Elle avait dû être belle. Mais le désespoir gâtait ses yeux. On a vécu presque quatre ans ensemble. On n'a jamais su quelles souffrances cachait sa fumée de cigarette. Quelquefois, à son regard égaré, à certaines remarques, nous nous demandions si elle ne croyait pas encore être au Cambodge. Jamais elle n'a esquissé une caresse vers nous mais elle n'a pas été méchante. Elle nous préparait à manger avec les provisions et les légumes du jardin apportés par Albert. Nous étions internes au lycée et ne rejoignions la villa Mignon que les samedis et dimanches, et aux vacances.

19

Les vingt-quatre canards d'Auguste, plumés, sont alignés sur la potence prêtée par Tudeau. Mais tonton Wen grimace. Il palpe la peau et fronce les sourcils au contact des racines noires de plumes que nous avons laissées et qu'Irène et grand-mère Louise appellent des « coutons ». Nous roulons la potence et ses trophées qui se balancent et cahotent sur les pierres de la cour jusqu'à la cuisine, parce qu'il est temps, le soleil a monté, les premières mouches ont commencé à tourner malgré les torchons tendus sur les bêtes. Irène tire les contrevents en tuile. « Allume la suspension ! » demande-t-elle à Gabrielle. Wen allume le grand feu de la gazinière et approche le premier canard de la flamme bleue qui crachote et consume les restes de duvet en dégageant une forte odeur de plume grillée. « La peau doit être lisse comme un genou de femme ! » dit-il sérieusement. Nous sommes inclinés sur la table et enlevons, un à un, à la pointe du couteau, les derniers coutons. Taï Mouï vide les ventres. Elle en a l'habitude dans la cuisine de La Lune à Paris.

« Regarde-la ! » me chuchote Gabrielle en me donnant du coude. Armée d'un long couteau de Wen aiguisé comme un rasoir, elle tranche droit la peau, y enfonce les doigts, tire la tripe qu'elle jette dans le seau, rentre la main plus profond, détache foie, gésier, cœur, la main grasse et sanglante. C'est fait, elle passe à la bête suivante. « Tu comprends que je me méfie, murmure Victor, elle serait capable de me couper en morceaux ! » Tudeau qui est resté là un moment, « pour voir », dodeline : « Bravo ! », et s'adresse à moi : « Tu viens ? » J'abandonne couteau, tablier, et accompagne sa démarche chaloupée jusque dans la boulangerie et la cour.

Il veut me montrer aussi. Aujourd'hui, il a ramené un camion frigorifique plus grand qu'il a dissimulé dans le passage derrière la chapelle. Son moteur ronronne. Une agréable odeur de cuisine s'est répandue dans la cour, douce, tiède, légèrement sucrée. Les cuisinières vont, viennent. Le boucher soulève le couvercle d'une des deux énormes cocottes en alu, touille sous mon nez avec la cuiller de bois à long manche. Un nuage de vapeur presque sirupeuse me monte au visage. Je vois flotter les morceaux de viande, des ronds de carotte, dans la sauce blanche. « La blanquette de veau se prépare la veille. Elle est bien meilleure le lendemain. » Il remet à grand bruit le couvercle sur la cocotte parce qu'il se brûle, découvre la seconde. Je profite encore de son parfum. La cuisinière, Marie-Louise, casse des œufs au-dessus de deux grandes jattes de terre vernie. J'aime son geste qui sépare les blancs des jaunes, blanc dans une moitié de coquille, jaune dans l'autre. « Chez moi, le jaune et le blanc sont tellement mélangés, dis-je à Marie-Louise, que j'ai du mal à faire le tri ! »

Elle ne comprend pas d'abord de quoi je parle, et puis réalise, et son rire éclate. Distraite, elle laisse tomber le jaune de son œuf dans la jatte du blanc. « Tu me fais faire des bêtises ! » « Qu'est-ce qui se passe ? » demande Gabrielle qui a quitté aussi la table de la cuisine et glisse son bras sous le mien. « Il nous raconte des histoires de mélange de blanc et de jaune », pouffe Marie-Louise qui repêche adroitement le jaune à l'aide de la coquille. Elle prépare la crème fouettée, les îles flottantes. Irène Gallot est une spécialiste de cette crème à la vanille et aux blancs d'œufs de ses poules battus à la neige. Elle dore leurs petites montagnes à point. C'est toujours elle qui nous sert, elle y tient, et sa louche lève dans le jaune les bâtons noirs de vanille. Il n'est pas sûr que, préparée en grande quantité, la crème de la noce soit aussi savoureuse.

Nous quittons la cour, bras dessus, bras dessous, descendons l'allée jusqu'à la barrière de la prairie, un losange presque parfait qui penche vers la rivière où il est prévu de ranger les voitures. Les tontons s'affairent à y planter des piquets et tendent des guirlandes de roses en papier pour signaler l'entrée. La poussière vole. La terre est sèche et grise comme de la farine entre les pousses d'herbe grillée. Plus bas, à l'approche de l'eau, sous les branches de chênes et d'acacias, l'herbe est restée plus verte. « Alors, les amoureux, ça va comme vous voulez ? » nous interpellent les oncles.

On est le centre du monde et des chevaux galopent dans ma tête. Le soleil est presque blanc maintenant. La paume de Gabrielle va et vient en caresse dans la mienne. « Profitez-en bien, les enfants ! nous crie l'oncle Clément. Ça ne durera pas ! » Je compte les taches de son autour des yeux de Gabrielle. Finis ton bol de riz, me disait Taï Mouï dans la maison rose, mange jusqu'au dernier grain, ou tu auras autant de grains de beauté qu'il en restera au fond !

Wen badigeonne l'intérieur des canards avec un pinceau trempé dans une tasse de sauce. J'y mets le bout du doigt et goûte. C'est fort, ça pique. Wen a préparé cette mixture à base de gingembre, sel, poivre, et quelques gouttes de sauce hoisin. C'est l'Asie. Il surprend ma grimace, ses yeux rient. Au Cambodge, son père le destinait à la couture comme son père à lui, parce qu'il était l'aîné. La couture ne lui plaisait pas. Sitôt son mariage avec Li, ils ont pris l'avion et débarqué à Paris. Leur fuite a été perçue comme une tragédie, une offense, une trahison. Leurs noms dans la famille ont été proscrits. On a voulu les oublier, comme s'ils n'avaient jamais existé. Ils ont d'abord vendu leurs nems et leurs *pho* dans la rue devant les vitrines des magasins Tang Frères, sur des cartons à même le trottoir. Il semble plus détendu. Sans doute, à les manipuler, s'aperçoit-il que les canards d'Auguste sont de bonne qualité et feront l'affaire.

Tante Li et Taï Mouï cousent : avec des aiguilles incurvées, comme des alênes de cordonnier, et du fil de cuisine, elles rapprochent les lèvres des ventres ouverts des canards et les referment. C'est encore de la couture, elles surfilent à la perfection, veillent à bien ajuster les chairs, les lèvres sont soigneusement fermées. Alors, comme nous sommes là, Wen tire le soufflet de sa malle. « C'est maintenant, dit Victor, l'heure de vérité. » On va savoir si les canards d'Auguste conviennent pour le laquage. Tonton Wen introduit l'embout du soufflet par l'échancrure ouverte au couteau dans le cou du canard lorsqu'il l'a saigné, l'enfonce entre chair et peau, et active lentement le soufflet. Au début, il ne se passe presque rien. On est là autour, Irène, Auguste, la grand-mère, Gabrielle, dans l'attente. Wen fronce des sourcils, interroge Li et Taï Mouï des yeux. Tante Li manipule l'embout du soufflet, le rentre un peu plus sous la peau. Ça y est, l'air passe, le canard enfle ! Sa peau se soulève sur les côtes, l'épaule, la base des ailes, le bréchet. Wen presse encore un peu le soufflet. Tante Li effleure de la main pour vérifier si le canard est assez gonflé et noue en serrant très fort le lien qu'elle tient sous l'ouverture pour empêcher l'air de sortir. « Ça marche ? » interroge Auguste angoissé. Tonton Wen agite la main, pas tout à fait convaincu, choisit un autre canard, recommence. Et là, tout de suite, la peau du canard s'arrondit, se gonfle comme un ballon. Les traits de Wen se détendent, ses yeux, son visage à nouveau rient. Il lève le pouce. « Tes canards sont gras comme il faut », dit-il à Auguste. « Je le savais, triomphe le père de Gabrielle. Je leur parlais tous les matins. Je les encourageais. Mangez mes petits, vous ferez plaisir à tonton Wen ! » On éclate de rire. On tend la main vers les deux canards côte à côte sur la table, becs jaunes bâillants, la membrane de l'œil entrouverte et la peau du ventre tendue et lisse comme des ballons de baudruche.

Les oisillons que nous montions dénicher dans les nids d'écureuils des pins de La Faute étaient comme ces canards, en miniature, nus comme eux, les ventres gonflés, les corps disproportionnés par rapport à la tête. Une fois, la branche a cédé, j'ai dégringolé tout le long de l'arbre, en short, les cuisses, les genoux, les mollets éraflés profond. « Bien fait ! a rigolé Albert Dubigeon. Ça t'apprendra à monter aux arbres ! » « Il ne reste plus qu'à badigeonner ces canards de miel ! » constate Victor avec satisfaction.

20

Il est trois heures de l'après-midi, la lumière blanche poudroie et vibre, par moments, sur la maison. Le bruit du vent, les voix lointaines semblent s'engluer dans ce plâtre. La Gallifrère flotte dans une étrange léthargie. Les oncles, les jeunes cousins et cousines émergent à peine d'une sieste étourdie par la scie des grillons. C'est l'été, déjà. Dans la chapelle retentissent soudain les appels des femmes et les tintements des couverts qu'elles disposent sur les tables. Le magasin La Ménagère à Luçon loue assiettes, verres, cuillers, fourchettes et couteaux de cérémonie. Par-delà le grand marronnier et le découvert du coteau de vigne de la Gallifrère, Auguste manœuvre la fourche de son tracteur et ajoute des branches et des fagots au tas de son bûcher, haut déjà. C'est là qu'il prévoit le feu de la Saint-Jean, on le verra de loin, un feu de noce, il monte le bois en tour. Le moteur ronronne et rugit. Et puis les voilà. Ils arrivent, sont en avance, on ne les attendait pas déjà. Ils klaxonnent fort en entrant dans la cour.

Zhiqiang est au volant, mon père à côté de lui, Zhicheng et Roccio derrière. Zhiqiang insiste sur le klaxon, nous nous précipitons, Gabrielle et moi. Ils descendent, les portières restent béantes. J'embrasse Zhiqiang, le premier dans mes bras, Zhicheng nous bouscule pour me prendre à son tour. Gabrielle se serre contre Roccio. « Vous avez fait bonne route ? Vous n'êtes pas trop fatigués ? » « Et vous ? » On se regarde, ils se retournent, découvrent le chapiteau du vin d'honneur, la chapelle, la maison, les fleurs de papier, le camion frigorifique, les cuisinières de Tudeau qui sortent de la boulangerie. « C'est déjà la fête ! Ça y est ? Tout est prêt ? » « Presque. » Mon père arrive lentement derrière. Il me semble que mâa-ma marche derrière lui. Je la cherche des yeux. Une boule se forme dans ma gorge. J'ai peur de fondre en larmes. Mes frères, qui m'épient, devinent mon émotion. S'il me souriait ? S'il avait un peu de tendresse dans le regard ? « Père ! »

Il monte vers moi, les cheveux poivre et sel si bien peignés, droit comme un i, dans son costume gris. Il n'est jamais venu à la Gallifrère, mais je sais qu'il a déjà tout photographié, la maison, les couleurs, la cour, les fleurs, les gens. Je guette le frisson, l'étincelle dans ses yeux. « Bienvenue à la Gallifrère, père ! » J'accueille mon père comme si j'étais chez moi. Il me tend la main comme on le fait entre hommes. « Bonjour, Zhida. » J'ai répété cet instant, de nombreuses fois, depuis plusieurs semaines. « Je suis content, père, que vous soyez là. » « Moi aussi,

Zhida. » Il a ses yeux dans les miens, je ne suis pas sûr maintenant que ce que je lui ai dit soit vrai. Nous ne nous sommes pas vus depuis huit mois, quand il a fait le voyage en France pour aller voir Victor. Mes frères parlent avec Gabrielle, elle n'hésite pas, s'incline et embrasse mon père, et c'est Auguste, qui a déboulé avec son tracteur, qui tend ses bras et rompt la glace. « La Gallifrère est fière d'accueillir le père de celui qui devient pour nous un nouveau fils ! »

Il a des saillies du cœur comme ça, Auguste, et tout paraît facile. Mon père et lui se sont aussi rencontrés déjà à Paris, pour parler du mariage. Il n'oublie pas Zhiqiang et Zhicheng. « La Gallifrère est fière d'accueillir ses frères aussi ! » Et Roccio : « Et toi, ma belle ! » En même temps qu'il leur parlait, il a tiré les jeunes dans ses grands bras, les a rassemblés sur sa poitrine. Il les garde, les regarde, rit. « Ça va ? Vous allez faire la fête, les jeunes ? Je veux qu'on s'amuse, qu'on rie. Vous mettrez de l'ambiance ? Vous allez voir comment on s'amuse à un mariage en Vendée ! » Il embrasse encore Roccio. Je sais ce que pensait mon père des paysans chinois et cambodgiens qu'il trouvait grossiers, vulgaires, sales. C'était sa manière de prendre ses distances avec le creuset de ses origines. Je me demande s'il n'a pas le même avis sur les paysans français. Le klaxon a rameuté la maisonnée. Irène, Micha, Jacquet, Wen, Li, Taï Mouï, les Chinois sont là. Victor serre les deux mains de mon père.

« Alors, mon pauvre ami, tu prends un coup de vieux ! Tu maries ton fils ! » Il y a une vraie tendresse dans le geste de Victor, ses yeux ont rougi. « Il est comme ça, murmure Taï Mouï, depuis qu'on est arrivés en France. Tout d'un coup, sans prévenir, les pleurs lui viennent. Je ne l'avais jamais vu pleurer, avant. » Il s'excuse, s'essuie. « Je n'avais pas prévu de chialer ! Merde ! »

On rit. Le soleil brûle. Gabrielle et Roccio se sont réfugiées dans l'ombre du marronnier où bourdonnent des guêpes. Notre groupe les rejoint peu à peu. « Entrez plutôt à la maison, propose Irène. Vous devez être fatigués, avoir soif. » Gabrielle entraîne Roccio visiter la chapelle. Roccio est la petite amie de Zhiqiang. Ils terminent ensemble des études d'ingénieur en physique appliquée à Grenoble, ils se sont rencontrés là-bas, elle arrive du Mexique où son père est médecin. Ses yeux de Mexicaine mêlée de sang indien sont noirs comme des grains de café, elle parle français avec un accent espagnol très marqué. Les deux filles s'entendent comme des sœurs. Zhiqiang et elle sont venus à Nantes, nous sommes allés à Grenoble. Mon frère me retient sous l'arbre. « Je ne sais pas si tu as remarqué l'odeur de la terre ici, une odeur musquée. Je l'ai sentie dès la première fois. Il pleuvait et aujourd'hui, par temps sec, je la retrouve. » Notre père l'a entendu et dit à Auguste en entrant dans la maison : « A mon avis c'est plutôt une odeur de menthe poivrée. » Il parle en français. Je suis sûr qu'il va avoir l'élégance de ne pas mêler ici d'autres langues, même avec Wen, Li, Victor, quand ils parleront ensemble.

Ils sont tous logés à l'hôtel du Bœuf couronné, à Luçon. Zhiqiang raconte qu'il a tenu à faire le détour pour montrer à Roccio le lycée où nous avons étudié de la sixième à la terminale. Il s'est arrêté devant le verger du père Sallardaine dont le mur jouxte la salle des études du lycée. Par les fenêtres de l'étage, nous voyions mûrir les belles grosses pommes rousses, les goldens, les reines des reinettes, les poires, qui ployaient les branches des fruitiers après la rentrée. Nous avons sauté le mur plusieurs fois et rempli nos grandes poches de blouse et nous nous sommes fait pincer. Le proviseur nous attendait derrière la grille. On était cinq, Thierry Brunelière, Philippe Gilbert qu'on appelait Philibert, le grand James Gombert, Zhiqiang et moi. Le proviseur nous a conduits à son bureau. Philibert est entré le premier. Nous attendions dans le couloir. Nous avons entendu, boum, boum, boum, derrière la porte capitonnée. Nous étions en classe de troisième, la correction promettait d'être salée. Le proviseur dirigeait, avant, le lycée de Tizi Ouzou en Algérie et sa préférence allait aux méthodes d'éducation viriles. Les premières unités de filles débarquaient à peine par lots de trois ou quatre dans notre lycée de garçons et leur circulation dans les couloirs avait parfois des airs de défilés de stars. Philibert est sorti du bureau, souriant, intact. « Fais gaffe aux coupes sur l'armoire ! » a-t-il eu le temps de me murmurer. C'était mon tour. Sitôt la porte refermée, le proviseur m'a pris par les épaules et secoué comme un prunier. « Voleur de pommes ! Voleur de poires ! Tu ne dois pas voler les fruits du voisin, graine d'orties ! » Graine d'orties ! je me souviens, et de la broussaille des sourcils gris froncés qui se rejoignaient à la racine de son nez.

Boum, boum, boum. Chaque secousse de mes épaules était accompagnée du tintement de fer et de verre des coupes des victoires aux championnats inter-lycées exposées sur l'armoire, qui s'entrechoquaient bruyamment dans mon dos. J'ai deviné, quand il m'a succédé, que le grand James préparait un de ses tours, en entrant dans le bureau il m'a adressé un clin d'œil. Le troisième boum a été suivi d'un tonitruant badaboum, quand son dos a heurté l'armoire. Les coupes ont dégringolé, les deux plus belles de basket et d'athlétisme, en cristal et en porcelaine, ont volé en éclats. James nous a affirmé avec un petit sourire faussement contrit que ce n'était pas sa faute, le proviseur l'avait poussé et il était parti en arrière. Nous avons écopé d'un après-midi de colle, un devoir de maths et une version latine. Zhiqiang dit que les arbres du verger du père Sallardaine sont toujours aussi beaux, il espère que des élèves sautent encore par la fenêtre pour y cueillir quelques pommes. Le grand pommier du fond donne les plus belles, les meilleures, c'est l'arbre de la connaissance du bien et du mal, du paradis terrestre. Le père Sallardaine s'est plaint auprès du proviseur, mais il ne cueillait pas la moitié de ses fruits, le sol était tapissé de fruits mûrs qui pourrissaient dans l'herbe !

Nous dînons ensemble sous l'arbre et le prieuré semble étrangement calme après le remue-ménage de la journée. Nous sommes pourtant presque quarante autour de la table. On dirait que tout attend, tout le monde attend, la soirée ressemble à une veillée d'armes. « Demain, il faudra se lever de bonne heure », dit Auguste en refermant son couteau. De bonne heure, pour lui, signifie au moins le lever du jour. « Nous n'irons pas à votre cérémonie, demain, disent tonton Wen et tante Li, ça ne serait pas raisonnable. » Ils auront tellement à faire, mais je tiens à ce que Taï Mouï et Victor nous accompagnent. « La coiffeuse arrive à neuf heures, demain », précise Irène à Gabrielle. Zhicheng passe le bras autour de mes épaules. « C'est demain que tu recolles les morceaux, grand frère ? me murmure-t-il, câlin. Nous n'avons connu que l'éclatement. » Il a dix-sept ans, est encore un grand adolescent, souffre d'être loin de Zhiqiang et moi, je le sais. Nous, nous avons toujours été les deux aînés ensemble. Il a pourtant la chance d'être dans une bonne famille. Il a été le plus gâté d'entre nous et est peut-être le plus écorché. Il m'a écrit un jour de blues, de son écriture à longs jambages appuyés, qu'un château à nous trois, ce serait top.

Les chauves-souris ont repris leur sarabande sous les branches. Le camion frigorifique ronronne derrière la chapelle. La porte de la boulangerie-cuisine de Tudeau est fermée. Les trésors de nourriture attendent dans les faitouts et les jattes. Le badigeon de miel pénètre la peau des canards. Jacquet va chercher sa guitare. Auguste raccompagne notre père, Wen, Victor et leurs femmes au Bœuf couronné. Nous nous prenons par le bras, six, sept, et partons dans l'allée goûter à la douceur de la soirée. Nous chantons et nous bousculons, *Un pas en avant, un pas en arrière*... La lune est levée. La nuit qui vient est presque comme le jour. Nuit de juin. Gabrielle me tient à droite, Roccio à gauche, leurs mains dans les miennes. Nous descendons jusqu'au croisement des houx et leurs roses en papier. Le chant de la hulotte. Zhicheng s'essaie à répondre à son appel en soufflant dans ses mains. Jacquet joue *J'entends siffler le train.* On chante, on danse. J'ai Gabrielle contre moi, je la serre. « Ça va où tout ça ? » « Quoi ? » « Ce que nous sommes en train de vivre. Est-ce que c'est conservé quelque part ? » Des filaments de lumière de lune semblent s'accrocher aux bords des étoiles. « Je ne sais pas. Sûrement. » Elle frappe de l'index sur mon front. « C'est enregistré dans ta tête. » Elle se blottit plus près. Ses doigts sont sur mon cou. Je respire son souffle.

C'est aussi du blé que la chaleur achève de mûrir qu'émane cette odeur de musc ou de menthe poivrée.

J'imite Gabrielle quand je me couche, j'allonge le traversin à côté de moi, l'enlace et le chevauche, et le piège fonctionne, je suis surpris de m'éveiller au petit jour. Moi, le mauvais dormeur, j'ai dormi d'une traite, ai rêvé, sans doute, mais je ne me souviens d'aucun rêve. La lumière du jour m'éblouit.

21

Micha et Jacquet m'appellent à la fenêtre : « Viens voir ! » Je me lève, Micha pose familièrement la main sur mon épaule dans l'embrasure. « Qu'est-ce que c'est que ça ? » Ils rient. « Tu vois ! » « Vous êtes dans le coup ? C'est vous qui l'avez fait ? » Ils rient. Ils ont fait semblant de se coucher hier, ont attendu que je m'endorme et se sont levés. Je n'ai rien entendu. Mes frères aussi ont feint de partir et ont attendu dans leur voiture au bout de l'allée. Jacquet et Micha leur ont adressé des signaux avec la lampe. « Tu dormais bien ! » Ils sont revenus. « Qui est monté, là-haut ? » Micha et Jacquet hésitent à répondre. « Ton frère. » « Lequel ? Zhicheng ? » « Oui. » « Ça ne m'étonne pas ! »

Il y a, depuis toujours, la pointe de fer d'un paratonnerre sur le toit de la chapelle, Auguste dit qu'il n'y a pas de risque, malgré les orages qui tournent au bord de la rivière, la Gallifrère est à l'abri. Les quatre larrons, et Roccio, ont appuyé la grande échelle au bord du toit. « Dans le noir ? C'était risqué. » « On l'a dit. Mais la nuit était claire. Tes frères ont dit qu'ils étaient capables, ils n'avaient pas peur. » Zhicheng a monté à l'échelle, nu-pieds il préférait, en sifflotant, paraît-il, comme s'il avait un rossignol dans la gorge. Ils l'entendaient et voyaient s'élever sa lampe frontale. Il est passé ensuite sur le toit et a fixé au paratonnerre, comme à un mât, le grand drapeau de soie qui flotte doucement dans la brise du matin. « Il est superbe. » « C'est ton autre frère qui l'a rapporté de Grenoble. » « Zhiqiang ? Il est fou ! Il me surprendra toujours ! » « Personne d'autre ne le savait. Les parents n'étaient pas informés. Ils ne nous auraient pas laissés faire. » Sur la soie bleue qui frissonne sont peints en rouge le double cœur vendéen et un dragon vert qui crache une flamme jaune. « Il l'a commandé pour la noce à un peintre, là-bas. » « C'est magnifique ! Mais vous êtes fous... mes frères sont fous... ! »

Gabrielle et sa mère sortent de la maison, l'oncle Clément, des cousins arrivent aussi, surgis de leurs tentes où ils dormaient. Tous s'exclament, le nez en l'air, et commentent les mouvements de la grande oriflamme qui s'agite et déploie ses couleurs dans le bleu encore gris du ciel. « C'est notre drapeau ! » me crie Gabrielle. Une première voiture s'avance au bout de l'allée, suivie d'une deuxième, une troisième, elles tournent vers le parking, se rangent sous les arbres. Ce sont les gens de la cuisine et du service. Ils ne sont pas en retard. Ils se parlent par petits groupes, là-bas, la tête levée vers l'oriflamme. Le fourgon de Maurice Tudeau entre dans la cour.

Sa voix de commandement s'élève. Hommes et femmes s'égaillent. Des gamelles tintent. Des portes grincent. Ulysse aboie. Ils déplacent sous la bâche du vin d'honneur les tréteaux et les tables qui ont servi pour le dîner. Wen et Victor, tante Li et Taï Mouï descendent de voiture. Il fait chaud, déjà. La fraîcheur de l'aube se dilue sous l'assaut du soleil surgi de Saint-Aubin. Les buées accrochées aux blés de la plaine dérivent, leur voile blanc comme un tulle de mariée glisse vers les arbres du bocage. « Les cous auront chaud dans les chemises et les cravates ! » dit Micha. « Les pieds aussi dans les souliers pointus », ajoute Jacquet. Je ne sais rien de la robe de Gabrielle, sinon qu'elle est blanche – encore que… –, sa mère et elle n'ont pas voulu de moi dans les magasins. « Le marié ne doit voir la mariée en blanc que le matin de la noce, quand il vient la chercher dans sa maison. »

Nous prenons le petit déjeuner debout sur un coin de table de la cuisine. Wen va et vient entre les fourneaux. Gabrielle me dit qu'elle se force, elle n'a pas faim. On se regarde, les yeux au ras du bol en buvant le café. Je connais chaque cellule de sa peau, chaque tache de rousseur, en même temps je suis toujours l'élève de nos cours de dessin. Victor m'a dit en arrivant, tout à l'heure : « Vous allez franchir la rivière. » Il sait que nous l'avons franchie déjà mais, cette fois, nous avons convoqué les parents, les frères, les amis. Gabrielle connaît mes tourments, mes déchirures, le désespoir qui m'a pris. Je cherche dans ma poche le carré de magnésie qui calme mes brûlures à l'estomac. Je propose d'accompagner sa mère qui va fleurir l'église. Irène a le don des fleurs, elle en cultive de grands carrés au bas du verger près de la pompe. Ils disent qu'elle a la main verte. Pour la noce, elle a mis le paquet, les tantes ont rempli leurs voitures et nous transportons les bouquets d'arums et de lis que nous disposons devant l'autel et sur les marches du chœur. « Je ne sais pas si notre curé va aimer ça, dit-elle, cette odeur des lis. » L'église est sombre et recueillie encore à cette heure. Après le porche dont il ne reste que les piliers, on descend dans la nef par des marches comme dans une crypte. L'humidité verdit les murs, du verre blanc comble les trous des vitraux brisés, la restauration de la belle église romane tarde. Irène n'oublie pas le retable de la Sainte Vierge et, comme elle a tout pensé, elle nous montre comment fixer avec un cordonnet à l'extrémité de chaque banc les petits bouquets de deux roses blanches et quelques gueules-de-loup qu'elle a préparés dans une caisse.

Quand nous rentrons, il semble qu'il fait moins lourd que la veille, le vent tiède promène les ombres bleues de petits nuages pommelés sur la plaine. D'autres voitures se sont ajoutées sur le parking. La coiffeuse est arrivée et les femmes crient pour me chasser quand j'entre dans la chambre de la mariée pour lui parler. Je monte m'habiller aussi. J'ai accepté la redingote, le pantalon rayé, la chemise à plastron et les souliers vernis de cérémonie. J'aurais préféré me marier simplement. « Tu crois que ça plairait à ton père ? » m'avait demandé Gabrielle. « Je m'en fiche ! » « Et à ta mère, si elle était là ? » Mâa-ma n'aurait pas aimé marier son fils sans les revers satinés et les cols raides. J'ai dit oui, Jacquet et Micha aussi, qui rient et prennent des poses en habits de pingouin devant l'armoire à glace et me demandent si les filles ne vont pas les trouver bizarres. Mon habit de la fête du palais royal, cousu par le père de Victor, était presque pareil à celui-là. Mon estomac continue de me travailler, je cherche dans ma poche un autre carré de magnésie.

« Un jour, j'ai vu un essaim de frelons se jeter sur un jeune veau dans la prairie au bord de la rizière... » Victor a commencé comme ça, la première fois qu'il s'est décidé à me parler plusieurs semaines après son arrivée à Paris. Nous étions dans l'appartement minuscule, grand comme une boîte à chaussures, que Taï Mouï, lui et leurs trois filles, partageaient avec une autre famille. Ils n'avaient pas besoin de beaucoup de place. Ils avaient rétréci, avaient connu, comme toutes les victimes de la déportation, la métamorphose en rats, souris ou insectes. Victor passait par des moments d'abattement brutal où il refusait de bouger. Taï Mouï s'en sortait mieux que lui. Elle le poussait à aller travailler, même un peu, chez son frère au restaurant. Elle était devenue l'élément fort du couple.

« Le petit veau n'avait pas encore mis de cornes. Il est rentré dans les bambous. Je l'ai entendu beugler. Les vieilles vaches ne s'aventuraient pas dans les bambous. D'ailleurs leurs cornes noires les auraient empêchées d'entrer. Nous revenions de la pêche, mon père et moi. Je n'ai pas compris, d'abord. J'ai ri de voir le veau courir et bondir comme un fou... Le visage de mon père était grave et désolé, et puis j'ai découvert le nuage noir accroché aux épaules et au flanc du veau.

« — Ne bouge pas ! a dit mon père. Les frelons !

« Et puis :

« — Il est perdu.

« Le petit veau s'est arrêté de courir tout d'un coup, a flageolé, est tombé. Le nuage noir a descendu sur lui, l'a recouvert comme un manteau. Nous élevions quelques vaches dans la prairie à côté de la maison. Le petit veau venait bien. Mon père avait dit : “Il est tiré d'affaire. S'il continue comme ça, nous le vendrons. Il fera un beau reproducteur.” Il était avec ses vaches comme avec sa machine à coudre, il brossait leur pelage blanc. J'avais étrillé le crin soyeux et fourni du jeune veau, comme de la laine.

« — Attends, m'a dit encore mon père.

« Il me tirait en arrière, son bras tremblait, il me faisait mal. On n'a pas bougé jusqu'à ce que le manteau grouillant se détache du veau, s'élève et reparte vers les bambous. On s'est approché alors.

« — Il a dû se heurter au nid de frelons.

« Il n'en restait plus que cinq ou six attardés sur le pelage boursouflé par les piqûres que mon père a écrasés sans hargne les uns après les autres. Les insectes noirs et dorés bourdonnaient à peine et ne se défendaient pas, comme inoffensifs.

« — J'ai vérifié dans les bambous, il y a quelques jours, il n'y avait rien.

« A nous, les enfants, il interdisait la bambouseraie qui pouvait être un repaire de frelons, il le savait.

« — Qu'est-ce que tu voulais qu'on fasse d'autre ? a-t-il ajouté en gémissant. On ne pouvait rien pour le défendre ! »

Victor s'est tu. J'ai cru qu'il ne me dirait rien de plus, ce jour-là. Taï Mouï m'a fait signe d'attendre. Elle avait servi le thé. Elle m'avait demandé de revenir, persuadée qu'il se déciderait et que ça lui ferait du bien de parler avec moi. Le regard de Victor a filé jusqu'au petit bouddha de la famille sur la caisse de carton dans le coin. Il a bu une gorgée de thé. Ses lèvres ont bougé comme s'il marmonnait une prière. « L'arrivée des Khmers rouges dans Phnom Penh a été comme cette invasion de frelons contre notre malheureux veau dans la prairie... » Il a pris une autre gorgée de thé. « Il faisait très beau... » Il prenait à témoin les femmes, Taï Mouï, les filles silencieuses, les yeux brillants comme des pierres noires. J'ai senti Taï Mouï soulagée de voir qu'il continuait.

« On était réunis chez toi, à la maison rose. Ta mère nous avait dit de rester chez vous avec sa sœur. Les Khmers rouges encerclaient Phnom Penh. Les roquettes tombaient en sifflant au hasard sur la ville qui était devenue un bordel de la déroute où les gens affluaient tous les jours plus nombreux. Des familles dormaient, mangeaient, chiaient n'importe où, au bord des rues, sur les trottoirs, on marchait dans les ordures. Les hélicoptères américains larguaient les sacs de riz. Tout d'un coup, le matin du 17 avril, à six heures, les bombardements ont cessé. On est sortis sur la terrasse. La lumière était magnifique sur le Mékong, couleur abricot... » Taï Mouï a acquiescé. Il m'a semblé que le regard fiévreux de Victor s'éclairait, comme s'il me souriait. « Abricot, tu vois ? » Il a secoué la tête. « On a cru que c'était fini... On a espéré que ce qui s'annonçait ne serait pas pire. Ta tante tenait ta mère par le bras. Elle a dit : "On a bien fait de ne pas partir. Ils verront qu'on ne s'est pas sauvées, ils sauront qu'on a refusé de prendre l'hélicoptère." Le silence était même inquiétant après le pilonnage auquel on était habitués. On a attendu, et puis on a entendu du bruit dans la rue. Les gens avaient fait comme nous, ils s'étaient levés. La lumière abricot avait pâli. Il y avait des cris, qu'on aurait dits presque joyeux. J'ai demandé aux femmes de ne pas bouger. Je suis descendu dans la rue. Ça grouillait. C'était de la folie.

Les gens se forçaient à rire. Quelqu'un a déployé un drapeau blanc à la fenêtre de la Poste centrale et les drapeaux ont commencé à fleurir partout. Ils disaient que les Khmers jugeraient leur bonne volonté aux drapeaux blancs. Des femmes ont suspendu des taies d'oreiller blanches à leurs balcons. Des jeunes gens ont monté dans les goyaviers des trottoirs pour y tendre des draps blancs. Un garçon s'est dépouillé de sa chemise blanche, a commencé à la découper en lanières avec son couteau, des filles s'en sont disputé les morceaux qu'elles ont attachés en riant dans leurs cheveux...

« J'ai marché jusqu'au boulevard Monivong où les voitures, avec des drapeaux blancs fixés à leurs antennes, avaient du mal à circuler parmi la foule qui avait convergé vers le centre. C'était dangereux. Il y avait des bousculades et des rumeurs. Les voilà ! Ils arrivent ! Et tout d'un coup, la foule s'est ouverte et je les ai vus. Ils n'étaient pas plus d'une dizaine en file indienne, deux femmes, je crois, parmi eux. Ils portaient des pyjamas noirs, la tête coiffée de casquettes à la Mao. Ils étaient armés, ne souriaient pas. Les visages fermés, ils regardaient partout comme des loups affamés qui entrent dans la ville. La foule qui criait auparavant est devenue brusquement silencieuse. Un autre peloton arrivait aussitôt derrière eux, puis un autre. Leurs sandales avaient été découpées dans des vieux pneus. Une jeep venait après, chargée d'une dizaine de soldats porteurs d'armes lourdes et puis ensuite des camions, des véhicules de toutes sortes encombrés de pyjamas noirs jusque sur les toits, des motos, des taxis, des cyclomoteurs, des Citroën bleues, des jaunes, des vieilles Peugeot, des camions Berliet.

« Quelques personnes à côté de moi ont commencé à applaudir timidement et crier : "Camarades ! Camarades !" Une demi-douzaine de jeunes moines bouddhistes en robes jaunes se sont mis à battre des mains. Les deux Khmers rouges maigres, les doigts sur la détente de leur fusil, assis dans le pousse-pousse qui passait, ont commandé à celui qui pédalait de s'arrêter. J'ai cru qu'ils voulaient s'en prendre aux moines. Ils ont empoigné par le bras l'homme à lunettes à côté d'eux et l'ont tiré vers le pousse-pousse. "Intellectuel ? Intellectuel ?" Les lunettes de l'homme ont volé. Il portait un costume, il essayait de joindre les mains, il avait une montre au poignet. "Ta montre ! Donne-nous ta montre !" Il a voulu les empêcher, a mis la main sur son poignet. Le Khmer a brandi sa baïonnette et la lui a enfoncée dans la poitrine. Il a pris la montre et ils se sont assis dans le pousse-pousse qui est reparti. Une voix clamait dans un mégaphone, quand je revenais vers la maison rose : "Frères ! Pères ! Mères ! Sœurs ! N'ayez pas peur. Vos malheurs sont finis. La guerre est finie !" »... Victor a avalé sa salive, fermé les yeux. J'ai interrogé Taï Mouï du regard pour savoir si je devais poser une question et le relancer. Elle a secoué la tête. Non, ça suffit pour aujourd'hui. C'était déjà beau qu'il ait commencé à parler. Elle a fait le geste de la main qui disait « une autre fois », a rempli nos tasses, j'avais apporté des gressins au sésame dont je savais les filles friandes.

Gabrielle admire surtout Taï Mouï. Elle me dit que c'est elle qui les porte tous. Victor joue sa partition. Elle porte ses filles, en silence, le porte lui aussi, il l'a beaucoup trompée et peut-être a-t-il recommencé. Nous l'appelons Taï Mouï. Son vrai nom est Ruyu. Taï Mouï, en chinois, signifie « grande sœur, celle qui protège ». C'est ce qu'elle a été pour nous et qu'elle est pour tout le monde, elle est là, toujours, quand on a besoin d'elle, jamais devant. « Taï Mouï est magnifique, dit Gabrielle. Elle a une force de caractère incroyable. Je ne crois pas que je serais capable d'être comme elle. »

22

Je redresse le nœud papillon de soie grise. « Je n'ai pas trop la tête d'un croque-mort ? » Micha hausse les épaules. « Et moi ? » Irène a dit : « Quand on est jeune, on est toujours beau ! » J'avais imaginé qu'Auguste refuserait la redingote, il a tout accepté. En temps normal, sa femme lui achète ses vêtements qu'il essaie à la maison et, pour éviter les retours, elle reprend toujours les mêmes. Il s'est contenté de grommeler : « Si j'ai l'air d'un épouvantail, ça sera de votre faute ! » Ça klaxonne dans l'allée, ça insiste joyeusement, ça continue sur le parking. Les portières claquent, les bruits de voix s'élèvent, l'heure du grand dérangement approche, les invités arrivent. Le drapeau flotte au soleil sur la chapelle. Je mets le nez à la fenêtre. « Zhida ! Zhida ! » Ce cri, cette voix, je la reconnaîtrais entre mille. Je dégringole l'escalier. Tonton Wen et Victor brassent les faitouts dans la cuisine. J'embrasse en passant mon ami Stéphane de la Clergerie et le trio de camarades médecins qui sont dans la cour, m'excuse, file et tends les bras à celle qui m'a appelé à la fenêtre. « Madeleine ! Maman Madeleine ! » « Zhida, mon chéri ! » Nous nous serrons, elle me berce. J'ai huit ans.

Les yeux fermés, je retrouve sur Madeleine le parfum d'eau de Cologne que nous volions en pressant la poire argentée sur la tablette de la salle de bains. « Tu ne changes pas ! Tu n'as pas changé ! Tu es superbe ! » Nous ne nous sommes pas vus depuis presque deux ans, quand nous sommes allés à Pugny, Gabrielle et moi. Elle porte un chapeau fleuri comme une cage à oiseaux. « Et à moi, tu ne dis pas bonjour ! grogne papa Jaud. Tu ne m'embrasses pas ? » Il m'enferme avec vigueur dans son grand bras. « Alors, c'est décidé ! Tu te passes la corde au cou ? Tu ne seras pas curé ! » « Arrête ! dit Madeleine. Il n'a jamais voulu être curé ! » Papa Jaud est toujours aussi maigre. L'os de sa pomme d'Adam s'agite sous le nœud desserré de sa cravate. « Boutonne-toi », dit-elle en portant la main à son col de chemise. « Oui... » Il plie un peu les jambes pour être à sa hauteur et se laisse boutonner comme un enfant. « On s'est arrêtés à une barrière, explique-t-il. On n'a pas fait la route dans cette tenue-là. » Les fleurs du chapeau de maman Madeleine sont rouges et me rappellent ses géraniums. Et justement, papa Jaud me tend le paquet dissimulé derrière son dos, enveloppé dans un papier d'argent. « C'est une bouture d'une bouture des géraniums que vous avez arrosés il y a quinze ans, me dit Madeleine. Elle a peut-être un peu souffert du voyage... » J'écarte le papier. Quelques pétales sont tombés sur la terre noire du pot. Je reconnais cette terre. Nous nous serrons à nouveau dans les bras. « Merci ! Merci ! »

Et Zhiqiang arrive avec Roccio. Notre cercle s'agrandit. Mon frère est accompagné de celle que nous avons appelée « Mam ». Maman Madeleine et Mam ne se sont jamais rencontrées. Nous les présentons l'une à l'autre. « J'ai souvent entendu parler de vous ! » dit Mam à Madeleine. « Alors, vous aussi, demande papa Jaud, vous avez eu à supporter ces deux garnements ? »

Avec Mam, ça s'est passé sitôt la mort d'Albert Dubigeon, un samedi matin de novembre, il pleuvait. Nous avions enterré Albert, la veille, dans le cimetière de La Faute. Notre père ne s'était pas trompé, l'opium et les colonies avaient gravement entamé le capital santé de l'officier à la retraite. Il n'a jamais été bien à La Faute. Nous l'entendions soupirer pour déplacer comme un fardeau sa pesante carcasse. Il avait perdu toutes ses dents. J'avais sous les yeux son râtelier dans un verre d'eau sur l'évier, le matin, quand je faisais ma toilette. Il ne nous a jamais lâché la bride, a honoré à sa façon le contrat passé avec notre père. Notre emploi du temps ne différait guère de celui de Romilly. Vacances ou week-end, hiver comme été, le réveil sonnait à 6 heures et demie. Toilette, petit déjeuner à 7, à la demie de 7 heures nous étions devant nos livres et nos cahiers. Il commençait par une dictée, parce que nous étions selon lui brouillés avec l'orthographe, suivis de mathématiques, histoire et géo. Comme il avait beaucoup voyagé il était intraitable sur la géo. Poésie à réciter par cœur. On y passait la matinée, l'après-midi c'était le jardin.

Quelqu'un a frappé à la porte de notre classe de troisième un matin de novembre. Le professeur nous a demandé, à Zhiqiang et moi, de ranger nos affaires. Tonton Dubigeon était mort. On est sortis. Je crois que je ne sentais rien, je n'étais ni content ni triste, plutôt inquiet. Nous ne savions pas ce que nous allions devenir. Une fois dans le car qui nous ramenait de Luçon à La Faute et s'engageait entre les canaux du marais, Zhiqiang s'est frotté nerveusement les mains et a dit : « On va peut-être retourner à Phnom Penh ! » Tonton ne nous a pas aimés. L'amour ne figurait pas dans le contrat. La villa Mignon ne méritait pas son nom. Ils n'ont été que quelques-uns, une quinzaine, à l'accompagner avec nous au cimetière. Ses deux enfants avaient fait le voyage de Paris pour gérer les papiers et prendre rendez-vous avec le notaire. On a bouclé nos valises, le vendredi après-midi sitôt l'enterrement fini. Ieng Thirit était déjà montée, après la cérémonie, dans la voiture d'un ami qui l'a emportée quelque part dans le 13e et nous ne l'avons jamais revue.

Nous avons quitté la villa sous la pluie, le samedi matin, avec nos bagages et avons attendu un moment, Zhiqiang et moi, sous l'escalier parce que la pluie battait. L'océan grondait derrière les dunes. La pluie avait un goût de sel. Le lycée était fermé, le samedi. Où pouvions-nous aller ? Nous avons couru jusqu'à la cabine de l'arrêt de bus et avons attendu assis sur nos valises. Nous portions les mêmes cabans marins de laine bleue achetés aux Galeries modernes de La Faute, mais les cabans étaient trop courts. Le vent de novembre balayait la pluie sous l'auvent de l'abri. Nos pantalons ont été tout de suite mouillés.

Il n'y avait pas de car avant midi, le samedi. J'ai commencé à grelotter, je trémulais tout haut en tapant des pieds, *ah-ah-ah-ah*, Zhiqiang m'a imité. On n'avait presque rien mangé pendant les trois jours de deuil, juste attrapé ce qu'on avait pu. Et, avant de quitter la villa Mignon, on avait avalé seulement un bol de café clair avec des tartines. Nous avions encore faim, froid. Par moments, la bourrasque secouait la cabine et les tubes rouillés de sa charpente craquaient comme si elle allait s'envoler. Nous n'étions pas vraiment tristes. Nous étions anesthésiés, nous attendions, nous étions deux. J'avais quatorze ans. J'avais dit à Zhiqiang : « On dormira à l'internat. » Des voitures passaient et nous éclaboussaient. Des buveurs poussaient la porte du bar en face de l'arrêt de bus et repartaient sans nous voir ou en faisant comme si. Nous n'étions pas sûrs qu'il y avait un car à midi. Peut-être aurions-nous dû courir jusqu'à l'autre arrêt de l'autre côté du pont sur le Lay, mais le pont était large et le vent soufflait. « Si on est malades, a dit Zhiqiang en sautillant d'un pied sur l'autre, on n'aura pas cours ! »

On n'a pas remarqué la R10 qui passait. Elle a freiné, reculé, la conductrice a tiré sa vitre à glissière. « Qu'est-ce que vous faites là ? » Nous connaissions son nom. Madame Sépossian était professeure de sciences nat au lycée. Nous la voyions sortir en blouse blanche de son laboratoire. Elle enseignait en classes de première et de terminale. Les élèves l'appelaient Séposs. « On attend le car. » « Mais il n'y en a pas le samedi, les garçons ! Où voulez-vous aller ? » Elle est descendue de sa voiture, sous la pluie, « Vous n'allez pas rester ici ! Il n'y a personne au lycée ! », a ouvert le coffre à l'avant de la R10. « Apportez vos valises. » On n'a pas réussi à fermer le coffre. Elle a tendu le cou pour voir la route par-dessus le capot entrouvert. Nos pantalons et nos cabans s'égouttaient sur les sièges. Elle a dit que la maison n'était pas loin. On a tout de suite eu chaud dans la R10 Major bleue. La prof sortait de chez le coiffeur et la pluie lui avait mouillé les cheveux, ça sentait bon. Nos haleines fusaient en fumée. Elle a couru prendre la clé sur le seuil, sous la pierre. « Vous voyez où je la mets. Elle est toujours là. »

Elle a ouvert la porte de la chambre. « Posez ici vos valises. Vous devez avoir des vêtements secs. C'est la chambre de Christian. Il dort dans le lit de quatre-vingt-dix, vous pourrez dormir dans celui de cent quarante, à côté, ce soir. » Elle nous a montré la cuisine. « Je ne peux pas rester avec vous. Je suis invitée chez des amis. Christian n'est pas là. » Elle a ouvert le placard, sorti le pain, les assiettes. « Il y a des pâtes, du jambon blanc. Vous saurez faire cuire des pâtes ? » Elle nous a montré les casseroles. Nous avions l'habitude chez Dubigeon. Elle s'est habillée pour sortir. « Vous avez des devoirs pour lundi ? Christian range ses affaires dans les tiroirs de son bureau. Installez les vôtres. Faites comme chez vous. » Faites comme chez vous... Où était notre chez-nous ? On la regardait aller et venir, chausser ses souliers à talons, nous parler comme si nous étions de la maison. Elle est partie. Je me souviens de l'air tiède et doux comme du coton dans la cuisine. Le vent cognait à la fenêtre. La casserole de pâtes exhalait son fumet discret et les vitres se sont fardées un peu. Des fusains fermaient l'enclos du jardin. Des flaques d'eau mouillaient le vert lissé et pâle des carrés. La lourde tête d'un palmier s'agitait au ras de la terrasse. Un sécateur attendait sur la table de fer rouillé. De la main, Zhiqiang a enlevé la buée sur la vitre. « Tu crois qu'on serait bien, si on habitait là ? » Nous nous sommes assis à la table, nous avons pris ce premier repas comme un cadeau.

Marie Sépossian nous l'a proposé le lendemain, dimanche. « Vous prenez le car pour le lycée, demain matin. J'ai posé la question à Christian. Vous n'avez plus de tuteur. Seriez-vous d'accord pour que j'en parle au proviseur ? Vous habiteriez avec nous. Je pourrais être votre tutrice. » On s'est regardés, on a souri, on a répondu oui. Zhiqiang a ajouté : « C'est ce qu'on voulait. » Nous avions découvert Christian dans son lit à notre réveil, ce premier matin. Nous connaissions, déjà, le fils de Marie Sépossian. Sa haute taille l'avait propulsé parmi les champions de l'équipe de basket des terminales du lycée. Nous admirions ses coups de patte sous les paniers. Il venait d'être reçu au bac et commençait des études de sciences à la fac de Nantes. Il nous a demandé si nous l'avions entendu rentrer au milieu de la nuit et s'est excusé d'avoir fait un peu de bruit. Il sortait avec Janine, la fille du pâtissier voisin des Galeries modernes. Nous l'avons tout de suite envié d'être l'ami de la belle Janine. Il nous a montré sa collection de disques, a tiré *Only you* de sa pochette et nous a dit que nous pouvions nous servir de son électrophone. Nous avons écouté les Platters ensemble, il avait l'air très amoureux. Nous avons tout de suite eu envie de l'avoir comme grand frère. En Chine, sans lien de parenté, les aînés héritent vite du nom affectueux de grand frère.

Et comme Christian, nous avons très vite appelé Marie Sépossian « Mam ». Les échanges de courrier avec notre père, appuyés par le proviseur, l'ont confirmée comme notre tutrice. Elle est Mam, ne nous a pas choisis, nous a pris tels que nous sommes parce que nous étions là et, en même temps que sa maison, elle nous a ouvert son cœur. Elle était, comme nous, une émigrée à La Faute. Elle faisait partie des contingents de rapatriés d'Algérie. Son jeune mari, pied-noir comme elle, l'avait abandonnée avec son enfant en débarquant en France. Elle avait été nommée professeure au lycée de Luçon, mais avait-elle besoin de s'encombrer d'un coup de deux jeunes ados aux yeux bridés, alors que Christian commençait à vivre sa vie ailleurs ? Nous guettions Janine à travers la vitrine de la pâtisserie quand nous revenions du lycée, en fin de semaine. Petite amie de Christian, elle a été aussi un peu la nôtre. Elle nous faisait signe et quittait son comptoir, le doigt sur les lèvres. Nous l'attendions à la petite porte du laboratoire sur le côté de la boutique paternelle. Elle nous demandait comment s'était passée la semaine, nous ébouriffait parfois les cheveux, mon cœur palpitait, elle sentait bon le sucre, le chocolat et la vanille. Elle nous glissait très vite une petite boîte de gâteaux préparée spécialement pour nous. Christian lui avait dit notre préférence pour les gâteaux à la crème, les éclairs et les religieuses. Je ne suis pas sûr que son père ait toujours été informé de ses généreux cadeaux.

Ils sont là, Christian et Janine, avec Mam dans la cour de la Gallifrère, le grand basketteur, notre frère, et sa jolie pâtissière. Ils ont conservé leur avance sur nous. Le ventre de Janine est gonflé et rond comme les religieuses que nous dévorions assis contre le mur de la maison de Mam avant d'entrer avec nos cartables, un treillis de veines bleues dessine comme une voilette sur sa peau blanche. Je m'interrogeais sur le face-à-face de nos deux mères adoptives, Mam et Madeleine sont si différentes. Mam est une fille du Sud, elle prend tout de suite Madeleine par le bras et elles palabrent ensemble, parlent haut, de nous, se racontent des anecdotes, rient aux éclats, complices, Mam, maman Madeleine.

23

Violette, Rose et Capucine, les filles de Victor et Taï Mouï, sont arrivées avec la sœur de tante Li. Des petits groupes se sont formés qui attendent dans la cour. La fête patiente encore un peu. Roccio et une cousine de Gabrielle n'ont pas de succès avec leur corbeille de brioches pour les affamés qui auraient pris la route aux aurores. Auguste Gallot sort en redingote sur le perron, le haut-de-forme sur la tête. Les jeunes l'applaudissent. « Moquez-vous ! Moquez-vous ! » grogne-t-il. Il rejoint mon père en costume et petit gilet blancs, qui l'accueille avec son sourire de chat, lui explique que, traditionnellement, le père du marié donne le bras à la mère de la mariée en queue de cortège. Mon père acquiesce. Nous nous sommes querellés, il y a peu et, sans l'intervention de Zhiqiang, mon père ne serait pas là. Il voulait venir avec Shaoai, sa nouvelle fiancée hong-kongaise, et j'ai dit non. Auguste regarde sa montre et disparaît dans la maison. Micha sort et s'approche de moi. « Je crois que tu peux y aller. »

Comme le veut la coutume, je frappe à la nouvelle porte de la Gallifrère. Il faut que le marié toque à la maison de la mariée le jour de son mariage. Malgré le faux jour, je vois leurs silhouettes à travers la vitre, rassemblées dans le couloir. La porte s'ouvre. Gabrielle s'avance entourée de sa mère, son père, sa grand-mère. Elle sort dans le soleil, princesse, magnifique, plus belle encore que je ne l'avais imaginée, plus émouvante. J'aime la lumière du soleil sur son visage qui la fait cligner des yeux. Elle ne me l'avait pas dit, elle ne s'est pas habillée tout en blanc. Sa robe à bustier est blanche, la taille très ajustée, la robe de princesse comme elle voulait, je le sais, mais elle a mis sur ses épaules un boléro de dentelle jaune, et elle tient dans sa main un bouquet de fleurs rouges. Le jaune est la couleur de l'immortalité en Asie, le rouge celle de l'amour. Elle guette dans mes yeux mon assentiment. Je la serre un instant contre moi, lui murmure à l'oreille : « L'or est tombé sur toi, petite sœur ! » « Sur nous ! » La couronne de fleurs d'oranger qui fixe son voile est celle qui trône habituellement sous le globe sur le buffet de la salle à manger. Sa mère l'a portée à son mariage, sa grand-mère aussi et au moins son arrière-grand-mère.

J'étouffe soudain dans mon habit noir. Quel chemin parcouru depuis nos cours de dessin ! Mes frères, les siens, les oncles, les tantes nous ont rejoints sur le perron et leur cercle m'oppresse. Le soleil éblouit encore ma mariée qui met sa main en visière pour saluer tous les amis qui s'approchent. Je suis si ému que je m'emmêle à demander à Irène et Auguste s'ils veulent m'accorder leur fille en mariage. Ils rient et Irène répond par la formule rituelle : « Oui, nous te voulons bien pour gendre, Zhida. » Ils applaudissent tous. L'ami Stéphane me tape dans le dos : « Veinard ! » Gabrielle a eu la délicatesse de demander à Zhiqiang et Roccio d'être garçon et fille d'honneur. Elle aurait pu vouloir un de ses frères. Nous fonctionnons comme des jumeaux, Zhiqiang et moi. Il nous est arrivé plusieurs fois, quand nous nous retrouvions, lui venant de Grenoble et moi de Nantes, de découvrir que nous avions mis le même pantalon et le même pull sans nous être concertés. Roccio porte le voile de la mariée à pleins bras. Les yeux de Gabrielle brillent comme des éclats de verre. Nous descendons vers la Mercedes. « Tu n'as pas oublié les alliances ? » Je palpe dans ma poche les deux petits écrins de carton. Elle pense à tout. C'est vrai, je suis remonté les chercher tout à l'heure dans la chambre.

Nous prenons place dans la Mercedes de l'oncle Gustave. Les Gallot m'ont tant entendu parler de celle de mon père… Roccio et Irène disposent le voile sur la banquette arrière. L'oncle ferme les portières. Les klaxons retentissent de plus belle sur le parking. On descend les vitres à cause de la chaleur. Tudeau, les cuisinières, Wen et Li, qui nous regardent partir, nous saluent de la main. Un médaillon de saint Christophe accroché au rétroviseur se balance au bout d'une chaînette argentée. Des épluchures de nuages stationnent au-dessus de nous. Le soleil allonge des jambes au travers, sur les blés. La Mercedes de mon père avait un petit bouddha collé sur le tableau de bord. Je presse la main de Gabrielle qui me donne à sentir son bouquet de roses rouges. Elle fronce les sourcils, me secoue le bras, trouve que j'ai l'air triste, me chuchote : « Profite ! » On dépasse les houx fleuris de l'extrémité de l'allée. La file des voitures s'étire derrière nous. Tonton Gustave oblique sur le bitume de Saint-Aubin et continue au ralenti comme s'il voulait retenir le temps. « A quoi tu penses ? » demande-t-elle. « A rien… à tant de choses !… » Gabrielle sait à qui je pense en ce moment. A l'absente… « Ne pense pas, regarde-moi ! » Elle se penche, fait pivoter de la main mon visage vers le sien, nous échangeons un baiser chaud, rapide, sous l'œil de l'oncle dans le rétro.

D'autres invités nous attendent sous les platanes de la place. Les racines ont colonisé le bitume et la mairie paraît toute petite derrière la voûte des feuillages. Zhiqiang monte sur le banc de pierre et commence l'appel des couples qui s'alignent en cortège. Capucine, la fille de Victor, le petit Alexandre et sa cousine, marcheront devant la mariée. Gabrielle me quitte et prend le bras de son père. La file s'allonge, la place est trop étroite. Irène est à l'avant-dernier rang avec mon père, et Taï Mouï et moi fermons la marche. J'ai hésité, j'aurais bien demandé à Madeleine et Mam de me conduire à la mairie et à l'église, j'ai même pensé à me faire accompagner des trois femmes. Et puis il nous a semblé, à Gabrielle et à moi, que le mieux était Taï Mouï qui avait accompagné maâ-ma jusqu'au bout. « Je ne sais pas si je saurai ! » a-t-elle répondu, des larmes dans les yeux. J'aime toucher la soie douce et légère de sa robe. C'était souvent Taï Mouï qui nous couchait en nous ventilant avec son éventail lorsque nous étions petits. Zhiqiang se souvient qu'alternativement mâa-ma ou Taï Mouï lui massait le ventre quand il buvait son lait de poule, alors que moi j'étais devenu le grand garçon qui ne tétait plus sa mère. Si j'avais été moins bête, j'aurais eu, moi aussi, mon lait de poule et mes caresses.

« Tu te souviens, sur le porte-bagages du Solex ? *Ecarte les jambes, tu vas prendre tes pieds dans les rayons !* » Taï Mouï a été la première à conduire un Solex à Phnom Penh. Notre père l'avait acheté pour qu'elle m'emmène à l'école. Le Solex était plus maniable et rapide que le pousse-pousse. J'ai roulé avec, ensuite, pendant nos vacances. « Qu'est-il devenu ? Il était encore dans la cour de la maison rose quand les Khmers rouges sont arrivés ? » « On ne trouvait plus de mélange pour le moteur. Un Khmer de douze ou treize ans, pas plus, l'a repéré. Il savait tout juste faire du vélo. Il a secoué le levier, le Solex n'a pas démarré bien sûr. Il a balancé le Solex et, à coups de crosse du fusil d'abord, tapé sur le phare, les rayons, puis il a tiré sur les pneus et le réservoir. » On entre dans la mairie. Le jeune nouveau maire nous attend. C'est son premier mariage depuis son élection. Presque de la génération de Gabrielle, il n'est pas très à son aise. Il nous le dit, s'excuse, nous souhaite la bienvenue, nous parle de la maison commune.

Nous avons craint un moment le mariage impossible. Je ne suis pas naturalisé. Je suis toujours un étranger en France. J'ai pourtant fait toutes les démarches, me suis présenté devant la commission d'homologation à Nantes, il y a deux ans. C'est alors, sans doute, que ça s'est passé, j'ai probablement été maladroit. « Parlez-vous français ? » m'a demandé le président du bureau. « Je vis en France depuis l'âge de huit ans, je suis en quatrième année de médecine à Nantes. » Il avait sous les yeux le dossier d'informations détaillé que j'avais rempli quelques semaines avant. « Quelle est la devise de la République française ? » « Liberté, égalité, fraternité. » « Quel est le nom du président de la République ? » « Valéry Giscard d'Estaing. » C'est, sûrement, cette réponse qui m'a recalé. Le gros homme assis à sa table comme à un tribunal a levé sa triste figure rougissante. « Non, monsieur ! On dit : Monsieur le président Valéry Giscard d'Estaing ! » Je n'avais pas cherché à être incorrect. J'avais répondu spontanément, comme tout le monde, on disait même, familièrement, Giscard. Il m'a demandé ensuite quel était le nom du Premier ministre. « Monsieur Chirac. » Mais j'ai senti qu'il ne m'écoutait plus, son front restait rouge, il tournait les pages de mon dossier et ses gros yeux globuleux marron lançaient des éclairs. J'ai répondu sans me tromper, je crois, à ses questions d'histoire, de géographie, de sciences. Il m'a demandé le nom d'un sous-marin atomique français. *Le Redoutable.* J'ai cité trois grands écrivains français et leurs œuvres principales. Il m'a fait signe de repartir et indiqué que je recevrais la réponse à ma demande par courrier. Une secrétaire à côté de lui notait mes réponses. J'avais mis une cravate. J'ai attendu le courrier pendant plusieurs mois, me suis déplacé au bureau. Je n'ai reçu aucune réponse. Le jeune maire de Saint-Aubin a interrogé la préfecture. Mon dossier de naturalisation complet était bien à Nantes, mais bloqué en dessous dans la pile. Il a dit aux Gallot qu'il avait fait ce qu'il fallait, auprès des gens qu'il fallait, pour une réponse rapide et favorable, mais le délai était maintenant trop court. Nous nous sommes résolus avec lui à un mariage mixte.

Je ne sais pas bien toujours qui je suis. Le gros président de la commission m'a renvoyé à ma nature de banane. J'ai beau avoir grandi en France depuis presque vingt ans, il y aura toujours un doute à mon sujet, je reste un étranger, un importé, un déporté, un niakoué aux yeux bridés. Je suis Zhang Zhida. On m'a nourri dès le berceau au *kou toui*, la soupe de nouilles de riz. Mâa-ma y ajoutait des petits morceaux de poisson-chat, elle mettait la cuiller dans sa bouche pour me montrer que c'était bon. Le maire insiste sur les mots « maison commune », y revient, me regarde, comme s'il les prononçait particulièrement pour moi. Il est généreux, ce jeune élu, il connaît bien les Gallot, a joué ailier droit dans l'équipe d'Auguste.

Quand nous sortons de la mairie, un merle chante dans le platane en bombant le torse comme un gendarme cambodgien. Il y avait toujours une assiette avec des grains de riz et du saindoux pour les oiseaux sur le mur de la terrasse de la maison rose. Les merles y avaient leurs habitudes, ils étaient nombreux, alors, à Phnom Penh. Les gens en capturaient et leur apprenaient à siffler des chansons. Lors de la visite officielle de De Gaulle, il s'en est beaucoup vendu qui sifflaient, paraît-il, *La Marseillaise*. Victor dit qu'il n'y a plus de merles dans la ville, ils sont partis en même temps que les gens, ou les Khmers les ont mangés.

24

Le curé Chaban n'a pas attendu notre sortie, ses cloches sonnent à la volée. Il n'y a pas loin de la mairie à l'église, la place à traverser et trois cents mètres de faible montée. Chaban n'est jamais en retard, l'horloge indique onze heures, nous prenons quand même le temps de reformer le cortège. Taï Mouï me semble plus détendue, plus souriante, son bras est fermement accroché au mien ; c'est mâa-ma mais elle aussi qui me chantaient *Dodo, l'enfant do* en cantonais. Presque tout Saint-Aubin est dehors, presque tout le village est de la noce, les gens nous regardent passer sur le trottoir, curieux du cortège, des toilettes, des chapeaux, à l'affût aussi des yeux bridés. Le soleil éclabousse le parvis. Le prêtre est là devant le portail. Il parlemente un instant avec Auguste et Gabrielle, vient nous saluer, on entre. Les vitraux orange paraissent chauffés jusqu'à l'incandescence. L'odeur sucrée des lis flotte dans la nef.

Nous marchons, Gabrielle et moi, jusqu'au tapis rouge et prenons place dans les fauteuils de velours au milieu de l'allée. Dans la paroisse, tout le monde connaît le curé, en poste à Saint-Aubin depuis vingt ans. Lui dit qu'il fait partie des meubles, qu'il sait à peu près tout sur tout dans le pays. De bonnes âmes lui reprochent de fréquenter le bistro. « Parce que les bistros ne font pas partie de la paroisse ? Je suis aussi le curé des bistros ! » Auguste aime bien ce grand bonhomme qui a du mal à installer son imposante carcasse dans sa petite auto. Il y a quelque chose de commun entre eux, au physique et au moral. Il raconte qu'il l'a vu pleurer plusieurs fois auprès du cercueil d'un enfant. « Vous passerez d'abord à la mairie pour les formalités officielles, nous a dit Chaban. Mais le sacrement du mariage, vous vous le donnerez ici. Moi je ne serai là que pour balancer l'eau bénite ! »

Il commence par les paroles du psaume : *Ton épouse sera comme une treille chargée de grappes sur les murs de ta maison. Tes enfants autour de la table comme de jeunes pousses d'olivier*... Il descend les marches de l'autel et s'avance vers nous, les anneaux dans la coupe de l'enfant de chœur. « Zhida Zhang, voulez-vous prendre pour légitime épouse... » Je regarde Gabrielle. « *Ho ta*... » Chaban fronce. Cette réponse n'était pas prévue. « Qu'est-ce que ça veut dire ? » « Oui... en chinois... » « Réponds-moi en français. » « Oui ! » « Gabrielle Gallot, voulez-vous... » Elle me sourit, me fixe. « Oui... *Ho ta*... » « C'est bien, dit Chaban à Gabrielle, tu parles chinois maintenant ? Donnez-vous la main... » Auguste et Irène Gallot se sont mariés sitôt la guerre finie, à son retour de captivité. Comme le métal se faisait rare, ils ont apporté au bijoutier des vieilles pièces en argent qu'il a trouées et martelées pour les changer en alliances, qu'ils portent toujours. Chaban bénit les nôtres.

Je suis convenu avec lui de parler au micro à l'issue de la cérémonie en me demandant si j'aurai la force. « Tu l'auras ! » m'a assuré Gabrielle. Je sors mon papier de la poche de mon habit. La température a monté dans l'église pleine à craquer. « Tu l'as… » me souffle-t-elle encore tandis que je me lève. Elle n'a pas voulu lire ce que j'ai écrit. Je n'ai prévenu ni mon père ni mes frères, qui se demandent ce que je vais dire. Je sens, en m'installant derrière le micro, le pincement au sternum et la petite main qui se referme sur le cœur et puis je lis.

« Ce matin, c'est jour de fête. Nous sommes tous réunis, mais il y a quelqu'un qui manque. J'ai voulu que tu sois avec nous, mâa-ma… Je sais que tu aurais préféré que je ne parle pas de toi, mais le monde est rempli d'absences. Je comprends que tu ne souhaites pas que je gâche la fête en rappelant que tu n'es pas là. Tu te réjouissais à l'avance de notre mariage. Tu m'as demandé des photos de l'église. Tu avais une foi à déplacer les montagnes, mâa-ma. Tu as toujours cru que chacun de nos gestes, chacune de nos actions, bonnes ou mauvaises, était inscrite dans la mémoire de ton Dieu.

Tu disais que la mort ne te faisait pas peur, mais que tu redoutais la souffrance. J'espère que tu n'as pas trop souffert, mâa-ma. Chaque geste, chaque parole de haine de tes bourreaux est inscrite dans la mémoire de Dieu...

« Tu étais sage-femme. J'ai toujours aimé ce mot qui te va si bien. Tes bourreaux t'ont sacrifiée à cause de ce beau mot. Tu as aidé à naître des centaines d'enfants cambodgiens et chinois. Tu nous as trop manqué, mâa-ma. Tu nous manques. Tu n'es jamais revenue. Tu nous demandais de regarder le ciel et tu nous donnais rendez-vous avec les étoiles, quand nous pleurions de te quitter et de repartir en France. Tu es notre étoile, maintenant, mâa-ma. Tu es là. Tu veilles sur nous.

« Je veux croire très fort avec toi que tu es partie pour être encore plus avec nous. Tu m'avais demandé si nous chanterions le *Magnificat* à la cérémonie à l'église. Le *Magnificat* était ton hymne préféré. "Est-ce qu'ils sauront chanter le *Magnificat* à Saint-Aubin ?" Nous allons le chanter. C'est la fête. Tu vas chanter avec nous, et les anges ! mâa-ma... »

Voilà. J'y suis arrivé, je me tais, rentre mon sanglot dans ma gorge, reprends mon souffle et replie mon papier. La petite main qui m'oppressait se desserre peu à peu. Par moments ma voix a tremblé. Je regarde Gabrielle. Elle a les yeux rouges. Ham Pao pleure. Il n'y a pas que lui. Je regagne ma place et croise les yeux de mon père. Son visage immobile ne manifeste rien. Le halo de lumière souligne son large front et ses maxillaires. Je ne sais pas s'il est content ou furieux, peut-être le pied prêt à s'allonger vers mon derrière. La main de Gabrielle serre très fort la mienne. Le curé Chaban entonne : *Magnificat !...* La chorale reprend après lui : *Magnificat ! Anima mea dominum...*

A la fin de l'hymne, il redescend vers nous. « Que le Dieu d'Abraham, le Dieu d'Isaac, le Dieu de Jacob soit avec vous ! Qu'Il réalise en vous Sa promesse : afin que vous puissiez voir les enfants de vos enfants jusqu'à la troisième et quatrième génération... » Il nous bénit, bénit la foule. Ça y est, c'est fini. « Vous pouvez vous embrasser ! » Nous obéissons à Chaban. « Vous pouvez vous embrasser aussi, dit-il à la foule. Je préfère des amoureux qui s'embrassent à des voyous qui font la guerre ! » Les gens lui obéissent. C'est plein de baisers dans l'église de Saint-Aubin, couverts d'applaudissements. Chaban applaudit aussi.

25

Il est plus de midi lorsque Gabrielle pointe avec moi son voile au portail de l'église après la signature des registres. Une pluie de riz s'abat sur nous, à laquelle les Gallot ont joint des grains de blé de la Gallifrère. Sous nos yeux éblouis, ça fait comme une averse d'escarbilles de soleil chauffées à blanc. Mon ami Stéphane joue *La Marche nuptiale* de Mendelssohn au saxophone avec ses amis musiciens de l'orchestre de jazz White Rabbits. Ils ont créé à quatre cet ensemble de carabins qui animera le bal, ce soir. Clergerie a obtenu son diplôme d'internat en même temps que moi grâce à Gabrielle et moi qui l'avons obligé à s'asseoir et à travailler. Je lui refilais mes cours auxquels il n'assistait pas, il préférait s'occuper des filles et la musique contribuait à son incontestable succès. Sa mère m'a dit, un jour de visite à son château de Villers-Châtel, que s'il est devenu médecin c'est grâce à nous. Mais moi, je sais que, si j'ai pris deux repas par jour, pendant mes périodes de vaches maigres, c'est grâce à la générosité de Stéphane.

Les appareils photo nous mitraillent. Nous prenons la pose, seuls, puis avec les Gallot, puis avec mon père et Taï Mouï, puis nos frères, puis les deux tribus réunies. Les White Rabbits jouent *O When the Saints.* Nous continuons d'obéir au curé Chaban : nous ne nous faisons pas prier pour nous embrasser. Victor me dit que j'ai bien parlé de mâa-ma. Des couples s'essaient à danser sur les graviers de la placette. Un trio de tourterelles s'aventure à picorer les grains de riz et de blé, mais Auguste bat le rappel, parce qu'on brûle au soleil et qu'à la Gallifrère les invités du vin d'honneur ont dû commencer à affluer. Les musiciens nous accompagnent jusqu'aux voitures sur la place de la mairie. Victor s'incline à la portière de la Mercedes où Roccio finit d'installer le voile de Gabrielle. « Vous êtes un costume taillé l'un pour l'autre ! » « Tu crois ? » Il cligne de l'œil. « Ça crève les yeux ! » Il claque notre portière en riant. C'est le Victor retrouvé, tel que je ne l'ai pas vu depuis son arrivée à Paris.

J'ai pris le train Nantes-Paris, le lendemain de l'annonce de l'arrivée de Victor, Taï Mouï et leurs filles en France, Zhiqiang est arrivé par le Lyon-Paris, Zhicheng, le Bordeaux-Paris. Nous nous sommes retrouvés devant le restaurant de tonton Wen. Wen et Li hébergeaient Victor et sa famille pour le moment. Ils n'avaient pas encore cherché d'appartement pour eux. C'était le milieu de l'après-midi. Un froid crachin gris graissait les trottoirs et les rues. Les gens accéléraient, tête baissée, sous les parapluies. Les enseignes des épiceries et des coiffeuses chinoises clignotaient dans le gris. Nous n'étions pas bien, prêts au pire. Nous avions vu les images des camps de réfugiés à la télé. Notre père, c'est vrai, remuait ciel et terre depuis Hong Kong pour savoir si mâa-ma se trouvait quelque part dans un de ces camps aux frontières. La nouvelle de la présence de Victor et de toute sa famille indemne à Paris avait allumé, une seconde, un formidable espoir, mais leur silence au sujet de mâa-ma nous paralysait. Tante Li nous a ouvert. Les derniers clients partis, le restaurant avait fermé.

Victor, Taï Mouï et les filles étaient assis à une table. Je les ai associés au film d'actualités, projeté par notre professeur en classe de seconde, le retour du pays des morts des survivants des camps nazis à l'hôtel Lutetia en 1945. Leurs yeux regardaient à travers nous, ils se serraient les uns contre les autres sur leurs chaises comme des moutons tremblants qu'on va conduire à l'abattoir. On les avait tondus à cause des poux. Ils étaient proprement habillés. Victor portait un costume sombre, Taï Mouï une robe qui semblait taillée dans le même coupon, les filles des robes de couleur. Li nous a apporté des boules gluantes de riz sucré, mais elles ont continué de fumer dans nos assiettes sans qu'on y touche.

Nous leur avons posé quelques questions maladroites sur leur santé. Violette et Rose, quinze et quatorze ans, ne devaient pas peser beaucoup plus que leur petite sœur. Victor a dit que c'était sa hanche qui l'embêtait, il ne la sentait pas là-bas quand il marchait, elle le lançait depuis qu'il était à Paris. J'ai proposé de le soigner avec mes aiguilles. Je n'étais encore qu'un médecin néophyte, apprenti acupuncteur, mais on pouvait toujours essayer, en attendant mon père. Il a parlé de leur installation à Paris. Il y a eu de longs silences. Zhiqiang et Zhicheng ont vite compris comme moi qu'il ne nous dirait rien ce jour-là. Nous étions venus les voir, mais il ne répondrait pas à la question que nous n'osions pas poser et qui nous brûlait les lèvres : « Mâa-ma ? Savez-vous ce qu'est devenue mâa-ma ? » Et c'est Taï Mouï, qui se taisait sous le lampion de papier chinois, qui s'est tout d'un coup mise à parler de notre mère.

Elle a dit ce qu'on savait, que mâa-ma avait refusé la place qui l'aurait sauvée dans l'hélicoptère, la veille de l'entrée des Khmers rouges dans Phnom Penh. Elle a dit qu'ils s'étaient regroupés dans la maison rose. Nous n'osions pas nous regarder, mes frères et moi, nous étions suspendus à ses lèvres. Elle parlait tout bas comme dans un souffle, par moments nous avions du mal à comprendre : « Les Khmers ne faisaient pas de bruit. C'était comme une invasion de fourmis… Nous avons marché avec les autres dans la cohue. Ils vidaient la ville. Ils nous ont ordonné de partir. C'était comme s'ils voulaient tuer le corps tout entier de la ville… Nous avons traversé la rivière Bassac. Votre mère avait compris, elle avait retiré sa montre et ses lunettes, ils demandaient de tendre les mains, de les montrer, ils voulaient punir les "super traîtres", la bande des sept du général Lon Nol et tous ceux qui étaient avec eux, les gens aux ongles propres, les intellectuels, les gens des villes… Nous avons campé le troisième soir à Kôh Thom près d'un village au bord des rizières. Nous nous sommes couchés dans l'herbe où nous avons essayé de dormir. Il y avait toujours du bruit, des mouvements, des appels. Tout d'un coup on a entendu des cris : "Une femme va accoucher dans le village. On a besoin d'une sage-femme ! Y a-t-il une sage-femme parmi vous ?" Votre mère n'a pas bougé parce qu'elle soupçonnait le piège. Et c'est la femme qui marchait à côté de nous depuis la sortie de Phnom Penh en portant un bébé d'un an qui manquait de lait et souffrait de diarrhées qui s'est levée et a montré votre mère. "Elle est sage-femme !" Votre mère avait soigné son petit. Le Khmer a poussé un cri de triomphe et braqué en riant sur votre mère le rayon de sa lampe. "Tu es sage-femme ? Lève-toi !" Elle a obéi… »

Taï Mouï s'est arrêtée. Sa voix s'était mise à trembler.

« J'ai voulu l'accompagner. "Toi, tu restes !" m'a hurlé le Khmer. Elle a pris son sac. Elle nous a dit "Je reviendrai." Elle nous a fait un petit signe de la main, nous l'avons attendue jusqu'au matin… Victor est allé la réclamer à Kôh Thom. Ils lui ont dit qu'il n'y avait eu aucun accouchement au village, cette nuit-là. Nous avons dû recommencer à marcher. Nous l'avons cherchée parmi le flot. Nous ne l'avons jamais revue… »

« Mais alors, ai-je demandé à Taï Mouï, vous n'êtes sûrs de rien, vous ne savez pas ce qu'elle est devenue ? » Les yeux de Taï Mouï se sont tournés vers moi, mais elle n'était toujours pas avec nous. Elle a dit : « Il n'y avait pas de lune, cette nuit-là, mais Victor est sûr d'avoir reconnu le Khmer rouge maigre qui portait la lampe. Il lui a demandé "Où est notre amie que tu es venu chercher, hier soir, pour un accouchement ?" "Quelle amie ?" "La sage-femme !" "L'Angkar n'a pas besoin de sages-femmes !" Les Khmers rouges ont l'habitude de faire creuser les tombes de leurs victimes avant de les faire disparaître. La femme qui avait désigné votre mère pleurait. Elle croyait que votre mère serait récompensée et lui obtiendrait du lait pour l'enfant. Elle n'avait pas compris que le Kampuchéa démocratique avait décidé d'éliminer tous ses ennemis, les bourgeois, les médecins, les professeurs, les commerçants, les sages-femmes… » Taï Mouï a ouvert la bouche pour ajouter quelque chose. Elle s'est tue. La petite Capucine a tiré le bras de sa mère et est montée sur ses genoux. Victor est resté silencieux. Ils avaient les yeux secs, tous les cinq. Nous, les garçons, nous pleurions. Tante Li est venue avec sa théière. « Vous allez boire au moins une tasse de thé ! » Elle a insisté. « Allez ! Buvez ! »

Les boules de riz gluant étaient froides maintenant dans nos assiettes. Aucun d'entre nous n'avait la force d'y goûter.

Mes frères ont voulu que ce soit moi qui appelle notre père. J'étais l'aîné. Sa voix passait mal, là-bas, au bout du fil, à Hong Kong. Par moments, on aurait dit que nous étions coupés. Je lui ai dit que Victor avait vu les Khmers rouges emmener mâa-ma. « Elle est partie avec les Khmers ? » « Ils l'ont emmenée. » « Où ?... » « On ne sait pas... Il pense que ce n'est pas la peine de la chercher. » « Pourquoi ? » « Parce qu'on ne la retrouvera pas... Parce qu'elle est morte. » « Il l'a vue morte ? » « Non. Mais il est sûr qu'ils l'ont tuée. » « Ah ? Comment peut-il être sûr, s'il ne l'a pas vue ? » « Tu lui demanderas. »

Je ne suis pas rentré à Nantes ce soir-là comme je l'avais prévu. La bruine s'était changée en pluie. Je n'ai pas appelé Gabrielle. Rue de Choisy, j'ai trouvé un petit hôtel. Je suis allé acheter une bouteille d'alcool de riz chez Tang Frères, suis monté dans ma chambre, me suis assis au bord du lit. La télé bourdonnait dans la chambre voisine. La première gorgée au goulot m'a brûlé. J'étais en sueur. Mon cœur battait à grands coups dans ma poitrine. J'avais envie de mourir. Je ne savais pas ce que je pensais. J'étais comme un boxeur qu'on a envoyé au tapis. J'avais la haine. « Mâa-ma... – je sanglotais, la voix enrouée –, tu es partie pour mettre un enfant au monde. Et nous ? » Un grand calme m'a envahi à la troisième gorgée. Je me suis allongé en continuant de boire, je flottais dans une eau grise, un fleuve, la Loire ou le Mékong. J'ai réussi à me traîner jusqu'aux toilettes à la première nausée.

Le lendemain matin, j'ai appelé Gabrielle avant de monter dans le train. Je n'ai aucun souvenir du voyage. Elle m'attendait, inquiète, sur le quai. L'air de Nantes aussi était chargé d'humidité. « Je ne sais pas si j'ai les jambes pour me relever. » « Mais si... – elle m'a embrassé, nous pleurions –, tu es un sanglier. » « Est-ce que tu te sens capable de continuer de jouer avec un perdant ? » Elle m'a pris par le bras, m'a saisi le poignet pour compter les battements de mon cœur. La nuit suivante, j'ai fait ma première crise d'asthme, j'avais fini par m'endormir. J'avais rapporté à Gabrielle les paroles de Taï Mouï. Nous avions parlé longtemps. Je me suis retrouvé à nouveau comme une barque sur l'eau, mais le courant fort m'emportait. Les tourbillons m'enfonçaient. Je luttais. Je voulais me rapprocher de la rive, mais je coulais. Je me débattais, buvais la tasse, me noyais. Je me suis réveillé en sursaut. Je toussais, n'arrivais pas à respirer. J'étais asphyxié. Gabrielle s'est levée, a pris mon pouls. « C'est pulmonaire. » Elle est allée chercher une serviette, m'a passé de l'eau fraîche sur le front, la poitrine, le cou. Peu à peu l'étouffement a cessé et j'ai retrouvé mon souffle. J'ai fait un certain nombre de crises depuis. Il n'y a pas d'antécédents dans la famille. J'avais pratiqué tous les sports, cross, rugby, foot, judo, boxe, sans être jamais essoufflé. Les crises surviennent généralement la nuit, les fantômes préfèrent le noir. Gabrielle ne se déplace plus sans une poire de Ventoline pour moi dans son sac.

26

L'enclos du grand pré-parking de la Gallifrère ne suffit plus à contenir les véhicules des invités au vin d'honneur. Les voitures des retardataires stationnent sur les bas-côtés de l'allée. C'est déjà la fête. Le brouhaha, les rires. Les visages sont rouges, les yeux brillent, la sueur mouille des visages. Le soleil est blanc. Les gens lèvent leur verre, la bouche pleine. Ils n'ont d'yeux que pour la mariée. C'est normal. Elle est magnifique dans sa robe jaune et blanc. Son bouquet de roses rouges, elle m'a demandé de l'accompagner pour le porter sur l'autel de la Sainte Vierge. Auguste a eu raison d'adosser le stand au mur de la cour. Les gens se bousculent pour attraper un verre, une part de gâteau, un triangle de pain surprise. Les serveurs courent remplir les pichets aux trois fûts enveloppés de sacs de jute dégoulinant d'eau pour garder le vin bien frais, blanc, rosé, rouge. Les jus d'orange, de pomme et de raisin rafraîchissent sous la glace dans des bailles à vendange. Le disque blanc du soleil écrase dans le ciel de plâtre. Le dragon et le double cœur vendéen pendent lamentablement sur la chapelle. « Un soleil de Cambodge ! » dit en riant Zhicheng, le verre de rosé à la main. Sa cavalière de son âge, la fille du dentiste des Gallot, ne le lâche pas d'une semelle, elle lève un verre aux trois quarts plein, aussi. Nous étions sûrs qu'ils s'entendraient bien tous les deux. Mon petit frère n'a connu ni Romilly ni la villa Mignon, mais il est toujours en recherche de tendresse. Il est en classe de première, trop doué, paraît-il, en tout. Tout l'intéresse. Il se passionne actuellement pour les percussions. A Parentis, là-bas, il y a aussi les lacs. Dès les premiers beaux jours, il y va faire de la voile et se baigner avec ses copains et copines.

Je rejoins Madeleine et Mam assises à l'ombre du marronnier. Elles bougent sur le banc pour me faire une petite place. « Assieds-toi donc un moment avec nous ! » « Je ne suis pas fatigué ! » « Tu dois avoir chaud avec ta redingote… » me dit Mam qui s'évente avec la feuille de la cérémonie à l'église. « Ta mère a dû être contente de ce que tu as dit d'elle, tout à l'heure », dit Madeleine. Je me décide à m'asseoir entre elles. Madeleine pose familièrement la main sur ma cuisse. « Je suis persuadé que j'ai senti la mort de mâa-ma. Avec le recul, j'ai fait le décompte des jours. Pendant cette période-là, je n'ai pas été bien. Je me trouvais en stage de chirurgie. Je n'avais mal nulle part. J'étais malheureux, je ne savais pas ce que j'avais. J'avais la sensation d'un grand trou, comme lorsque ma mère nous a laissés tous les deux à Romilly, la première fois. J'ai appelé Zhiqiang, un soir, à Grenoble. Il n'était pas bien lui non plus. Il m'a écrit une longue lettre que j'ai gardée... » La main de Madeleine se referme sur mon genou. Celle de Mam s'appuie sur mon autre jambe. Je ris, entoure leurs épaules de mes deux bras. « Vous avez bu ? Voulez-vous que j'aille vous chercher quelque chose ? Du vin ? Un jus d'orange ? » Zhiqiang qui approche me fait signe de ne pas bouger. Il a son appareil photo. Madeleine mettait du sucre, en cachette de son mari, dans l'eau d'arrosage de ses géraniums pour que les fleurs durent plus longtemps. J'ai adoré les dimanches quand Mam nous préparait du gratin de nouilles et un grand saladier de mousse au chocolat pour nous récompenser de nos bons résultats au lycée. « Dépêche-toi ! me presse-t-il après la photo. Gabrielle a besoin de toi pour les compliments. » Je lui laisse ma place, me retourne vers nos deux mères de France. « Il faudra nous donner des nouvelles des filles de Pugny ! » dis-je à Madeleine. Une longue file s'est formée à l'ombre du mur de la chapelle. Je rejoins Gabrielle qui s'impatientait. « Où étais-tu ? » Et les gens s'avancent, à tour de rôle, nous embrassent, nous adressent leurs compliments. Quelques-uns apportent des cadeaux.

Il est déjà trois heures quand nous nous dirigeons vers la chapelle pour le déjeuner. Des grappes de buveurs s'agglutinent toujours sous la bâche du vin d'honneur. Leurs voix et leurs rires sonnent de plus en plus fort dans la cour. « Allez-y quand même ! nous demande Auguste. Ça les incitera à partir. » Maurice Tudeau en impose avec son tablier et sa toque empesée devant les portes closes de la chapelle où il monte la garde. « Cette toque était à mon père. Je ne l'ai pas mise depuis vingt ans. » Wen portait déjà sa coiffure de cuisinier, hier, et le boucher s'est voulu à la hauteur. « Je n'ai laissé entrer personne, ajoute-t-il en tournant la grosse clé de fer. Il fait encore bon à l'intérieur. On y va ? » Il ouvre, toutes les tables sont fleuries en jaune et rouge. Je n'avais pas vu les fleurs. « Les couleurs de l'immortalité et de la vie », murmure Gabrielle en s'appuyant sur moi. Je n'avais pas vu, non plus, l'autre grande oriflamme au double cœur vendéen et dragon, semblable à celle qui flotte sur le toit, qu'ils ont tendue sur le mur du fond. Depuis hier, ils ne nous ont pas laissés entrer et je me doutais qu'ils nous réservaient une surprise. « C'est merveilleux ! » disons-nous en même temps. « Tu le savais, Gabrielle ? » « Un peu... » Je crois que j'ai beaucoup aimé les géraniums de Madeleine à Pugny parce qu'ils étaient rouges. Les invités qui entrent poussent des cris d'admiration. La lumière ruisselle par la grande verrière en ogive ouverte dans le mur. Même mon père, habituellement avare de commentaires, y va de son compliment. « Si vous aviez connu la chapelle, il n'y a pas si longtemps, dit Auguste, c'était une écurie ! »

Les invités cherchent leur nom sur les menus autour du grand U des tables. Tudeau vient de brancher les projecteurs et se ravise, la température va monter, il débranche. Et puis c'est mieux, la lumière coule à flots par la verrière, la charpente, là-haut, croise les bois de sa carène. C'est à nous de donner le signal de s'asseoir. Les invités s'exécutent dans un grand fracas de chaises. Le curé Chaban a une place d'honneur à côté de la grand-mère Louise. Nous sommes tout juste cent. « Un mariage coûte une petite fortune, dit Auguste à mon père. Mais on n'en fait jamais assez pour ses enfants, n'est-ce pas ? » Mon père fixe Auguste et acquiesce. Je ne sais pas ce qu'il va payer. Va-t-il être rat encore pour nous ? Il ne paiera pas la moitié de la noce puisque les invités chinois sont moins nombreux. Il le pourrait pourtant. Victor m'a appris que mon père avait réussi à placer presque tout son argent à Hong Kong et qu'il s'aventure parfois dans des initiatives risquées. Mon père demeurera pour moi une énigme. Les pères ne le sont-ils pas toujours pour leurs enfants ?

Tonton Chu s'appelle Victor, ses filles sont devenues Violette, Rose, Capucine. Peut-être est-ce à cause de ça aussi que le commissaire-examinateur a bloqué mon dossier de naturalisation. Il m'a demandé mon nom. J'ai répondu que j'en avais deux, un nom chinois, Zhida, et un nom cambodgien, Yun. J'ai dit que mon nom cambodgien nous avait été suggéré par le préfet Josselin, à Phnom Penh, quand le Cambodge était encore colonie française. Le préfet était breton. Il a proposé à mon père le prénom Youn, qui signifie « pierre » en breton et qui avait une consonance asiatique. Mon père a dit oui. Ils l'ont écrit Yun. « Mais sous quel nom êtes-vous né ? » m'a demandé le président commissaire. J'ai hésité. J'ai dit Zhida, puisque c'était au Vietnam. Vous êtes né au Vietnam ? Oui, d'un père et d'une mère chinois qui fuyaient la Chine communiste. J'ai souri. « Je n'ai pas de nom français, pas pour l'instant. Tout le monde m'appelle de mon nom chinois, Zhida. » Je n'aurais pas dû sourire. Il a pu croire que je cherchais à l'embrouiller. Il a dit : « D'accord, ça suffit ! » Victor veut tout recommencer à zéro. Il met la main sur son cœur à chaque fois qu'il parle de la France. Il veut que ses filles soient Violette, Rose, Capucine. Est-ce que c'est possible ?

Tudeau a enlevé la toque qui lui donnait chaud et vérifie que tout le monde est bien installé. Il recule, se retourne et ordonne le commencement du ballet du service. Les femmes entrent avec les grands plats d'huîtres, de palourdes et de crevettes, puis les hommes avec les casiers de bouteilles de vin blanc, tout de suite recouvertes de buée fraîche, puis les femmes encore avec les buissons de langoustines et les coupes de mayonnaise. J'en ai l'eau à la bouche. « J'aimerais retourner à la pêche aux couteaux », me dit Zhiqiang, à table en face de moi. Christian, le fils de Mam, nous a appris à les repérer dans le sable sur la plage de La Faute. Il faut chercher les deux petits trous côte à côte sur l'estran mouillé. On glisse quelques grains de sel dans le trou et le couteau remonte aussitôt à la surface. On l'attrape par le bout noir, en dessous, en prenant bien garde de ne pas se couper. Nous en avons rapporté des pleins seaux. Janine est venue nous rejoindre à la pêche, parfois. « Il est arrivé que Christian et Janine nous laissent pour aller se promener dans les dunes… » Ils sont assis un peu plus loin, dans l'angle du U. La grossesse lui va bien, lui remplit le corps, le visage, le cou, comme un fruit gorgé de soleil et de sucre.

Maurice Tudeau a ramené vivantes, hier matin, les langoustines et les crevettes de la criée des Sables. Le temps calme a été bon pour la pêche. La chair blanche est ferme sous la dent. Nous avons aussi pêché la crevette, aux marées d'équinoxe, quand la mer était belle, dans l'eau, la nuit, jusqu'à la ceinture, nous traînions les haveneaux sur le sable, la lampe sur le front, le panier pour mettre la pêche à la ceinture. Nous n'allumions nos lampes qu'au bout de la traînée, pour économiser les piles. C'était dangereux. Nous avons enfoncé dans les trous au début, puis avons appris à connaître les creux et les bosses du fond. Et quel plaisir de découvrir la luminescence des gros yeux des crevettes grouillant au fond du filet ! « Tu te rappelles les poissons-torpilles ? » Zhiqiang raconte à Roccio qu'on évite la décharge électrique en enfonçant le doigt dans l'anus du poisson. Nos années-lycée avec Mam ont été heureuses à La Faute. C'était un peu les vacances, tout le temps. Nos bulletins scolaires étaient satisfaisants. Après les devoirs, Mam nous permettait de rejoindre les « Sioux ». L'un des jeux favoris des galopins de la bande était d'aller surprendre les amoureux dans les dunes de la Belle Henriette ou des Amourettes. Les pieds ou les mains toujours dans l'eau, nous cherchions les crabes dans les berges du petit port du Lay, il suffisait d'avoir le courage d'enfoncer les doigts dans les trous, à marée basse.

Mam a été plus qu'une tutrice. Christian est notre grand frère. Chaque année, à la Toussaint, je me rends sur la tombe de tonton Dubigeon. Même sans en avoir envie, j'allume un petit cigare. Il m'a surpris un jour, alors que je n'aimais même pas ça, à crapoter un de ses infects ninas et j'ai eu droit aux cheveux tirés, au coup de godasse dans les fesses. Je fume le cigare jusqu'au bout devant sa tombe. « Voilà, lui dis-je, c'est pour toi, c'est mon encens. Tu ne nous as pas fait de cadeaux. Tu nous as tout interdit, le cigare et le reste. J'aurais bien aimé aussi chatouiller les filles mais, ça encore, c'était interdit. » La tombe est bien entretenue. Je n'ai pourtant jamais revu ses fils. Nous n'avons plus entendu parler de Ieng Thirit.

Madeleine et Mam ont triché. Le plan de table ne les avait pas mises côte à côte, me dit Gabrielle. Elles ont déplacé les menus et se sont débrouillées pour être ensemble. Tant mieux, elles ont eu raison. Je me réjouis de les voir comme ça. Papa Jaud, en face d'elles, me les montre, bavardes. De loin, il lève son verre, en riant. Je lève le mien.

27

Je bois de l'eau, je connais ma faible résistance à l'alcool, le fruité « franc blanc » des côtes de Rosnay coule trop bien après le vin d'honneur. Gabrielle fait tourner l'alliance autour de son annulaire. « Elle va bien à ton doigt ? C'est la bonne taille ? » Elle la fait glisser, la retire. Ses doigts sont fuselés, leurs liens délicats, les miens ont des nœuds. Mon épouse a de belles mains.

Elle me tend l'anneau. Nous avons fait graver la même phrase de l'apôtre Paul à l'intérieur, Gabrielle en français, moi en chinois. « Fais voir », dit Roccio. C'est écrit tout petit, mais on lit très bien : *L'amour ne passera jamais*. J'ai craint de ne pas trouver un bon graveur pour le chinois à Luçon, mais le bijoutier est un artiste, ses caractères sont parfaits. Nos alliances circulent, tandis que les plats vides de fruits de mer repartent et qu'arrivent les premières asperges fumantes et les saucières de sauce blanche. Zhiqiang se décide à se lever pour accomplir son office, c'est à lui, le garçon d'honneur, d'animer le repas. Il a demandé aux frères de Gabrielle de l'aider, mais je connais mon frère, je suis sûr qu'il a tout préparé et, pour commencer, il dit qu'il va chanter une chanson que tout le monde devra reprendre avec lui. « Cette chanson a compté à une époque pour Zhida et moi. Nous allons la chanter pour lui, en souvenir de ce temps-là… » Quelle chanson ? Zhiqiang est un bon musicien. Au collège, comme dans les autres matières, il a été le meilleur à la flûte. Il joue joliment du piano. Il serait resté à Nantes, il ferait partie des White Rabbits. Je m'attends à un titre d'Elvis et il entonne : *Sur la route, pa ram pa pam pam, Petit tambour s'en va…* Il me regarde, me sourit. Je lui suis reconnaissant de *L'Enfant au tambour* qui était notre chant de marche, quand nous revenions de promenade, le dimanche, à Romilly. Je lui ai avoué plus tard que la chanson me donnait envie de pleurer, parce que je nous voyais à la place de l'enfant de la chanson sans son père. Les invités battent des mains et reprennent en chœur *pa ram pa pam pam.* « Lève-toi ! Va chanter avec lui ! » m'encourage Gabrielle. J'y vais. Mon frère passe son bras sur mon épaule. J'ai oublié quelques paroles. Les noceurs y vont *forte. … Et l'enfant s'éveille sur son tambour.* Nous nous embrassons, la salle applaudit.

Irène explique que les asperges viennent de Jard-sur-Mer. « Elles lèvent dans le sable, qu'ils engraissent au goémon. Elles sont encore plus douces que les nôtres qui poussent en pleine terre », dit-elle, connaisseuse. Les Gallot ont la religion de l'asperge. Auguste en soigne deux longs sillons dans son jardin, qu'il déchausse et butte. Et, aux premiers beaux jours, toute la maisonnée guette comme un beau cadeau du printemps l'apparition des premières pointes. La grand-mère, Louise, ne céderait pas sa place pour se pencher et les cueillir avec sa gouge. L'asperge est pour eux un plat de roi et ne pas en servir à nos noces aurait été un péché. Gabrielle est aussi adepte de cette dévotion. On a fait des voyages de Nantes à la Gallifrère spécialement pour les asperges. Le couple Gallot est touchant d'attentions pour mon père. Auguste lui remplit son verre. Je ne suis pas sûr que mon père soit taillé pour tenir l'alcool face à mon solide beau-père. Irène lui demande si les asperges sont à son goût. « Elles sont délicieuses. » Il les mange à la fourchette et au couteau, tandis qu'Auguste les prend à pleins doigts et les trempe dans la sauce blanche. « Vous parlez beaucoup mieux le français que nous, lui dit-il, votre vocabulaire est plus... pointu. » « Pointu ? » « Vous employez des mots, des tournures... Zhida, lui, parle comme nous ! » Ils sont aimables avec lui, mais n'en rajoutent pas. Ils sont chez eux, reçoivent, veulent « faire bonne impression », ils n'aimeraient pas qu'on trouve à redire. « Mais on recevrait le président de la République ou le pape, m'a dit un jour Auguste, on ferait tout pour que ça se passe bien, on ne ferait pas plus pour eux que pour les autres. On ne saurait pas faire autrement. » « Même pour le pape ? » « Ah ! pour le pape... » a convenu Irène.

Parfois Irène et Auguste appellent mon père « docteur ». C'est alors qu'il prend son sourire de chat, il écoute, attentif, aimable, s'intéresse, pose des questions. Il mange avec appétit. Je n'ai jamais su où cet homme si mince mettait tout ce qu'il ingurgite. Il tend à nouveau son verre à Auguste pour qu'il le remplisse. Pourtant il a failli ne pas venir à la noce. Les parents de Gabrielle ne le savent pas. Zhicheng m'a prévenu un soir, au téléphone. « Tu sais que pâa-pa a prévu de venir avec Shaoai ? » Shaoai est sa petite amie hong-kongaise que nous n'avons jamais rencontrée et dont le nom a surgi soudain dans une de ses lettres comme si nous la connaissions depuis toujours. Taï Mouï et Victor nous avaient appris la disparition de notre mère depuis quelques mois seulement, notre père avait pris l'avion pour parler avec eux à Paris, nous avions fait le voyage pour être avec lui, nous avions pleuré ensemble. Et maintenant, il y avait Shaoai ! « Non, elle ne viendra pas ! » Victor, qui sait tout, nous a révélé que cette fille était animatrice dans la boîte de nuit Volvo de Hong Kong où notre père avait des habitudes. Elle a vingt-cinq ans de moins que lui. Ils se sont installés ensemble ou, plutôt, elle s'est installée chez lui.

J'ai téléphoné à mon père. Les vieux comportements et mentalités chinois ont la vie dure. « Tout ce qui est au père, les enfants n'y touchent pas.

Tout ce qui est aux enfants est à lui. » C'est la règle dans la famille chinoise. J'ai demandé à Gabrielle d'être à côté de moi pendant que je téléphonais. J'ai commencé par dire que je voulais associer mâa-ma à notre mariage, je ne savais pas encore comment, mais je voulais qu'elle soit là. Il m'a semblé entendre des trémolos au bout du fil. « Tu as raison, Zhida. » « Vous pourriez intervenir aussi, père. » « Je vais y réfléchir. » « Vous arriverez assez tôt pour que nous en parlions ? » « Je serai là, la veille, avec Shaoai. » Gabrielle m'a pressé la main pour que je garde mon calme. « Vous ne connaissez pas les paysans de Saint-Aubin, père. Ils ne comprendraient pas que vous veniez si vite avec une nouvelle femme... », ma gorge était nouée, j'ai ajouté, c'est parti tout seul, «... qui a mon âge ! ». Il a répondu, ferme, il n'y avait pas à discuter, il était à des milliers de kilomètres et sa voix ne tremblait plus désormais : « Je viens avec elle, Zhida, ou je ne viendrai pas. » « Je préfère, alors, que vous ne veniez pas ! » « Si c'est ce que tu désires, fils, ce sera comme tu voudras. » Et il a raccroché.

Mes bras et mes jambes tremblaient. Gabrielle m'a enlevé le combiné des mains et l'a reposé. J'étais à nouveau le garçon qui a reçu un coup de pied au derrière sous le péristyle du palais royal. J'ai dit à Gabrielle qui m'avait pris dans ses bras : « Je n'ai plus de mère. Je n'ai pas de père. » Et, dix jours plus tard, j'ai reçu une de ces grandes feuilles de pelure blanches pliées en quatre que mon père utilise pour son courrier. Il écrit ses lettres à la machine, tape vite. Petit garçon, je me suis endormi au son des clac-clac de la Remington de son bureau. A la différence de mâa-ma, il ne nous a jamais envoyé de lettres manuscrites, il se contentait de signer. Il m'avait seulement écrit, sans signature, sans date « Je viendrai à ton mariage, tout seul ». Zhiqiang m'a dit que notre père est pourtant venu à Paris avec Shaoai. Il ne l'a pas vue quand il est passé le chercher à son hôtel. Mais une robe était posée, comme exprès, sur le dossier du fauteuil de la chambre et, dessous, des souliers rouges à talons. Mon frère a craint un moment que notre père trahisse sa promesse. Il y avait aussi une montre de femme et un flacon de parfum sur la table de nuit. « Tu ne la verras pas, l'a rassuré notre père. Elle s'est enfermée dans la salle de bains, puisque vous ne pouvez pas la supporter ! » J'ai interrogé Victor. « Tu as vu Shaoai ? Mon père vous l'a présentée ? » « Ne t'occupe pas de Shaoai. Laisse ton père vivre sa vie. »

Micha chante maintenant *La Pendule*. Gabrielle a prévenu ses frères et leurs amis qu'elle ne voulait pas de grossièretés. « Il y aura des enfants et la famille de Zhida. Je ne veux pas que vous nous fassiez honte ! » Mais une noce en Vendée peut-elle éviter quelques joyeusetés gauloises ? *La Pendule* est un classique connu. Nous la chantions à tue-tête dans l'autocar du lycée à notre retour des rencontres de football, les après-midi de victoire. *Chez nous la pendule avance et recule…* Les allusions grivoises sont transparentes sous la fable. Les invités se sont pris par le bras et balancent d'un côté et de l'autre au rythme de la chanson. La chaleur a déjà monté dans la chapelle. Le vin, les huîtres, les asperges ont échauffé les esprits et les corps. Les hommes et les femmes de service entrent et sortent. Le curé Chaban a accepté de ne pas rompre la chaîne, il tient grand-mère Louise par le bras et balance aussi. Les épaules se heurtent, les peaux se touchent. Les grandes serviettes de table damassées essuient la sueur sur les mains, les joues, les fronts, les cous.

28

C'est peut-être parce qu'il n'a pas voulu que ce soit Taï Mouï qui continue de me raconter leur chemin de croix au Cambodge que Victor s'est décidé à parler. C'était à lui de dire. Et ça l'a soulagé de partager avec moi le fardeau. De l'une de mes visites à l'autre, il a été mieux. Taï Mouï m'a confirmé que je lui faisais du bien. « Il se vide. Viens plus souvent ! » Peut-être le voyage de mon père à Paris l'a-t-il aidé aussi. Il les a tous soignés. Ses aiguilles d'acupuncteur ont reconnecté les chemins de vie.

En tout cas, qui croirait aujourd'hui qu'il y a deux ans il était en enfer ? Il m'a répété qu'il avait honte tous les matins, quand il se réveillait. Il se demandait s'il avait le droit d'être là. Pourquoi lui ? « Je pense à ta mère et à tous ces gens qui s'allongeaient avec nous le soir et qu'on ne voyait plus le lendemain matin. Qu'est-ce que les assassins en ont fait ? Qu'est-ce que j'ai fait, moi ? Ou plutôt qu'est-ce que je n'ai pas fait ? » Il m'a affirmé, ce que Taï Mouï ne nous avait pas dit, qu'en partant notre mère s'était retournée : « Vivez pour moi ! » Il est parti dans un grand éclat de rire. « Qu'est-ce que je fais, tous les jours ? Je me lève, mange, marche, ris, pleure. Quoi faire d'autre ? Je suis vivant ! Je respire pour elle ! »

En se déchargeant, je crois qu'il m'a écrasé de son fardeau qui pèse encore lourd sur mes épaules de fils aîné. Je ne l'ai pas lâché, avide, suis revenu cinq ou six fois. Au début, c'était chez eux, dans l'appartement où ils étaient les uns sur les autres avec une autre famille. Et puis après, quand la guérison a été bien engagée et que leurs cheveux tondus avaient complètement repoussé, à La Lune où ils travaillaient désormais. Je voulais le maximum, m'acharnais comme sur une plaie qu'on ne peut s'empêcher de gratter et qui saigne. Une réponse entraînait une autre question. Victor ne me refusait plus rien, depuis que le premier bouchon avait sauté. Je disais que j'avais besoin d'aller au bout, vider l'abcès, nettoyer le pus, les sanies. En fait, à mesure qu'il me racontait, sans m'en rendre compte, j'en prenais un peu plus sur moi. Je n'allais pas bien. Gabrielle s'en est aperçue et m'a reproché de retourner à Paris. « Qu'est-ce que tu vas faire ? Tu prends plaisir à te faire mal ! Reste ici ! » « Non, j'aide Victor. Il a besoin de se confier. Et puis je veux savoir. » « Savoir quoi ? A quoi ça sert ? » « Savoir. » J'ai déprimé. Une nuit, dans notre petite chambre d'étudiants à Nantes, elle m'a dit, son front appuyé contre le mien : « J'entends des diables dans ta tête. » J'ai maigri. J'ai eu la haine. Je l'aurais pu, je serais parti là-bas, me battre contre le monstre khmer rouge. On m'a parlé de filières pour ça. Gabrielle ne m'a pas lâché. La période a été la plus difficile pour elle. Taï Mouï, qui devine tout, l'a compris. J'ai lu dans ses yeux, un matin, qu'elle en avait assez de me voir arriver, elle qui m'aimait. « Laisse donc Victor tranquille, maintenant. Vous rabâchez ! » J'ai appris, ensuite, que Gabrielle et elle s'étaient téléphoné, et qu'elles s'étaient mises d'accord.

Mais l'apaisement m'est venu par la lettre de mâa-ma qui nous est arrivée comme un miraculeux message d'amour. Zhiqiang me l'a apportée lors d'un voyage à Nantes avec Roccio. J'en ignorais l'existence. Mâa-ma la lui avait envoyée à Grenoble. Je ne savais pas qu'elle lui écrivait. Sur le coup, j'ai été un peu jaloux. C'est à moi qu'elle aurait dû adresser son dernier message… L'écriture de l'enveloppe à liseré bleu et rouge, au cartouche ailé, comme celles de nos courriers à Romilly, était bien la sienne. J'ai dû m'asseoir pour lire, les lettres dansaient devant mes yeux. Le message était bref, mais notre mâa-ma n'avait pas l'habitude des longs discours.

Mon cher Zhiqiang,

Il est possible que ce soit ma dernière lettre de Phnom Penh. Aussi je te joins le list of stock papiere. Garde-le bien. Tu le communiqueras, s'il te plaît, tout de suite à papa. Voilà le service que je voulais te demander, mon fils.

Mais je voulais surtout en profiter pour te dire au revoir, mon grand. Je ne sais pas ce que nous allons devenir, ici. Mais n'oublie pas, même si nous sommes séparés, que nous sommes ensemble. Nous restons ensemble. [C'était souligné par elle.]

On ne part jamais pour toujours. Je vous ai avec moi, mes trésors, mes enfants chéris, tes deux frères et toi, partout, tout le temps. Quoi qu'il arrive, on ne se quitte pas. Je vous aime. Je vous aime. Je t'embrasse, Zhiqiang, je vous embrasse très fort.

Votre mâa-ma

J'ai relu. J'ai retiré mes lunettes, mes joues étaient mouillées de larmes, j'ai relu encore. J'entendais la voix de mâa-ma. Depuis que Taï Mouï nous avait appris sa mort probable, j'avais essayé de retrouver sa voix. Je l'avais perdue. Et voilà, elle était là. Elle m'était revenue. Son timbre à la fois grave pour une voix de femme et doux. Je l'entendais chercher ses mots français, hésiter, passer à l'anglais. Elle avait encore plus de mal à écrire le français qu'à le parler. L'écriture de son message en français était pourtant parfaite. Zhiqiang m'a dit qu'il avait fait le nécessaire. Il avait communiqué à notre père le *list of stock papiere* qui l'accompagnait sur papier pelure, un listing des actions familiales placées chez Conee Tchang, un cousin germain, marchand de tabac à Hong Kong et il avait rangé la lettre. Il l'avait curieusement oubliée puis l'avait ressortie par hasard récemment et s'était aperçu que c'était un adieu. Notre mère avait deviné que les temps qui s'annonçaient pouvaient être ceux de l'apocalypse. Elle était consciente de ce qu'elle risquait en refusant de monter dans l'hélicoptère. Ses trois fils étaient à l'abri en France, notre père était réfugié à Hong Kong. Elle est restée. *On ne part jamais pour toujours*... Elle avait cette foi inébranlable, ma mâa-ma. J'ai reçu ces paroles comme une caresse de l'ange.

Elle m'a dit, au moment de notre départ, que j'avais un ange gardien puissant. Qui lui a fait cette révélation ? Je remercie tous les jours mon ange gardien pour son attention de chaque instant. J'aurais peur qu'il ne se lasse, sinon. Nous avons tous pleuré à nous répéter les mots de mâa-ma dans cette chambre de la cité universitaire où elle avait dormi avec moi. Gabrielle a pleuré. Mais j'ai senti, à ce moment-là, une paix étrange m'envahir, mes larmes se changeaient en larmes de joie et j'étais soulagé de mon fardeau de haine et de vengeance. J'ai failli demander à Zhiqiang de me confier la lettre comme autrefois, au moins un peu, quelques jours, et puis je ne l'ai pas fait. Je l'avais lue et relue. Je la connais par cœur.

Victor est presque redevenu comme avant. Il est informé de toutes les embrouilles, les petites et les grandes querelles de la tour Columbia et du 13e. Il a des antennes partout. A Phnom Penh, notre père l'appelait « le petit journal ». Il passait des après-midi en maillot de bain au bord de la piscine du Cercle français où traînaient ses petites oreilles, nous le retrouvions souvent là-bas pendant les vacances et nous nous régalions avec lui de sandwichs jambon-beurre. Je lui ai dit, un soir, que je l'admirais d'avoir retrouvé comme ça son énergie et ses curiosités du passé. Il a aspiré les nouilles de son pho et m'a répondu, avec son petit sourire mystérieux : « Comme tu comprends peu les choses, pour un médecin ! » Taï Mouï et lui ne sont pas restés à la table de noce, avec nous. Ils ont goûté deux ou trois asperges, il s'est levé, a cligné de l'œil vers moi. « Le devoir nous appelle ! »

C'est bientôt l'heure du canard laqué. Zhiqiang raconte l'histoire du serpent boa capturé par notre père dans les bananiers de notre jardin sur la route de l'aéroport de Pochentong. Notre père l'a découpé avant de le cuire sur la braise. La chair de boa est tendre comme de la viande de veau. Victor et notre père avaient partagé le fiel. Nous n'avions pas plus de six ou sept ans, nous n'étions pas encore venus en France. Le fiel de boa a la réputation d'être un stimulant énergétique exceptionnel. « Le fiel de cobra encore plus, précise mon père. Il est dangereux pour le cœur. On en trouve à acheter, très cher, sur les marchés de Hong Kong. »

Tonton Wen, tante Li, Taï Mouï, Victor, Violette, Rose, et même la petite Capucine arrivent avec les plats de peaux de canard, dorées, craquantes, les galettes de riz et la sauce hoisin. Ça y est, la Chine s'invite à notre table de noce. La plupart des invités s'interrogent, se tournent vers nous. Qu'est-ce que c'est ? Comment vous le mangez ? Très peu connaissent le canard laqué. Les frères d'Auguste n'y ont jamais goûté. Chaban non plus, il l'avoue, mais il observe attentivement mon père et l'imite, prend une galette, y enroule la peau de canard avec quelques brins d'herbe, la trempe dans la sauce hoisin. « C'est bon ! » dit-il. Mon père dit qu'il ne faut pas avoir peur d'y aller avec les doigts, ça se mange comme ça, il trempe encore dans la sauce, se lèche les doigts, se pourlèche. Cette sauce est préparée par tonton Wen. On en trouve de la toute faite en pots dans les magasins, mais celle-là c'est un savant dosage de sauce de soja et de pâte de haricots noirs, avec ce qu'il faut de miel, de vinaigre blanc, de Tabasco, de cinq épices, de poivre, elle est parfaite… « Tu y ajoutes encore quelques autres ingrédients à toi, n'est-ce pas, Wen ? » l'interroge mon père. Le sourire de tonton Wen étoile ses yeux. « C'est probable… Peut-être… » Mon père sauce encore, mord la galette. « Je crois, dit-il à Zhiqiang, que tu pourrais demander d'applaudir Wen et tante Li. » Zhiqiang se lève, col ouvert, la redingote sur sa chaise. Je revois le petit Ham Pao, tête basse, timide, en salopette bleue, sur les rangs, le jour de la rentrée en sixième, au lycée de Luçon.

Tonton Dubigeon avait exigé qu'on porte ces horribles culottes flottantes à fermeture éclair de la braguette jusqu'au cou, faciles à porter, disait-il, et surtout à entretenir. Il les avait trouvées au rayon ouvrier du magasin des Galeries modernes. Nous étions les seuls à en être affublés, nous en avions honte. C'était notre uniforme de douleur. Nous en avions deux jeux. Quand nous revenions à La Faute, le samedi, la salopette de la semaine passait à la machine et nous enfilions l'autre, exactement semblable à la première. Tout de suite nous sommes devenus les frères Salopette, nous en avons hérité le nom. Nous rasions les murs. « Salopette ! Salopette ! » Nous avons trouvé la solution au deuxième trimestre. Nous enfilions les salopettes par-dessus chemise et pantalon et, sitôt montés dans le car, nous descendions la fermeture, arrachions l'horrible pelure que nous fourrions au fond du sac. Mais nous avons eu droit aux salopettes jusqu'à la mort de Dubigeon. « Tu te souviens des salopettes, Zhiqiang ? » Mon frère grimace. Les cavistes apportent la négrette, un vin rouge carmin issu de vieilles vignes qu'Auguste fait rouler sur sa langue, mâche. Victor interpelle Wen qui surveille le service. « Répète à Auguste ce que tu nous as dit dans la cuisine, tout à l'heure. » « J'ai dit que tu avais raison, tes canards sont aussi bons, peut-être meilleurs, que ceux que je sers chez moi, à La Lune. » Auguste grogne de plaisir. « Même, si tu voulais en élever d'autres, comme ça, pour moi, je serais preneur. »

Auguste, sans répondre, se lève, mire son verre à eau qui n'a pas reçu une goutte depuis le début du repas, y verse la négrette aux beaux reflets rubis, tend le verre à Wen et, trinquant avec lui, se tourne vers moi, vers Gabrielle, Roccio, Zhiqiang, mon père, et nous invite à faire comme lui. Je me lève, tout le monde peu à peu se lève, les verres se remplissent, Auguste attend. « Cul sec ! » Et *glou*, et *glou*, cul sec, nous retournons nos verres. « Vive les mariés ! »

La brigade de Wen défile maintenant avec les plats de canard en tranches bien alignées sur lit de poireau fumant, accompagnés de saladiers fumants de vermicelles de riz. La viande fond dans la bouche, à peine infusée de sucre du miel et de piquant du gingembre. J'arrose de hoisin mes vermicelles. Gabrielle me reproche d'en mettre trop. La sauce de Wen, c'est le goût de la maison rose. Nous avons goûté nos premières gouttes d'hoisin sur notre viande et notre purée de radis noir sitôt que nous avons été sevrés.

29

Il n'y a ni passé ni futur, dans la langue chinoise. On dit indifféremment hier je suis, demain je suis, aujourd'hui je suis. Victor m'a dit que sans Violette, Rose et Capucine, Taï Mouï et lui n'auraient sans doute pas eu l'énergie de résister. Ils auraient capitulé avant de rejoindre le Vietnam. Leurs filles, leur présent et leur devenir, leur pays au nom et au futur français, la main sur le cœur. Ils ont raconté à la petite Capucine, cinq ans, qu'ils étaient partis pour une grande promenade dans la forêt et elle les a crus. J'ai du mal à l'imaginer. C'est une drôle d'histoire, mais les enfants ont le don de s'évader dans de belles histoires qui les soulagent de la misère du monde. Est-ce qu'ils sont dupes pour autant ? Ils savent qu'il y a des loups et des tigres dans la forêt. Capucine a sept ans maintenant. Je ne l'ai pas interrogée. Qu'est-ce que ça change ? Si elle a fait semblant, elle a eu raison. Son nom de fleur lui va bien. C'est une petite fille joueuse et raisonnable. Violette et Rose ont répété la fable à leur sœur.

Les Khmers rouges avaient sans cesse l'Angkar à la bouche : « L'Angkar a dit... L'Angkar ordonne... L'Angkar interdit... » L'Angkar ! L'Angkar ! L'*Organisation* ! Qu'est-ce que c'était ? Qui était à la tête de l'Organisation ? Victor n'a découvert le nom de Pol Pot que bien plus tard, à l'abri dans le campement du Vietnam. Ils ont réussi à rester ensemble, Taï Mouï, Victor, les enfants, et le couple des parents de Victor. Ils avaient au début avec eux tante Lan, la sœur de mâa-ma. Elle a souffert de diarrhées terribles, ce qu'ils ont caché pendant les premiers jours, et puis une carriole est venue chercher la tante. Le jeune Khmer qui tirait la carriole a dit qu'ils allaient la soigner. Où était l'hôpital ? Y avait-il un hôpital qui disposait de médicaments contre la malaria ? L'Angkar avait décidé de revenir aux sources de « l'ancien peuple », c'est pourquoi il fallait rééduquer l'ensemble de la société pervertie « nouveau peuple » en déportant massivement la population dans les campagnes. C'était irréversible. L'Angkar devenait l'unique famille. Il n'y avait plus ni père, ni mère, ni fils, ni fille, comme il n'y avait plus ni homme ni femme. La révolution allait anéantir ces différences bourgeoises.

Les rizières aussi avaient besoin d'être rééduquées et de redevenir ancien peuple. Les pratiques de culture, les variétés nombreuses de riz aux jolis noms, « fleurs de gingembre », « fleurs de jasmin », ou « jeunes filles blanches », qui faisaient du riz du Cambodge l'un des meilleurs du monde, ont été éliminées des semences. Il n'est plus resté qu'un seul riz, blanc, chinois. Les réseaux compliqués de canaux d'irrigation entretenus depuis des générations et délimitant les propriétés ont été détruits et remplacés par des digues uniques et monumentales. Les populations des villes déportées ont déferlé sur les campagnes comme des nuées de sauterelles. Les gens ont tout de suite souffert de la faim. La nourriture a été distribuée en fonction des progrès dans l'échelle de rééducation. La mort a volé au secours des bourreaux. Elle a revêtu le pyjama noir aux jambes de pantalons retournées à la manière paysanne, entouré son cou avec le *krama*, cette pièce de coton à carreaux, et coiffé la casquette verte Mao.

Victor et Taï Mouï ont trouvé refuge près de la rivière Bassac dans une cabane sur pilotis chèrement acquise contre l'or et les bijoux dissimulés dans les kramas des filles. La terreur n'était pas encore généralisée et l'or n'avait pas perdu toute sa séduction. La saison des pluies était arrivée et les feuilles de palmier ne protégeaient plus, l'humidité qui remontait de la terre se confondait avec l'eau tombée du ciel. Ils avaient déjà beaucoup maigri. Taï Mouï avait teint en noir leurs chemises blanches, une liane serrée à la ceinture tenait leurs pantalons, ils marchaient nu-pieds, les chaussures étaient nouveau peuple et les gardes Khmers rouges les leur avaient prises. Tous les matins, avant le jour, Victor courait rejoindre la file du village, la pelle sur l'épaule, et marchait pendant une heure jusqu'au chantier de la digue. Il trottinait autant que possible pour rejoindre la tête et se trouver devant avec les premiers qui scrutaient parmi les feuilles et les branches du bord de la piste pour dénicher des escargots ou des lézards qu'ils enfouissaient prestement au fond de leur poche. Au pied de la digue, il chargeait les paniers de sa palanche d'autant de terre qu'il pouvait en contenir, la hissait péniblement sur son épaule et faisait semblant de courir le plus vite qu'il pouvait vers le sommet de la digue. Mais à chaque fois, son pied tournait, la perche de bambou de la palanche lui sciait les épaules, il trébuchait, la palanche glissait, les paniers se renversaient, les gardes se moquaient de l'imbécile, qui repartait soulagé, les plateaux presque vides. Un jour pourtant, un gardien du travail, un *kamaphibal* (la révolution imposait aussi son nouveau vocabulaire), a percé le petit manège de Victor et s'est approché avec son bambou. Le bambou lui a déchiré la peau du dos. Le soleil envenimait les blessures. La moindre écorchure pouvait devenir mortelle. Le tétanos était devenu l'allié de l'Angkar. Heureusement, mâa-ma leur avait légué dans un sac de plastique étanche tout un stock d'antibiotiques et d'aspirine que Taï Mouï avait dispersé et cousu dans les revers de pantalons et de chemises.

Elle allait travailler aux champs avec les filles. A onze et douze ans, Violette et Rose bêchaient la terre toute la journée et s'enfonçaient jusqu'aux cuisses dans l'eau des rizières. Les petites, qui étaient nouveau peuple et confondaient un champ de riz et de maïs, n'avaient jamais tenu un manche de bêche entre leurs mains. Des cals ont durci leurs doigts et leurs pieds. Elles ont joué avec Capucine à chercher des tubercules comestibles. Les haut-parleurs diffusaient la propagande et la musique de l'Angkar qui recommandait de semer et planter dans la joie. Les gens souriaient mais leurs sourires n'étaient pas dans leurs yeux. Les parents de Victor, trop vieux, restaient avec les anciens au village, à tresser des nattes en coco, tordre l'osier, entretenir le feu. Ils ont vécu presque six mois dans la cabane près du village et ont cru encore que c'était possible. Il leur a même semblé, certains matins, certains soirs, être presque heureux.

Même quand la saison sèche est revenue et qu'il a fallu aller chercher l'eau potable à une demi-heure du village. Le camarade phibal, Pheng, à la peau cuivrée et aux dents rougies par le bétel, circulait à bicyclette avec son bambou de commandement sur le porte-bagages. Il a roué de coups une vieille femme qu'il a surprise à croquer une mygale qu'elle avait délogée de son terrier et fait griller. L'araignée n'appartenait pas à la vieille femme coupable d'un acte individualiste et bourgeois. Elle volait l'Angkar et méritait d'être jugée. Elle est venue, le soir, en larmes, à la réunion collective sur la place sous le vieux manguier, a joint les mains, à genoux, tremblante, a reconnu sa faute et supplié, supplié de ne pas la noter sur le cahier. Victor a monté dans les branches du palmier à sucre, un matin, très tôt avant le jour et le départ de la colonne des travailleurs. Quatre beaux palmiers poussaient près de leur cabane et toute la famille guettait leurs premières fleurs comme s'ils avaient été les voisins du jardin d'Eden. Il avait fabriqué en secret une échelle de bambou assez longue pour atteindre le sommet du plus beau des quatre arbres qui balayait le ciel à une hauteur de plus de vingt-cinq mètres. Il a monté pieds nus au tronc, des tubes de bambou creux, les ampongs, ficelés autour de la taille. La nuit était superbe, sans lune, sans vent, les étoiles étincelaient, par moments pourtant la tête du palmier frissonnait et Victor était désormais l'égal des paysans-grimpeurs. Son père, sa mère, Taï Mouï, les filles, suivaient d'en bas et en silence son ascension. Il est entré dans le bouquet des palmes et il a respiré le parfum sucré des grappes des grandes fleurs. Une grenouille croassait encore quelque part, une dernière, il n'y en avait plus, toutes avaient été mangées. Il a fixé les ampongs sous les fleurs qu'il a incisées, a senti la sève couler sur ses doigts, est redescendu et a monté aussitôt dans le palmier à côté, puis l'autre.

L'Angkar ordonnait l'abattage des arbres, pas seulement pour les utiliser en bois d'œuvre sur les chantiers. Avec le cocotier, le palmier était l'arbre de l'indépendance et de la liberté du paysan-grimpeur. L'Organisation a ordonné de les supprimer. La sève coule plus abondante la nuit que le jour et, malgré l'apparition du premier croissant de lune, Victor est monté aux quatre palmiers changer ses ampongs et récolter le jus des fleurs les nuits suivantes. Ils ont été trahis par l'odeur. Son vieux bricoleur de père avait fabriqué un alambic à partir d'une grande jarre rapportée du village où ils ont fait bouillir la sève pour la changer en pâte à sucre puis l'ont maintenue dans l'eau jusqu'à ce qu'elle fermente. L'alambic était pourtant dissimulé sous un abri de terre et de feuilles de palmier, mais il fallait entretenir le feu du foyer et surveiller le goutte-à-goutte de l'alcool de palme qui tombait dans le pot. Les filles ont sucé quelques boulettes-bonbons de pâte à sucre. La mère de Victor, la première, a goûté le « vin » de palme et dit qu'elle n'avait jamais bu d'eau-de-vie aussi bonne. Ils faisaient tout ça au plus profond de la nuit en sursautant au moindre bruit car les yeux des gardiens les épiaient jusque dans leur sommeil.

Victor a continué de récolter la sève dans ses ampongs pendant trois semaines et il était perché là-haut dans les palmes lorsqu'un rayon de lampe torche a déchiré le noir et la voix sèche du phibal Pheng lui a commandé : « Qu'est-ce que tu fais ? Descends ! » La lampe de Pheng ne l'a pas lâché pendant la descente. « Donne ! » Il a reniflé l'odeur du jus de palme, vidé les ampongs dans la poussière et craché à la figure de Victor. Les parents de Victor et Taï Mouï, alertés par le bruit, étaient sortis de la cabane. Pheng a poussé Victor dans le dos avec sa torche. « Marche ! » Les phibals avaient droit de vie et de mort. Victor le savait, il s'est retourné, les mains jointes : « Camarade *ta* (grand-père) !... (Ils appelaient ainsi les chefs des gardiens.) Je suis coupable, je n'aurais pas dû, je sais... » Il s'est agenouillé. « J'ai fait aussi de l'alcool de palme... » Pheng a craché sur les cheveux de Victor. « Fais voir ! » Victor l'a accompagné jusqu'au talus où était dissimulé l'alambic, a soulevé la planche sur le pot. Ta Pheng a approché son nez, éteint la lampe, trempé le doigt dans le pot. Il a dit avec un rire moqueur : « J'avais senti l'odeur ! » « C'est du bon vin de palme ! » a dit Victor en prenant la boîte de lait Nestlé qui servait de verre, qu'il a plongée dans le pot et tendue à Pheng. Il avait trouvé curieux que Pheng ait été seul pour le surprendre, les phibals faisaient leurs rondes de nuit par deux. Il l'a entendu suffoquer à la première gorgée, et aspirer une seconde lampée. Pheng lui a rendu la gamelle, vide. « Rentre chez toi ! » Il a toussé, tourné sa lampe, qu'il venait de rallumer, vers la cabane où Taï Mouï et les parents étaient alignés en haut des marches. « Rentrez chez vous ! » Victor a rejoint les siens. Ils se sont couchés sur la natte de coco. L'Angkar n'arriverait pas à rééduquer la nature cambodgienne, malgré la faim et la disparition des grenouilles, la nuit chaude était pleine des vibrations et des sifflements d'une vie nocturne libre.

Le ta Pheng l'attendait quand il est descendu du palmier, la nuit suivante, mais il n'avait pas allumé sa lampe torche. Victor a ôté la planche sur le pot, plongé la boîte de Nestlé. Le ta l'a vidée, a toussoté. Le temps que Victor remette la planche, il avait disparu. Victor a craint que Pheng ne revienne accompagné d'un autre phibal, mais c'était prendre trop de risques, le goût de l'alcool du camarade gardien était une grave faute contre l'Angkar et il y allait sûrement de sa vie.

J'ai pensé à Victor et aux paysans-grimpeurs quand Micha et Jacquet m'ont dit que Zhicheng avait déployé le drapeau sur le toit de la chapelle. J'avais raconté à mes frères l'histoire de Pheng et de Victor. J'ai demandé à mon petit frère s'il se sentait la vocation de paysan-grimpeur tandis que nous montions dans la Mercedes pour la mairie et l'église. Zhicheng s'est tourné vers le toit de la chapelle. « J'ai suspendu des ampongs. Je ne suis pas sûr qu'ils récoltent beaucoup de jus de palme... » Je me suis aperçu alors qu'il avait joint, en effet, au drapeau ces courts morceaux de bambou qu'on trouve dans les maisons pendus à des fils qui s'entrechoquent et font du bruit au vent ou qu'on suspend au-dessus des portes. « Il grimpait à l'échelle comme un fou, m'a dit sa cavalière cramponnée à son bras. On lui criait d'arrêter. Il ne nous écoutait pas ! » Elle riait en disant cela et regardait Zhicheng avec des étincelles d'admiration dans les yeux. « Tu te souviens de la petite lucarne du deuxième étage ouverte sur le passage vers la cour de la maison rose ? m'a demandé Zhicheng. Je me glissais dans le trou et je sautais au-dessus du vide sur la terrasse de l'immeuble d'en face quand vous me poursuiviez, Zhiqiang et toi. Vous n'osiez pas me suivre. Il n'y avait que Tory, le chien, qui n'avait pas peur et bondissait derrière moi. »

30

Tonton Wen et tante Li arrivent avec des soupières. Les gens s'étonnent, rient. De la soupe au milieu d'un repas ! « C'est la tradition, explique Wen. On finit par le bouillon des carcasses. » Il n'oblige personne. Ils ont apporté des tasses. « Si vous voulez goûter... » Quelques mains se lèvent, puis d'autres plus nombreuses. Ils distribuent les cuillers de porcelaine. J'en veux, Zhiqiang et mon père aussi. La soupe de canard aide à digérer – voire ! Et je ruisselle dès les premières cuillerées, mon front, mes joues, mes cheveux, ma nuque dégoulinent, je m'essuie. Mon frère est inondé comme moi et notre père qui se frotte avec sa serviette. « C'est le piment de la soupe, s'excuse-t-il, elle a cet effet sur nous, les Zhang transpirent de la tête ! » Auguste rit. Zhicheng éponge aussi ses cheveux mouillés, là-bas. Il fait très chaud dans la chapelle, le soleil cogne derrière le rideau blanc tiré sur la verrière. Tonton Clément cite l'adage : « Soleil à la Saint-Jean, ton grenier déborde jusqu'à l'autre printemps ! » Victor a apporté l'alcool de palme.

« La boisson préférée des paysans cambodgiens ! » Il distribue les toutes petites tasses à alcool, cligne de l'œil. « Regardez ! » Une femme nue apparaît au fond quand il remplit la tasse. Le curé Chaban en veut bien un peu, ses pommettes sont rouges, son front cramoisi, une larme de plaisir perle au bord de son œil. Le chœur des jeunes chante avec Jacquet. « Buvons !... Buvons !... Buvons ! » Plutôt qu'un chant, c'est un cri, un hurlement. « On est dans le pays de Gargantua ! » sourit Irène. « Ah ! Rabelais ! dit mon père, le front encore en nage. *Il vaut mieux pleurer moins et boire davantage !* » « C'est toi qui dis ça ? » lui demande Victor. « Non, c'est Rabelais ! » Les citations de mon père nous ont toujours épatés. « Il a bien raison ! » répond Victor en brandissant sa bouteille.

La relation particulière avec le camarade ta Pheng n'a duré que deux semaines. Il disparaissait quelquefois plusieurs jours, avec sa bicyclette, pour des réunions de chefs et en revenait plus exigeant, irascible, et il a annoncé à son retour, un soir à la séance d'instruction sous le manguier, qu'ils allaient déplacer les filles pour les marier. La courbe de la population du Kampuchéa était en dangereuse dégringolade et la multiplication des naissances devenait un objectif prioritaire de l'Angkar. « Les marier avec qui, camarade ta ? » « Les marier. » « Les marier comment ? » « L'Angkar bien-aimé décidera, a répondu froidement Pheng. Les mots sentiment, amour, n'ont plus cours dans la société égalitaire khmère. » « Mais, camarade ta, comment feras-tu si nos filles n'aiment pas le mari que tu leur proposes ? » Le phibal Pheng a explosé de rire. « L'amour n'est pas nécessaire pour faire un pénis dur ! » Les autres gardiens ont éclaté de rire avec lui. Le visage du camarade Pheng s'est fermé à nouveau. « Méfie-toi, camarade, l'amour est un sentiment bourgeois contre-révolutionnaire ! Vos filles sont les filles de l'Angkar. La révolution n'a pas besoin de l'amour. » Les camions sont venus charger un premier contingent de filles, les plus vieilles, de quatorze, quinze, seize ans. Les Khmers entouraient le convoi avec leurs kalachnikovs. Malie, la jolie fille de quinze ans au blanc de l'œil tellement doré, a essayé de se sauver dans les rizières. Ils l'ont rattrapée et jetée par-dessus la ridelle, inanimée, auprès des autres. La vie est devenue plus dure. Les haut-parleurs sur le chantier de la digue et dans les rizières répétaient : « Ta famille, c'est l'Angkar. Tu es le peuple. Pense au peuple. Tu dois dénoncer tes amis à l'Angkar. Ne commets pas de faute contre le peuple. L'Angkar te nourrit. Il s'occupe de tout. Il prépare pour toi le monde nouveau. »

La fille aînée de Victor n'ignorait pas qu'elle serait du prochain convoi. Elle avait douze ans et demi. Ils avaient réussi à cacher qu'elle était réglée. C'était déjà une faute grave contre l'Angkar. Les deux aînées chuchotaient, le soir, sur la natte après que leur petite sœur s'était endormie. Taï Mouï leur demandait de se taire parce qu'il faudrait se lever demain, mais elles n'arrivaient pas à trouver le sommeil. Les regards des filles étaient noirs, leurs pommettes creuses. Quelquefois, Victor et Taï Mouï les surprenaient à murmurer des prières, quelquefois elles étouffaient un sanglot.

Rose a dit à sa mère que Violette lui avait promis qu'elle se tuerait s'ils l'obligeaient à se marier. Elle avait le caractère pour le faire. Peut-être sa cadette profiterait-elle d'un sursis. Mais ce n'était pas sûr. Elle avait un an et demi de moins que sa sœur. Parmi les Khmers rouges armés jusqu'aux dents autour des camions, il y avait de très jeunes garçons, de neuf, dix ans, et ils n'étaient pas les moins menaçants. La révolution avait interdit toutes les marques de séduction. Les vêtements de couleur étaient proscrits. La règle était à la coupe de cheveux mi-longs sur la nuque, les oreilles dégagées. Même les cheveux attachés, signe féminin de séduction, étaient strictement bannis. Taï Mouï a rasé la chevelure de Capucine, grouillante de poux, et Pheng l'a convoquée au milieu du cercle avec sa fille à la réunion. « Tu n'as pas le droit de tondre ta fille et de la changer en bonzesse. »

Et puis, contre toute attente, les camions sont arrivés à la tombée du jour, le soleil avait disparu et la tête des palmiers était éclairée par une ligne rose. Ils ne venaient pas seulement prendre les filles. C'étaient des GMC et des Molotova chinois qui se sont alignés sur le chemin en convoi d'une trentaine de véhicules. Les gens des villages en amont en avaient déjà rempli la moitié. Tout le monde devait partir. La digue du barrage où ils travaillaient depuis des mois n'était pas terminée. « Montez ! Montez ! » Les gardes ne leur laissaient pas le temps de prendre leurs affaires. Taï Mouï a glissé dans son sac le petit bouddha qu'ils avaient emporté depuis Phnom Penh. « Montez ! » Leurs torches éclairaient l'intérieur des cabanes. Ils étaient apparemment calmes, ne s'excitaient pas, ne parlaient presque pas, mais leurs fusils menaçaient. Les moteurs des camions tournaient. Le chef du convoi souriait en découvrant des gencives tachées de noir. « Montez ! » Les gens obéissaient, les yeux apeurés et soumis. « Où nous emmènent-ils ? » « Peut-être qu'ils nous ramènent à Phnom Penh ? » Ils y croyaient encore. La tenace lueur de l'espoir brûlait toujours. Les camions ont commencé à cahoter dans les ornières. Le père de Victor assis sur le banc, au bord du hayon arrière, a regardé les étoiles. « Ils nous emmènent bien vers le nord. On roule vers la capitale ! »

31

Victor et Taï Mouï ont regagné leur place à table. Il boite un peu, dit que sa hanche lui en veut parce qu'il a trop fait de sport quand il avait vingt ans. Gabrielle n'a plus faim. Elle va devoir faire un effort. On revient à la cuisine française, le plat de résistance de Maurice Tudeau. Elle me demande ma serviette, m'essuie encore le front, les tempes, le menton. J'aime cette serviette qui passe sur moi comme une caresse. Ses taches de rousseur deviennent plus blanches quand elle est heureuse. A chaque retour de Phnom Penh, nous nous sommes précipités à la cafétéria de l'aéroport, Zhiqiang et moi, pour dévorer un steak-frites. Identité banane oblige, j'adore le camembert comme le jambon-mogettes de la Gallifrère. Auguste prépare ses jambons à l'ancienne, les met sous le sel et les suspend dans la cheminée. Les jeunes invités ont la bougeotte, ils quittent la table et marchent vers les toilettes, les fumeurs sortent un moment griller une cigarette, les enfants se poursuivent à travers la cour. Les serveuses enlèvent les dernières écuelles de soupe et les petites tasses d'alcool oubliées. La noce chante en chœur une rengaine qui parle de la maladie d'amour, et rame à nouveau.

Tudeau attend et les dernières paroles du refrain résonnent encore quand il commande aux femmes de s'avancer avec leurs plats qui fument. Il guette à la porte, vérifie, ordonne, toi à droite, à gauche, au milieu. Il est tendu, sa réputation est en jeu, le canard de Wen a beaucoup plu et il arrive après. Ça sent bon. Ça fume doucement. C'est beau dans les assiettes blanches, la sauce claire de la blanquette où baignent les morceaux de viande, entre le carmin des carottes et le brun des champignons de Paris. C'est appétissant. « C'est à toi, Gabrielle, de commencer. » Elle trempe sa fourchette, pique la rondelle de carotte, un triangle de champignon. La viande se défait sans couteau. J'aime la voir goûter au plat. Elle a un nez redoutable. Elle dit qu'il est comme un compteur Geiger, qu'il ne l'a jamais trompée. Selon elle, le nez a sa part dans l'appréciation des saveurs et des gens. Elle est insupportable avec lui. « Tu l'as senti, celui-là ? me murmure-t-elle parfois. Il mange son kilo d'oignon ou d'ail tous les jours ! » Et soudain au milieu de la foule : « Ça sent le cumin ! » quand elle veut me signaler un fort relent d'aisselles. Elle a du mérite dans les chambres des malades à l'hôpital. Elle prend sur elle, ouvre les fenêtres, aère, change les linges. Les patients ne risquent pas les infections nosocomiales, avec elle. Un vin à peine bouchonné lui répugne. Elle reconnaît que c'est une tare. Son père qui n'a pas le nez de sa fille lui a fait goûter les vins de la noce.

« C'est délicieux ! » dit-elle, sitôt la première bouchée. C'est vrai. Tudeau a réussi un velouté parfait, riche, fort, parfumé, superbe, pour cent personnes ! « Sa blanquette est encore meilleure que celle de son père », constate Irène. Il a lié sa sauce au jaune d'œuf, elle l'a vu faire, et l'a relevée avec du jus de citron. Elle est sûre que la cuisine de canard de Wen lui a donné des idées. Les oignons grelots qui baignent dans la sauce n'ont pas été seulement sautés au beurre salé et au sucre. Ils croquent comme des petits bonbons. Tudeau les a passés au miel. Et il a ajouté comme ça, mine de rien, aux carottes, aux champignons, quelques cuillerées de riz. Et la viande du veau de lait qu'Auguste a fait téter tous les jours est parfaite, il n'y a pas de bas ou bons morceaux, tout est tendre, fondant. On dirait que les gens se recueillent, les voix, les rires se sont tus, ils sont dans leurs assiettes et leurs assiettes les régalent. Ils prennent des bouchées de pain et saucent. Les cavistes apportent de nouvelles bouteilles, une négrette un peu plus corsée, de vieilles vignes, capiteuse comme un vin cuit. Chaban évoque les noces de Cana, où le meilleur était servi à la fin. « Là, c'est un autre miracle. On croit avoir mangé le meilleur et c'est à chaque fois aussi bon ! »

Auguste demande d'applaudir la blanquette de Maurice. Tandis qu'il est debout, ses trois frères sont rentrés, Pierre, Jean et Clément. Ils ont enfilé des gants, coiffé leur chapeau. Ils viennent à côté de lui, mettent un chapeau sur sa tête et s'alignent, en ordre de grandeur, Clément le premier, Auguste le deuxième, puis Pierre et Jean. Ils forment un pack solide. La grand-mère Louise regarde ses fils et pince les lèvres. Ils ont connu leur heure de gloire dans leur jeunesse, quand ils reprenaient les succès des Frères Jacques aux Coupes de la joie des patronages et raflaient les prix. Le vicaire leur faisait travailler le chant et les mimes. Ils se sont entraînés. Auguste demande une seconde et se sert un grand verre d'eau qu'il vide d'un trait, et ils commencent.

La confiture, ça dégouline, ça coule, coule sur les mains… Ils miment, grimacent, s'évertuent avec leurs grands gants blancs. *Ça passe par les trous de la tartine…* Ils clignent de l'œil. Le public s'amuse, rit. *Pourquoi y a-t-il des trous dans le pain ?* Ils se déplacent, agitent leurs chapeaux. *Bien sûr on peut avec du beurre…* Ils ont vingt ans, ils vont gagner la coupe. *Les trous on peut bien les boucher…* A mesure qu'ils chantent, ils s'améliorent, leurs voix, leurs gestes s'harmonisent dans un ensemble parfait et, quand ils s'arrêtent et saluent, ils déclenchent un tonnerre d'applaudissements.

32

Nous avons voulu la cérémonie qui va avoir lieu maintenant. Gabrielle a été d'avis de la placer avant le dessert, mais je ne sais pas comment les gens vont réagir. Est-ce qu'après les chansons et les rires, les esprits enivrés sont disposés à ça ? Le curé Chaban a accepté de prêter le tapis rouge de l'église. Zhiqiang et Zhicheng le déroulent au milieu du U, disposent les chaises et invitent mon père et les parents de Gabrielle à venir s'y asseoir. Les convives qui tournaient le dos retournent leurs chaises. Zhiqiang annonce « la cérémonie du thé ». En Chine, le mariage n'est pas d'abord l'affaire du couple. La bénédiction des parents est indispensable. Taï Mouï a bien voulu recopier pour nous les formules rituelles parce que nous sommes néophytes en la matière. Nous les avons traduites ensemble, elle nous a expliqué.

Mes frères apportent la petite table drapée de soie de l'autel des ancêtres. Ils y posent le gong et la statuette de Bouddha. Zhicheng a raison de préciser à quel point ce petit bouddha est précieux puisque c'est celui qui a traversé le Cambodge dans le sac à dos de Victor en fuite avec sa famille. Le silence se fait aussitôt, l'émotion est palpable. Taï Mouï dispose de part et d'autre les portraits des parents de Gabrielle et des miens. Et les regards se fixent sur l'absente. Les visages se tendent. J'entends : « C'est sa mère. » Oui, c'est mâa-ma, c'est elle. Je ne sais pas si j'ai eu raison. J'ai choisi cette photo d'elle « volée » à Angkor auprès du Bouddha souriant aux quatre visages du Bayon, l'image que je promène dans ma poche-portefeuille. J'ai demandé au photographe d'agrandir le cliché et, de la voir là, en présence de tous les invités, il me semble encore que je la découvre, je la vois à travers leurs yeux. Elle nous regarde, nous sourit, son beau nez droit, j'ai toujours aimé le nez fin de ma mère différent des nez plats asiatiques, ses cheveux noirs libres, l'ovale de son visage. Elle est jeune, belle, vivante. Je ne sais pas si ce portrait plaît à mon père parce que sa photo à lui est plus récente. Ils sont là, malgré tout, tous les deux.

Violette, Rose et Capucine s'approchent avec les coupes et les plateaux des offrandes rituelles : deux bananes, deux pommes, deux prunes violettes, deux parts de gâteau, deux petits verres d'alcool de riz. Victor allume les gros cierges rouges, Taï Mouï frappe sur le gong avec le petit heurtoir de bambou. Les bâtons d'encens commencent à diffuser leur fumée, la cérémonie peut commencer. Et c'est étrange, c'est comme si le ciel se recueillait avec nous, la lumière vient de baisser derrière le rideau de la grande verrière. Un nuage passe et les flammes des cierges frémissent d'un plus bel éclat. Nous nous agenouillons, Gabrielle et moi, sur les coussins de soie cousus par grand-mère Louise, nous inclinons. Les bâtons d'encens que Victor a allumés dans nos mains répandent leur parfum poivré. Le bouddha de Victor est un bouddha banal comme on en trouve pour presque rien dans tous les bazars d'Asie, mais il a parcouru tout ce chemin et y a perdu beaucoup de couleurs. Victor a suggéré de le repeindre, Taï Mouï et les filles s'y sont opposées. Des cicatrices marquent son épaule et son nez, suites de blessures récoltées où ? Gabrielle ferme les yeux, le bâton d'encens tremble dans ma main, je ferme les miens aussi, la chapelle est silencieuse.

Un grondement sourd monte du dehors, un roulement de tonnerre. Gabrielle me tire par le bras, j'ouvre les yeux, l'ombre a grandi encore dans la chapelle. Nous nous relevons ensemble, joignons nos deux bâtons d'encens à ceux qui brûlent devant le bouddha et les portraits. Je sais que tout a été compté, le nombre de bâtons a de l'importance. Taï Mouï nous en a expliqué le sens, mais je l'ai oublié. Nous nous agenouillons à nouveau, les mains jointes, Gabrielle a finalement mieux retenu le rituel que moi. C'est aussi que je parle à ce bouddha au fer-blanc râpé comme un vieux vêtement usagé, et que je parle à mâa-ma. Les lèvres de mâa-ma s'agitaient quand elle priait l'impressionnant bouddha paré d'or au sommet du Phnom. Je l'ai interrogée quelquefois sur ce qu'elle lui avait dit. Elle me répondait : « Je lui ai parlé de toi. » « De moi ? Qu'est-ce que tu lui as dit ? » J'avais ma petite main d'enfant dans la sienne, elle riait. « Je lui ai demandé la protection de mon œuvre sacrée, toi ! » Je mesurais alors à quel point je pouvais être important, tendais au bonze bien gras la poignée de riels que mâa-ma m'avait remis pour lui. J'aurais préféré les garder pour moi. Le bonze me souriait à travers les fumées, me tapotait la joue en prenant l'argent. Des moineaux sautillaient pour picorer les fruits des offrandes.

Je parle à mâa-ma qui me sourit et dis, la voix voilée d'abord, en chinois, puis en français : « Je demande la protection des ancêtres et de Bouddha. Qu'elle apporte le bonheur dans notre foyer. » Nous nous relevons. Mes frères déplacent nos coussins devant mon père assis sur sa chaise. J'esquisse le salut, à genoux, mains jointes, coudes relevés, me retourne et salue aussi mâa-ma sur l'autel. « Papa, maman, je vous remercie de m'avoir donné la vie et une bonne éducation… » Et là, ma gorge se serre, ma voix tremble. « Grâce à vous… j'ai réussi ma vie… » J'avale ma salive, j'ai du mal, mon père a les bras croisés, je me retourne encore vers mâa-ma. « Aujourd'hui, je demande votre autorisation d'épouser Gabrielle, je souhaite que vous consentiez à nous unir. » Le silence dans la chapelle est un silence d'église, et mon père, dans son français impeccable : « Nous sommes très heureux et très émus, Zhida. Et c'est donc avec beaucoup de satisfaction que, ta mère et moi, nous vous félicitons pour votre choix... » Il n'a pas besoin de lire la formule que Taï Mouï lui a remise, il nous regarde tous les deux. « Nous vous souhaitons une vie merveilleuse... de vous entendre tout le long de votre vie... de vous aimer et de vieillir ensemble... » Cette fois, il prend à témoin le portrait de mâa-ma qu'il regarde et il me semble qu'entre ses paupières mi-closes cette chose habituellement si inflexible vacille. Alors, nous répondons ce qui est écrit : « Merci, papa ! Merci, maman ! *Xiè xiè, pâa-pa, mâa-ma...* »

Et c'est plus fort que moi, peut-être parce que le regard vert de Gabrielle me dit « tu vois, c'était possible, tu as dit pâa-pa », je sais que je devrais me retenir, les larmes viennent, je pleure. Et c'est, bien sûr, contagieux. Les pleurs roulent dans les yeux de Gabrielle. Roccio lui glisse son mouchoir de batiste. Des invités se mouchent. Wen attend avec la théière sous son cabochon matelassé à tête de dragon. Gabrielle m'a tendu son mouchoir. Elle remplit les tasses de thé noir comme du café. « Un thé du Yunnan, chuchote Wen, amer et parfumé comme la vie. » Gabrielle entoure la tasse de ses deux mains comme Taï Mouï le lui a montré, incline sa tête couronnée de fleurs d'oranger, et offre le thé à mon père. Je l'offre à mâa-ma, des deux mains aussi, sur l'autel. Je pense que je ne lui ai pas mis de sucre. Mâa-ma avait l'habitude de prendre son thé à la sucette, le morceau de sucre pincé entre les dents. J'offre une tasse à Irène. Gabrielle à son père. Irène grimace. « C'est normal, sourit Gabrielle. Et encore, je te l'ai sucré, maman ! » Elle a rempli une autre tasse pour nous deux. Et elle le fait exprès, elle sait et fait comme ma mère, coince le petit carré de sucre entre ses dents pointues et prend une gorgée, me tend la tasse, je bois à mon tour en l'imitant et lui rends la tasse, et notre échange souriant continue jusqu'à la dernière goutte.

Voilà, la tasse est vide, Victor est le premier à applaudir. Mon père me remet l'enveloppe de son cadeau que je glisse dans ma poche. Les gens ont du mal à bouger, ils gardent leurs chaises retournées comme s'ils voulaient que la cérémonie continue. Wen leur propose des tasses parce qu'il reste du thé. Les bâtons d'encens finissent de se consumer. Mam s'approche de nous, nous embrasse. « C'était bien ce que ton père a dit, vous entendre... vous aimer... vieillir ensemble... Que ça ne reste pas que des mots ! » Elle a du mal avec l'amour éternel, elle que son homme a laissée tomber avec son enfant. Elle nous l'a dit quand nous sommes allés à La Faute l'inviter à notre mariage. Nous ne lui avons pas dissimulé les infidélités de mon père. Elle presse nos mains qui se tiennent. « Ne vous lâchez pas ! Restez collés comme des huîtres ! Ne vous endormez pas un soir loin l'un de l'autre, pas une fois ! » Elle avait préparé pour nous sa fameuse mousse au chocolat du dimanche, le jour où nous sommes passés chez elle. Un bouquet de lilas de mer fleurissait la table. Je savais qu'elle était allée le cueillir pour moi. Je connais la dune où ils poussent. Nous lui en rapportions, Zhiqiang et moi, pour nous faire pardonner parfois notre retard à rentrer de nos parties de pêche. Elle a enveloppé le bouquet dans un papier pelure pour que nous l'emportions, quand nous sommes partis. Elle se glisse entre Gabrielle et moi, nous entourons ses épaules de nos bras, Zhiqiang et les photographes nous mitraillent. L'autel a été enlevé. Taï Mouï a repris son bouddha. Tudeau frappe dans ses mains. « A table ! Ce n'est pas fini ! » Auguste bat dehors le rappel de ceux qui sont sortis.

C'est l'heure de la salade et de la mizotte, le fromage des marais, et pour faire plaisir à Gabrielle, du chèvre frais qu'elle adore avec de la confiture de cerises noires. A la Gallifrère, j'ai découvert les deux grands arbres qui portent ces gros fruits charnus qui font les lèvres violettes et qu'ils appellent des gaindoniers. J'ai monté dans leurs branches et nous avons rempli des paniers de ces cerises rares. Il est sept heures du soir passées et il ne reste plus que la gâterie du dessert. Ce ne sera pas une surprise, plutôt ici un grand classique. A Saint-Aubin, on dit donc en patois la « crème fouettaïe », mieux les « îles flottantes » ou les « blancs à la neige ». Allez savoir pourquoi, ailleurs, on dit la « crème anglaise » ? Le boulanger de Saint-Aubin a cuit dans son four ses fameux gâteaux de Savoie pour accompagner la crème. Il n'est pas pâtissier, mais ses Savoie, moelleux et légers, poudrés de sucre glace, dévient de leur itinéraire les vacanciers qui quittent la grand-route pour stationner devant sa boulangerie. Les parts sont énormes. « Où mettons-nous tout ça, mon Dieu ? » a demandé, tout à l'heure, le curé Chaban avant de se rasseoir à table. « Le boulanger m'a soufflé le secret pour réussir un gâteau de Savoie si bien levé, dit en riant Auguste. Avant chaque fournée, il caresse sa femme ! » Victor parle du durian qui sent si mauvais, interdit dans les transports publics par les autorités de Singapour. « Une nuit, dit-il, quand nous marchions dans la forêt, ma mère a senti l'odeur du durian… » Il ne m'avait pas raconté cette histoire. « Je la portais sur mon dos parce qu'elle était fatiguée. Je ne l'ai pas crue d'abord. "Je te dis, Victor, que ça le sent !" Elle m'a cornaqué jusqu'à l'arbre. C'était un petit arbre qui ne portait qu'une dizaine de durians, mais elle avait raison, il puait ! On a raclé les coques des fruits, les a léchées, s'est régalé. Celui qui ne connaît pas le goût du durian dans la forêt après des jours et des nuits la faim au ventre, ne sait pas ce que c'est que le plaisir de vivre… »

Le durian nous ramène sur la plage de nos vacances à Kep. « Tu te souviens de l'exocet qui avait écorché la joue de mâa-ma sur le bateau ? » demande Zhiqiang. L'incomparable durian, notre madeleine de Proust. « Les éléphants adorent les durians, dit Victor. Ils les détectent à plusieurs kilomètres. »

33

Les camions ne se sont pas arrêtés à Phnom Penh. Ils ont filé et roulé longtemps encore. Et plus tard, bien après le milieu de la nuit, ils ont enfin brinquebalé dans les ornières d'un chemin défoncé, puis ils ont stoppé leurs moteurs. Les soldats ont rabattu les ridelles, les gens étaient autorisés à descendre. Quelques rares avaient réussi à somnoler, un peu. Des enfants pleuraient. Ils avaient soif, faim. Les gens allaient se soulager dans la rizière et s'interrogeaient à voix basse, assis sur le chemin. Les Khmers fumaient des cigarettes, le fusil sur l'épaule, en arpentant le bas-côté le long de la file de camions. « Je crois qu'ils nous emmènent vers le nord », a murmuré le père de Victor. « Tu crois ou tu es sûr ? » Il a regardé les étoiles. « Je suis sûr. » Le ciel était constellé d'étoiles, un ciel ardent et magnifique de saison sèche. L'air moite vibrait d'insectes, de sifflements monotones et de coassements d'animaux en chasse.

Grand-père Chu avait appris à lire les étoiles au monastère de Vat A. Sa femme lui reprochait toujours, quand ils se disputaient, de perdre son temps le nez en l'air. Le petit homme était un artiste. Ils vivaient chichement comme des paysans cambodgiens, alors qu'ils auraient pu avoir une belle vie à Phnom Penh avec l'or qu'il avait dans les mains comme tailleur. Victor m'a répété qu'il se souvient du ciel de cette nuit-là et de ceux de toutes les nuits qui ont suivi et qu'il a pensé alors que leur salut pouvait venir des étoiles. « Tu crois, père, que tu pourrais nous servir de guide en te repérant sur les étoiles ? » « Oui, je pense. » Les moteurs des camions du convoi redémarraient les uns après les autres dans des vapeurs de gasoil. Les soldats ordonnaient de regagner les véhicules. Les gens remontaient dans les camions en silence, les femmes, les vieux, les enfants. Capucine, au cou de Taï Mouï, sanglotait. « C'est maintenant, alors qu'on commence à rouler sur le chemin, qu'on va sauter, a dit Victor. Après il sera trop tard. Les camions auront pris de la vitesse. » « Ta mère et moi, on est vieux », lui a répondu son père. Leurs gardes étaient à l'avant, dans les cabines des chauffeurs.

Victor a resserré sa ceinture sur son *phkiek*, sa précieuse machette, qu'il avait glissée dans la jambe de son pantalon au moment de quitter la cabane. Il a serré Capucine dans ses bras. « On va continuer dans la forêt, rien que nous, on sera mieux, lui a-t-il chuchoté. Tu ne diras rien. Il ne faut pas qu'on t'entende. C'est notre secret. » La petite s'est cramponnée à lui. Les gens du village qui étaient autour d'eux auraient pu les imiter. Ils n'ont pas bougé. Il a attendu qu'ils approchent du croisement quand les camions presque à l'arrêt bifurquaient sur la route. « Allez ! » Il a sauté le premier avec Capucine. Taï Mouï et les filles ont sauté facilement aussi. Il a aidé son père et il a dû remonter dans le camion pour sa mère. Ils ont failli ne pas y arriver. Le camion accélérait déjà. Ils ont déboulé, mère et fils, dans un massif de pandanus qui a amorti leur chute, y sont restés étourdis et cachés un moment. Victor a demandé à sa mère si elle ne s'était pas fait mal. « Non, mon fils. » Les derniers Molotova du convoi ont passé. Les grondements des moteurs se sont éloignés. Ils ont écouté. Ils n'entendaient plus rien, que les murmures, les glissements, les sifflements de la campagne dans la nuit. Ils se sont tombés dans les bras. « On était ridicules, a dit Victor, mais c'était tellement bon d'être seuls pour la première fois depuis des semaines et des mois. »

Les filles étaient très fatiguées. Ils étaient tous trop fatigués pour marcher et se sont enfoncés dans le massif de pandanus où ils ont dormi. Le chant du loriot a réveillé Victor. Le jour était levé. Son père et lui se sont glissés sans bruit. Les femmes dormaient encore d'un sommeil profond. Le soleil montait, incandescent déjà. Ils ne savaient pas où ils étaient. « Il me semble que nous devons être dans la région de Mong », a dit son père. « Il te semble ? » Ils ont remonté le chemin où les camions avaient laissé la marque de leurs pneus dans la poussière.

Ils n'avaient rien à manger. Ils sont entrés dans la rizière abandonnée où il restait un peu d'eau et ont cherché des grenouilles et des crapauds-buffles dans les trous des talus. Victor avait son petit sac de toile sur le dos. Ils y ont fourré les nombreux crabes qu'ils trouvaient. Mais en avançant, un peu plus loin, derrière les hautes herbes brûlées par le soleil, ils ont aperçu quelque chose, se sont approchés. C'était un cadavre, ou plutôt un squelette, il ne restait vraiment plus que les os. Les lambeaux noirs de ses vêtements étaient dispersés autour. Ils se sont arrêtés, ils n'osaient plus bouger, le regardaient. « Mon Dieu, le squelette était replié sur lui-même, le crâne dans la vase, comme un fœtus. » Le silence leur a semblé soudain si grand, comme si la rizière était vide.

« Tu comprends pourquoi les crabes sont aussi nombreux et si beaux ! lui a murmuré son père. Tu ne diras rien à ta mère, elle refuserait d'en manger. » Ils sont revenus vers le massif de pandanus. Les femmes étaient réveillées. Ils ont allumé un feu de coton de palmier et de bois d'aréquier. Ils avaient emporté la boîte vide de lait Nestlé et une gamelle à peine plus grande. Taï Mouï n'avait pas oublié la recommandation de mâa-ma : ne jamais boire d'eau sans qu'elle ait bouilli. Ils ont dévoré tous les crabes, partagé leur eau de cuisson et attendu la nuit. Victor est retourné encore pêcher à la rizière. Le squelette était celui d'un jeune : il ne lui manquait que peu de dents. Ils se sont mis en marche quand les premières étoiles se sont allumées au ciel, après avoir joint les mains devant leur petit bouddha domestique. Grand-mère Chu avait récité des prières.

Le père de Victor n'a pas hésité. « C'est par là qu'il faut marcher. Le Vietnam est par là. On devrait trouver la forêt. » Il est allé devant. La mère de Victor s'était fait mal à l'épaule en tombant du camion, rien n'était fracturé, les muscles étaient froissés, au pire une foulure d'un tendon à la clavicule ou à l'omoplate. Mais après une heure de marche, elle s'est plainte que les secousses de ses pas la faisaient souffrir. Ils ont noué son *krama* en écharpe, elle y a reposé son bras. La nuit était sans nuages, blanchie par la pâle figure du croissant de lune. L'idée qu'ils marchaient le ventre plein de chair de crabes gavés de la viande du cadavre faisait voir à Victor sur la lune des grimaces de tête de mort. Ils ont marché presque sans s'arrêter. Pour éviter le moindre bruit, il avait coincé leurs gamelles dans son sac à dos, lié fermement la machette à sa ceinture. De temps en temps, pourtant, à leur passage, la nuit écoutait. Les insectes se taisaient. Ils s'arrêtaient alors, aux aguets eux aussi comme un gibier qui fuit le chasseur. Ils ont détourné leur chemin, dès que se profilait au loin la silhouette d'une maison ou d'une hutte. Les chiens, heureusement, ne risquaient pas d'aboyer, tous avaient été mangés.

Toute la nuit, ils ont marché. Il a pris Capucine sur ses épaules quand elle a été fatiguée. Ils ont cru avoir rejoint la forêt lorsqu'ils sont entrés sous les frondaisons de grands fromagers ceints de fourrés de bambous et de caryotas. Mais ils ont retrouvé vite les hautes herbes, les quadrillages de terres désertées de la savane. Capucine a demandé, là-haut, docile : « On arrive bientôt, pâa-pa ? » A l'approche de l'aube, la nuit était redevenue moite. Le pas du père avait fléchi. Victor l'avait rejoint et ils cheminaient ensemble. Ils avaient soif surtout. Ils n'avaient que leur gourde de l'armée américaine qu'ils avaient remplie d'eau bouillie et qu'ils économisaient. Violette et Rose ne réclamaient rien, ne se plaignaient pas. « Il se pourrait qu'on n'atteigne pas la forêt cette nuit », a dit le père. Ils ont franchi à gué une petite rivière, ont plongé les mains dans ses eaux miroitantes dont ils ont arrosé leurs visages en sueur, et ils se sont laissés tomber dans les relents moisis du tapis de feuilles, sous les branches de la rive.

34

Probablement, m'a dit Victor, ses parents seraient arrivés au bout du chemin s'ils avaient eu assez à manger. Ils étaient résistants, habitués à se suffire de rien. Ils marchaient en direction de la frontière vietnamienne parce qu'on leur avait dit qu'en Thaïlande les Cambodgiens n'étaient pas les bienvenus. Ni Victor ni Taï Mouï ne peuvent préciser combien de temps ils ont marché. Six semaines ? Dix ? C'était encore la saison sèche quand ils ont sauté du camion. Quand ils sont arrivés, c'était la mousson. Ils n'ont plus compté au bout de quinze jours, lorsque Victor a dû commencer à porter sa mère. La foulure n'avait pas guéri, au contraire. Elle ne se plaignait pas, mais ils avaient beau lui ficeler le bras sur la poitrine, ils voyaient bien que chaque pas lui enfonçait des couteaux dans l'épaule. Même se coucher lui devenait pénible. Il a donné Capucine à Taï Mouï et a proposé de la prendre avec son sac sur son dos. Sa mère n'était pas lourde. Elle ne pesait désormais guère plus que l'enfant.

Mais, comme si la chute de l'un avait entraîné la dégringolade de l'autre, son père est tombé le lendemain. Ils avaient enfin rejoint la forêt mais n'étaient pas tranquilles pour autant. Les sentiers étaient sillonnés par un grouillement de gens surgis de nulle part et ils ne savaient jamais si c'étaient des familles en fuite comme eux ou des Khmers rouges lancés à leur poursuite. Ils continuaient de se déplacer la nuit, le père fixait le cap, mais marcher à l'étoile, sous les voûtes de la forêt, c'est plus difficile. Ils avançaient lentement. Grand-père Chu a dit que son pied avait heurté la racine d'un fromager. C'est possible, il était pieds nus. Il a dit qu'il ne s'était pas fait mal, mais ils ont avancé de plus en plus lentement parce qu'il était fatigué. Deux jours après, il est tombé à nouveau. Là, il ne s'est pas cherché d'excuse. Il a avoué qu'il avait été pris de vertiges. Il avait maigri. Il n'avait jamais été gros, Victor se souvenait pourtant qu'il admirait son père, demi-nu, quand il rentrait dans la rivière jusqu'aux genoux et lançait le filet qui ramenait les poissons. Désormais, quand le vieil homme enlevait sa chemise, Victor refusait de voir les os saillir sous la peau ridée de sa poitrine et il détournait les yeux.

Ils avaient rejoint les montagnes du Nord et, lorsque son père, malgré son bâton, est tombé pour la troisième fois, il a décidé de le porter aussi. Victor a porté son père et sa mère. Il les prenait l'un après l'autre, dans le noir. Les étapes n'étaient jamais longues, cinq cents mètres, six cents mètres. Il postait les filles en repères sur le chemin, revenait sur ses pas. Une nuit, il a cru qu'il les avait perdues. Il a tourné en rond. Ils étaient dans un paysage de collines, ça montait, descendait. Une autre fois, il a cherché son père sous le flamboyant où il l'avait laissé et, quand il l'a trouvé, ce dernier était assis dans un fourré. Le flamboyant, c'était à l'étape d'avant. Victor, fatigué lui aussi, avait des absences. Ils ont survécu parce qu'ils étaient des paysans, ils connaissaient les racines, les feuilles comestibles. Sous les palmiers à sucre, dans la cabane, ils avaient compensé le manque de riz avec les lentilles des rizières. Grand-père Chu lui avait fabriqué là-bas un lance-pierre que Victor avait emporté et il chassait le jour, pendant que les femmes et les parents dormaient. Il a pu tuer quelques singes, les meilleurs étaient les tout petits, ceux qui tétaient encore leur mère, au goût de cochon ou d'agneau de lait. Ils ont mangé du rat. Du rat, c'est mieux que du crapaud. Un soir, il a déterré de la latérite avec sa machette, des tubercules marron inconnus. Il y en avait beaucoup. Leur chair laiteuse, un peu grasse, n'était pas engageante. Alors grand-mère Chu a dit : « Moi, je vais en manger. Si je suis malade et que je meurs, ce n'est pas grave. Si je survis, alors vous pourrez en manger demain matin. » Elle a survécu, ils les ont mangés, les tubercules avaient un goût amer, ils ont souffert de diarrhées, mais ça, c'était le lot quotidien.

Les filles ne se sont jamais plaintes. Les grandes portaient la petite pour soulager leur mère et elles continuaient avec Capucine le conte de la grande traversée de la forêt. Les poux les dévoraient tous, des bêtes de gros calibre qui détalaient de tous côtés jusque dans les doublures et les sacs et les obligeaient à se gratter sans cesse, jusqu'au sang. A la halte, le jour, les grandes épouillaient leur petite sœur et criaient quand elles avaient réussi à écraser d'un coup d'ongle le père, la mère et le petit. Par endroits, dans les replis surtout, la peau était devenue lépreuse, enflammée par les piqûres, les lentes éclataient sous les ongles, à la fin de la traque les doigts étaient éclaboussés de sang. Et le lendemain tout était à recommencer. « Je crois que nous sommes d'une espèce incomplète, m'a dit Victor. Quoi qu'il nous arrive, on la ferme, on se tait. Tu nous vois à peine débarqués des boat people en mer de Chine, on rase les murs de Paris, se fait tout petits. On se fond dans le paysage. Le créateur a dû oublier quelque chose quand il nous a fabriqués. On n'a pas les plaintes, les cris, les lamentations, les révoltes des autres, on rit. Les Khmers rouges ont pu mettre facilement leur système en place. Un troupeau d'agneaux à l'abattoir. Les vaches meuglent, les chèvres pleurent comme des enfants, des agneaux. Quelquefois, j'aurais voulu la colère des filles. Des hommes importants en France, des journalistes, des intellectuels, des "humanistes" se sont réjouis de l'installation du régime "démocratique” khmer. On a honte de nos malheurs. On les garde en secret. Il ne faut pas que ça se sache. C’est comme si on était coupables des crimes dont on a été victimes. Alors on se cache sous des noms nouveaux, jetant ces noms qu’on aurait tellement voulu faire disparaître quand les assassins nous poursuivaient. On s’arracherait la peau si on le pouvait. On change d’identité. » « C’est toi qui veux changer d’identité, Victor ! » « Je suis français. Je m’appelle Victor. Je m’amputerais de la partie ancienne de mon cerveau, si je le pouvais. Taï Mouï, comme moi, n’y arrive pas. Avec nos filles, plus jeunes, c’est possible. Elles aiment les frites, le saucisson, la baguette de pain, le vin rouge. C’est plus fort que moi, je rase les murs. Je ne raconterai jamais ces choses à ton père qui est mon ami. Est-ce que ton père te parle ? »

Il a porté son père et sa mère sur ses épaules pendant peut-être une semaine, posant l’un pour aller chercher l’autre. Ils étaient légers comme deux petits fagots de bambous secs. Mais quand le jour se levait, le soleil enflammait la fournaise de la forêt et les porter lui devenait de plus en plus insupportable. La tête lui tournait et, un matin, alors qu’ils marchaient, il s’est mis à saigner du nez, l’hémorragie les a obligés à s’arrêter, il était au bord de l’évanouissement. Alors le soir, à l’heure du départ, après la prière à Bouddha, son père lui a rappelé, comme toutes les nuits, la carte du ciel pour poursuivre leur chemin vers le Vietnam – depuis le commencement de leur longue marche, Victor et même les filles s'étaient peu à peu initiés aux chemins du ciel – et puis il lui a dit : « J'ai parlé avec ta mère. Nous sommes trop fatigués. Le corps de ta mère n'est plus qu'une machine à douleur. Elle refuse d'aller plus loin. » Grand-mère Chu somnolait, n'ouvrait quasiment plus les yeux, sauf quelquefois pour lancer un regard égaré, étrange, plein de supplications silencieuses. Elle ne parlait plus. « Vous vous êtes parlé ? » Le père de Victor a eu un geste qui signifiait « Ne m'interromps pas, nous n'avons pas besoin de mots pour parler, ta mère et moi ». « Ça suffit. Nous sommes une charge pour vous. En essayant de nous sauver, vous êtes en train de vous perdre. Alors nous avons décidé que vous alliez maintenant partir sans nous et nous laisser là, tous les deux. » Taï Mouï a voulu s'opposer. « Tu le sais aussi bien que moi qu'on a trop tardé, a-t-il insisté. Victor n'aurait même jamais dû nous porter. Vous auriez déjà passé les montagnes. Pense à tes filles qui sont jeunes. Vous avez fait l'impossible. » Il respirait mal. Son souffle grondait dans sa poitrine. « Dès le saut du camion, on était condamnés, dès le départ de Phnom Penh. C'est trop pour des vieux comme nous, mais je suis content quand même d'avoir fait ce chemin avec vous. Nous avons marché, je crois, dans la bonne direction. Alors voilà :

c'est mon dernier commandement, vous allez nous laisser là, comme ça, on est bien tous les deux... »

Ils étaient allongés sur la butte d'un terre-plein planté de vieux manguiers. Est-ce que la mère de Victor a entendu ce qu'il disait ? Elle a ouvert les yeux. Le père de Victor, à demi relevé, avait la tête appuyée contre le tronc de l'arbre, les pieds nus aux doigts déformés, la plante noircie et craquelée comme du cuir entamé par les pierres. La terre était tiède encore du feu du ciel qui avait brûlé toute la journée sous la canopée, pas une feuille ne bougeait, les insectes de nuit commençaient à corner leurs appels. Il a joint les doigts. « Si vous voulez, on va prier ensemble les ancêtres. » Il a fermé ses vieux yeux. Ils ont joint les mains comme lui, voilà, c'est tout. Le père a rouvert les yeux après la prière et saisi le poignet de son fils. « Je reste avec elle. N'aie pas de regret ! » Taï Mouï a tiré la gourde de son sac pour la lui laisser. « Pas la peine. Vous en aurez plus besoin que nous. » Il a montré les étoiles qui commençaient à s'allumer parmi les branches. « Je vais en profiter, peut-être, cette nuit encore. Allez !... Ne te retourne pas ! La vie, c'est devant... » Ils ont obéi, sont partis.

Quand il s'est retourné, le tertre de ses parents était dissimulé par des fourrés épais et l'obscurité. La forêt baignait dans une moiteur étouffante. Les larmes de Violette et Rose ont commencé de couler un peu après, sans bruit, celles de Taï Mouï. Victor frappait les lianes avec sa machette pour dégager des passages. « Pourquoi grand-pâ et grand-mâ ne viennent pas avec nous ? » a demandé Capucine. « Ils sont fatigués, ils se reposent. Ils nous rejoindront plus tard. » Voilà. Ils ont abandonné leurs parents. Peut-être sa mère serait-elle morte sur son dos, cette nuit-là ? Peut-être son père, la nuit suivante ? « Tu crois qu'on aurait pu faire autrement ? m'a interrogé Victor. Tu crois que j'ai été lâche ? Est-ce qu'on serait encore en vie si on était restés avec eux jusqu'au bout ? Est-ce que ça aurait changé quelque chose si on avait été retardés d'un jour ou deux ? » Il m'a parlé de l'enterrement de son grand-père, le cercueil de bois, les fleurs, les cousins, les tantes, le repas de fête. Ses parents n'ont pas été enterrés. Cette nuit-là, ils ont marché longtemps, il n'a pas eu d'hémorragie, il a frappé les lianes avec sa machette jusqu'à ce que Taï Mouï lui dise : « Arrête, les filles ne peuvent pas suivre. » Avant de se coucher sur les feuilles mortes du sous-bois, il a constaté aux dernières étoiles encore visibles qu'il n'avait pas dévié de la trajectoire indiquée par son père.

Son père s'orientait à partir de la croix du Sud. Il lui disait de repérer l'étoile et, à partir d'elle, il tirait des lignes et retrouvait facilement la carte du ciel et de la terre. Victor imagine qu'une dernière fois, avant de fermer les yeux, son père a regardé la croix du Sud et qu'il est parti tranquille, en tenant grand-mère Chu par la main, sur les chemins du ciel. Victor m'a dit aussi que les mauvais esprits vengeurs venaient le tirer par les pieds, parfois, la nuit. Il se retrouve sur le tertre aux manguiers où ses parents sont couchés et les fourmis arrivent. Quelques-unes seulement au début mais, après, un chemin noir se forme dans la poussière. Elles sont des centaines, des milliers, sur les pieds, les mains, sous les chemises des parents, s'attaquent aux yeux, aux bouches, aux oreilles. Il veut les chasser, se précipiter, mais il est ficelé au tronc du manguier. Il essaie de se libérer. Les corps de ses parents sont changés en grappes vives. Il hurle. La ligne mouvante se détourne vers lui et s'avance pour l'attaquer. Il se réveille en sursaut.

35

La dernière chanson du repas sera *Les Amants de Saint-Jean. « Car on croit toujours aux doux mots d'amour quand ils sont dits avec les yeux… »* On a bu le café, quelques gouttes d'alcool de prune ont lavé les tasses. Les invités se sont pris par les bras et balancent une dernière fois. Et voilà, il est bientôt huit heures, les figures sont rouges, les serviettes tachées de sauce et de vin. Les gens sortent. Il me semble que mon père flageole et se cramponne à la table en se mettant debout, comme s'il avait du mal avec la verticale. Je ne l'ai jamais vu ivre. « Zhida, plaisante-t-il. Tu n'as pas épousé une Française ! Tu as épousé une… Vendéenne ! » Non, il ne titube pas. Il me sourit. Est-ce qu'il aurait enfin déposé son armure ? Gabrielle me tient par le bras. Une ligne de nuages barre au loin l'horizon et cache le soleil, l'orage ne s'en est pas complètement allé, il fait une chaleur de four dans la cour de la Gallifrère. Les hommes ont commencé à déplacer les tables pour laisser la place à la piste du bal. « Pourvu que l'orage ne gâte pas notre feu de Saint-Jean ! »

dit Auguste. Nous nous retrouvons sur les bancs à l'ombre tiède du marronnier. Le cousin Blanchard, un cousin germain de la mère de Gabrielle, vient féliciter la mariée, lui dit qu'elle est belle, qu'elle ne devra pas oublier le plus beau jour de sa vie. Irène m'a présenté ce beau parleur, la soixantaine mûre, un air de Joseph Kessel, la crinière blanche renvoyée en arrière. Les Gallot l'appellent l'aviateur. Sa première femme était hôtesse de l'air, la seconde aussi, il y en aurait eu deux autres, il n'y en a plus.

« Vous êtes donc un enfant de la Chine du Sud ? » demande-t-il à notre père assis près de nous sur le banc. « Oui. » « Je l'ai connue à une époque. J'ai pas mal circulé en Asie. » Un bimoteur d'or en broche est épinglé à sa cravate bleue. Il a été commandant de bord à Air France. Il sort un paquet de cigarettes à filtres dorés, en offre à notre père, à Victor, bat son briquet en forme de lingot. « Quand avez-vous quitté la Chine ? » dit-il en soufflant ses premiers ronds de fumée. Mon père a un vague mouvement de la main, il n'a pas envie en ce moment de s'expliquer sur ce sujet. « Quand les communistes sont arrivés. » « Ah ? C'était quand ? » Mon père souffle à son tour la fumée. « En 1948. » Le cousin hoche la tête. « Moi aussi. A Shanghaï... » Cette fois, notre père le regarde vraiment. « Vous avez connu Shanghaï en 1948 ? » « J'étais jeune pilote du pont aérien entre Shanghaï et Hanoï. » « J'ai pris avec ma femme le dernier avion d'Air France qui a décollé de Shanghaï pour Hanoï. » « Le dernier ? Vous êtes sûr ? » Mon père tire sur sa cigarette. « Le pilote avait un nom de bière... On n'était que six dans ce grand avion. Il pleuvait. On a couru vers l'échelle de coupée. Dépêchez-vous ! Montez ! Les moteurs tournaient... » « Vous dites que le pilote avait un nom de bière ? Ce ne serait pas... Heineken ? » Notre père fixe le cousin dans ses yeux bleus. « Heineken... oui, c'est ça... » « J'étais moi aussi dans cet avion d'Air France qui a quitté Shanghaï !... J'étais le copilote de Heineken... »

Mon père a pâli. Il est tout d'un coup presque aussi blanc que la chevelure du cousin. Il se lève, flageole, ce n'est pas l'ivresse, prend le bras du cousin. « C'est incroyable ! Ce n'est pas possible ! Il était onze heures du soir. Je sortais de prison, nous avons appris que la liaison aérienne allait être interrompue, nous avons pédalé ma femme et moi, ma femme qui n'était pas encore ma femme... » « Il pleuvait, dit l'aviateur, une mousson de chien ! » « Oui, il tombait des cordes. Vous avez décollé à l'aveuglette. Heineken, paraît-il, était un as... » Le cousin hoche la tête. Ils se regardent incrédules, se sourient, écrasent d'un même geste leurs cigarettes dans la boîte de fer-blanc sur le banc, se tombent dans les bras. « Alors, vous y étiez ? » « Les communistes tiraient sur l'aéroport. La pluie nous a permis de décoller et nous a sans doute sauvés. » « Vous le saviez ? » demande mon père à Auguste. « Quoi ? » « Que votre cousin pilotait cet avion ? » « Non. »

Nous les regardons. Ils se tiennent encore la main. La nouvelle se répand. Les gens s'approchent pour entendre. « C'est miraculeux, murmure le cousin. Comme j'ai connu un peu la Chine, j'ai pensé que par hasard... » « Je ne sais pas si c'est le hasard, dit mon père. Nous ne nous sommes peut-être même pas croisés... Vous étiez dans la cabine de pilotage. Nous étions comme deux naufragés, ma femme et moi, au milieu des sièges vides, nos vêtements trempés, nous avons grelotté longtemps... Nous avons dégringolé de l'avion sitôt l'atterrissage, on nous a pris en charge. Nous ne connaissions personne à Hanoï. Vous nous avez sauvé la vie et, trente ans après, vous voilà à l'occasion du mariage de mon fils ! » La voix de mon père tremble, il cherche encore la main du cousin, se tourne vers nous. « Vous nous faites... vous leur faites un incroyable cadeau de mariage ! »

C'est bien notre avis. Zhiqiang règle son appareil photo, cadre les deux compagnons d'échappée, nous demande de poser au milieu d'eux pour fixer ce petit morceau d'éternité. Ils ont allumé de nouvelles cigarettes, se parlent maintenant comme deux amis, s'interrogent sur leur âge. Le cousin dit que l'hôtesse de l'avion était la femme de Heineken et qu'il la lui a piquée peu après. Ça s'est mal passé et la jeune femme et lui ont dû changer d'équipage. Il sourit. Ça ne lui a pas réussi. Sa blonde est partie à son tour quand il est devenu commandant de bord : elle préférait les copilotes !

Ils parlent du vieux Shanghaï, évoquent des rues dont les noms ont changé, des bars où ils sont allés, reviennent à l'avion, leur traversée de la mer de Chine, croisent les souvenirs, comme pour vérifier qu'ils ne se sont pas trompés et ne rêvent pas. Est-ce que nos chemins tournants conduisent quelque part ? Cette rencontre est-elle un signe ? Nous avons cessé un moment d'être les vedettes de la soirée. Les gens s'agglutinent, les regardent, s'étonnent, se réjouissent. Ces retrouvailles ajoutent à l'émerveillement de la fête.

Zhiqiang vient de mettre en vente la jarretière de la mariée. Autrefois, c'était le jeu, un gars hardi se glissait sous la table pour s'en emparer sur la cuisse de la jeune femme. Mon frère vante la qualité de la jarretière, fait monter les enchères sur les marches de la chapelle, la prétend en dentelle de Calais, ses talents de bonimenteur me surprennent, on dirait le marchand de chaussettes qui nous fascinait à la foire de La Faute, pendant l'été. Le gars arrivait avec son béret enfoncé jusqu'au milieu du front, la barbe de trois jours, on aurait dit un vieux, il n'avait pas plus de trente ans. Il descendait la table de camping de sa petite auto grise, dépliait son parasol orange, passait son micro-cravate à son cou et se mettait à parler. Les mots coulaient comme de source, pas toujours les mêmes. On est allés l'écouter plusieurs fois. Son discours variait. Il y mettait de la fantaisie, des touches d'humour en fonction du public, les femmes surtout, les filles qu'il interpellait. Il avait sorti de ses cartons ses paquets de chaussettes, qu'il triturait, retournait, tendait à leurs mains pour leur en donner à palper la douceur. Il brandissait une aiguille à tricoter qu'il enfonçait avec vigueur dans la chaussette pour montrer ensuite que les mailles brutalisées étaient intactes. Il comptait les paires pour les rassembler en petites liasses de cinq, dix, vingt, qu'il proposait à des prix défiant toute concurrence, et les porte-monnaie s'ouvraient, les billets sortaient, la monnaie circulait. Il vendait en été, près de la mer, des grosses chaussettes d'hiver et ne repliait sa table, ne refermait le parasol que lorsque ses cartons étaient vides. Il montait dans son auto, enlevait son béret et repartait. Comme Zhiqiang y va ! Les enchères de la jarretière montent. La somme récoltée ira rejoindre les enveloppes de nos cadeaux de mariage.

Le tonnerre grommelle toujours. Les premières notes de saxo s'élèvent de la chapelle. Gabrielle a distribué ses derniers morceaux de voile aux invités qui les portent à leur boutonnière ou à leur bracelet de montre. Stéphane appelle les invités avec son instrument. Le batteur insiste à battre le rappel. Nous entrons dans la salle. La fenêtre de la verrière ouverte apporte un peu d'air. Mon camarade commence par Strauss, valse de Vienne. C'est au couple de la mariée et son père d'ouvrir le bal. Gabrielle a son petit sourire que j'aime. Par moments, une seconde à peine, elle ferme les yeux, sa robe qu'elle retient du bras vole, ouvre sa corolle, découvre ses chevilles et ses jambes presque jusqu'aux genoux. Valse à l'endroit, valse à l'envers. Sans se concerter, père et fille varient en harmonie, s'accordent, s'arrêtent, repartent, comme guidés par le même métronome invisible. Je comprends que Gabrielle ait le rythme dans la peau, puisque son père l'a. Pour la danse, comme pour la vie, il y a ceux qui sont dans le bon tempo. Stéphane, qui semble prendre plaisir à les accompagner, prolonge le morceau. Les eaux du beau Danube bleu fluent, se mélangent, ruissellent. Aux dernières notes de musique succèdent les applaudissements. Le père et la fille restent un instant dans les bras l'un de l'autre, comme s'ils avaient du mal à retrouver la terre. Auguste embrasse sa fille, Gabrielle, son père, et il lui prend la main. Ils marchent vers moi et il me donne la main de sa fille. Les gens applaudissent de plus belle.

Ça va être à moi, à nous, moi qui ai toujours du mal à danser, et l'ami Stéphane, qui nous connaît, attaque un rock endiablé, une nouvelle ère, une nouvelle danse. Bravo. Nous avons partagé des fêtes avec Stéphane. Je fais comme d'habitude, me fie à Gabrielle, la laisse mener et nous nous en sortons bien. Et peu à peu les invités nous rejoignent. Les camarades, les amis, les cousins, les cousines, les oncles, les tantes. Nous ne sommes plus qu'un couple au milieu des autres.

La buvette est dehors, sous l'arbre, à la lumière des lampions. La nuit est là. Les chauves-souris effleurent les cheveux et font tourner les têtes. Je danse avec Roccio, avec Taï Mouï, avec Irène, avec maman Madeleine. Nous dansons à peine maman Madeleine et moi, elle jase, me dit que la maison était bien vide quand nous, les enfants qu'ils avaient eus pour quelques semaines, étaient partis. Je lui dis que nous ne sommes pas complètement partis, sa main chaude frémit dans la mienne. Elle murmure oui, me parle de nos amies, Hélène et Pauline, les filles du hameau. Vous vous entendiez bien avec ces bougresses ! Ça n'était pas des bougresses. Oh ! quelquefois, si ! Hélène habite toujours Pugny. Elle a deux enfants. Pauline n'a pas eu beaucoup de chance. Elle travaille à Paris, s'est mise avec un gars qui la battait, en a rencontré un autre qui lui a fait un enfant et qui l'a laissée, le petit n'est pas bien. La musique s'arrête. Nous n'avons pas dansé. Nous sommes restés piqués sur place. Nous nous embrassons. Elle me murmure, frémissante, émue, « merci ». « Merci pour quoi, maman Madeleine ? C'est à moi… Nous ne vous remercierons jamais assez, papa Jaud et toi. »

36

Auguste a dit qu'il attendrait la « grand nuit » pour allumer le feu de la Saint-Jean. Il est onze heures. C'est le moment. Il demande à tout le monde de sortir. Le ciel est clouté d'étoiles mais le train de nuages lourds qui continue de défiler au fond est illuminé d'éclairs incessants comme des fusées de feu d'artifice. « Ça va venir, c'est sûr, dit Auguste en s'essuyant le front. C'est comme ça. Les orages finissent toujours par remonter la rivière. » Je tiens Gabrielle par la main, nos doigts se caressent et s'électrisent. La noce suit avec nous le chemin des champs derrière la maison. Quelques-uns brandissent leur briquet, Capucine nous rejoint, avec son père. La petite prend spontanément la main de Gabrielle. Victor dit qu'il a du mal encore à se repérer dans le ciel de notre hémisphère Nord qu'il mélange avec son ciel austral. Il montre le Grand Chariot, le Petit, Vénus, Cassiopée, trouve Orion. Capucine dit que, depuis qu'ils sont dans leur tour du 13e, son père passe des heures sur la terrasse à observer la nuit. Il s'écrie : « Bételgeuse ! », nous indique au bord du ciel sur l'épaule gauche d'Orion l'étoile scintillante d'éclats d'argent et s'enthousiasme de la pureté du ciel de la Gallifrère. Juin est le mois où on la voit le mieux.

Le nez au ciel, dans l'air immobile, on rejoint la prairie où est dressé le bûcher. Les fagots de fournille sont échafaudés, debout les uns par-dessus les autres, en une tour solide, impressionnante et haute de peut-être dix mètres. Auguste dit qu'ils se sont bien amusés, les gars et lui, à monter les fagots et qu'ils ont perché au sommet une gerbe de laurier et de genêt en graines et en fleurs. « Tu verras comme elle va péter, lorsqu'elle prendra feu. » Il nous tend le bouquet d'herbes sèches et le briquet. « Allez-y ! » Nous glissons entre les fagots le bouchon de foin qui fume et semble s'éteindre, et soudain une langue de feu s'allonge, monte, s'étire, se partage en flammèches jaunes qui sautent, crépitent, bondissent. La base du bûcher se consume en ronflant. Les flammes en font le tour. Il n'y a que le milieu où elles couvent et, quand elles l'embrasent, elles explosent en allongeant comme dans un tuyau une impressionnante langue jaune d'or qui remonte presque la tour entière. « Reculez ! » « Ta robe, prévient Irène, fais attention à ta robe, Gabrielle ! » Des fétus enflammés volettent au-dessus de nous. Les Gallot ont bien fait de choisir ce pré vert et frais au bord de la rivière.

Le brasier repousse la nuit, les joues cuisent, les myriades d'étoiles sont encore au-dessus de nos têtes, et puis n'y sont plus : une grasse volute de fumée, rouge au départ, puis noir d'encre, s'étale au-dessus de nous. Mais le feu gagne, les flammes miaulent, se tordent, s'enflent, ronflent. Leurs torsades rejoignent le sommet de la tour et lèchent le bouquet de laurier et de genêt et, quand les gousses de graines éclatent dans une pétarade de feu d'artifice, les noceurs applaudissent. Des lambeaux de fagots s'effondrent en gerbes d'étincelles. Heureusement qu'il n'y a pas de vent. Ça va vite. L'échafaudage tangue, le bouquet lance ses derniers pets et la tour s'incline lentement, se plie et s'écrase dans une éclaboussure de braises. Les gens se sont reculés encore. Auguste, ses frères, ses fils, armés de pelles et de fourches, reforment le tas, rassemblent les tisons. Stéphane souffle dans son saxo et, ça ne m'étonne pas de lui, c'est Zhicheng qui s'avance le premier avec sa dulcinée. « Dis-lui d'attendre un peu ! » me crie Gabrielle. Souriant, mon frère salue. Il salue notre père flanqué de son ami l'aviateur. Des flammes montent encore de l'amoncellement de braises. Il tient la fille par le bras, la regarde. Ils s'invitent, s'incitent, s'élancent, sautent. Ah ! ils sont passés. Ils reviennent. Zhiqiang regarde les gars de Saint-Aubin, le petit sourire moqueur. « Qu'est-ce que vous attendez, les gars ? Allez, sautez maintenant ! » Un couple se décide, s'approche, saute. Ah ! Un autre le suit. Stéphane accompagne chaque saut d'un éclat aigu de son saxo.

On y va, Gabrielle et moi, le feu est moins vif, Gabrielle remonte sa robe jusqu'aux genoux. Ah !

Les couples moins jeunes se pressent maintenant pour enjamber le brasier. Notre maître d'internat à Nantes, le professeur Legendre, disait que la danse met les hormones féminines en ébullition. Victor et Taï Mouï s'approchent à leur tour, les battements des mains qui rythment l'approche des sauteurs et accompagnent la musique redoublent, Victor boitillant, Taï Mouï un peu lourde. Y arriveront-ils ? Quand ils se décident, Victor passe le bras derrière la ceinture de sa femme. Ah ! Dans la forêt, ils ont mangé du cobra, il a tué le serpent à mains nues la veille de franchir la frontière vietnamienne. Epuisés, sur le point d'abandonner, ils ne se savaient pas si près. La faim gonflait le ventre des filles. Un vilain pus suintait de leurs yeux en forme de pruneaux. Ils ne savaient pas qu'ils étaient si près. Sans le cobra, ils auraient abandonné. Victor l'a aperçu, lové au soleil près de son terrier, sur une racine de tamarin. La bête dormait. Victor n'avait plus de machette. Il l'avait oubliée quelques jours plus tôt à leur campement au moment du départ. Ils oubliaient beaucoup maintenant. Ils avaient « oublié » aussi leur précieuse gourde américaine. Sans bâton, il avait déjà attrapé des serpents par la queue et les avait frappés sur le sol pour les assommer. C'était curieux que le cobra ne l'ait pas entendu approcher et n'ait pas regagné son terrier. Il n'était pas sûr que le cobra dormait, mais ce serpent, c'était du manger. Il savait le danger de sa morsure et, pour le tuer, il ne connaissait qu'un endroit à viser, la nuque. Il s'est approché en retenant son souffle, a frappé si violemment que le tranchant de sa main a saigné. Il a vu le sang et cru d'abord que le cobra l'avait mordu, puis l'a vu, immobile, inerte, mort. Il tremblait tellement qu'il a eu du mal à le saisir par la queue. Ils l'ont fait griller et ont eu assez de forces pour repartir. Et c'est alors qu'ils marchaient qu'ils ont entendu des voix derrière eux. Ils ont essayé de se cacher, mais les hommes armés les ont trouvés et ils se sont crus perdus, alors qu'ils étaient sauvés. Ils étaient entrés sur le territoire du Vietnam sans s'en apercevoir.

Capucine et Violette demandent une photo avec leurs parents devant les braises. Sommes-nous doués d'un talent inné pour recoudre nos blessures et cicatriser ? Le père, la mère et les trois filles posent devant les derniers éclats rougeoyants du feu de la Saint-Jean. « Allez, maintenant, demi-tour, on rentre, dit Auguste. A la brioche ! » « A la brioche ! » reprennent en chœur les noceurs. Le boulanger de Saint-Aubin a pétri, tressé en couronne cette brioche spéciale pour la noce. Posée sur une civière en bois munie de quatre poignées pour la porter, elle mesure un mètre de diamètre. Je suis prévenu, le marié doit danser la brioche. C'est l'ultime épreuve. Brioche et civière pèsent autour de trente kilos. Brandir la civière en dansant est gage de virilité et de prospérité. « Ils n'ont plus de pain. Donnez-leur de la brioche ! » Mon petit frère est à son affaire : le batteur lui a laissé sa place. Le boulanger et son commis apportent la brioche au milieu de la chapelle. Stéphane attaque une polka. La brioche se danse sur un air de polka. Je me glisse sous la civière qu'ils m'aident à soulever à bout de bras et je danse.

Mon papa ne veut pas,
Que je danse, que je danse… la polka !

Je tangue avec mon fardeau qui tire sur mes poignets, mes bras, mes épaules. Je dois garder la civière bien droite et ne pas faire tomber la brioche. « Je suis un sanglier, mâa-ma ! » Les gens tournent autour de moi en battant des mains. Je tourne encore quelques pas et Gabrielle me rejoint, ajoute ses mains, ses bras, à deux, c'est mieux, la prospérité, à deux. Les danseurs ont formé une chenille qui passe entre Gabrielle et moi, sous la brioche, Auguste et mon père viennent à leur tour et nous remplacent. La chenille nous emporte et ça dure, tout le monde veut y passer, les danseurs se succèdent pour danser quelques pas avec la brioche. Stéphane enfile les polkas, pendant dix minutes, un quart d'heure, vingt minutes, Zhicheng se régale à la batterie. Quand ils s'arrêtent, les danseurs épuisés s'effondrent en nage sur les chaises. Le café est chaud. Les couteaux tranchent le gâteau.

Le cadeau de mon père

Nous avons prévu de profiter du mouvement autour des plateaux et des tasses et de nous éclipser pendant la pause de la brioche. Notre voiture attend sous le hangar à foin derrière la ferme. J'ai souhaité repartir par où je suis arrivé la première fois. Le boulanger parfume sa brioche ultra-légère à la fleur d'oranger. Il y avait des orangers de chaque côté de la grille à l'entrée du lycée Descartes, à Phnom Penh. A la saison, le parfum sucré des fleurs embaumait le trottoir. Les filles glissaient les délicates fleurs blanc et jaune dans leurs tresses. Je revois ma mère, un dimanche, le chapeau à la main sur le Phnom. Elle cueille une fleur dans l'arbre. Des pétales tapissent le sol sous nos pieds. Mais il n'y avait pas d'orangers sur le Phnom. C'est une fleur de pamplemoussier. Elle la glisse dans le galon de son chapeau.

Gabrielle est déjà partie. Je sors discrètement dans la cour. Nous sommes convenus de nous en aller chacun de notre côté pour ne pas attirer l'attention. Une lourde couverture de nuages pèse désormais dans le ciel. J'ai ma redingote sur le bras, je suis encore en nage. La nuit n'a pas apporté de fraîcheur. Ulysse, attaché sous le hangar, m'a reconnu et se tait. J'ouvre la portière de la voiture, lorsqu'un éclair déchire le noir et me montre la Gallifrère comme par un ultime coup de flash. Le tonnerre gronde. J'ai vu la soie de notre drapeau immobile sur le toit de la chapelle. S'il tombe sur le paratonnerre est-ce que l'éclair va le calciner ? Soie rime avec joie. « Allez, on s'en va. » Gabrielle enserre mon genou, tandis que je démarre. Nous allons passer le reste de la nuit chez les Carré, les parents de la cavalière de Zhicheng. Leur maison jouxte la cathédrale, à Luçon, et le dentiste Jean Carré appelle sa « garçonnière » la petite construction qu'il a aménagée au fond de leur jardin, où nous serons bien.

Les premières gouttes crépitent sur le pare-brise alors que nous n'avons pas encore rejoint la grand-route. Le vent brasse maintenant les arbres de la haie. Un éclair nous aveugle et son tonnerre explose tandis que la pluie redouble, brutale, comme si le ciel venait de s'éventrer, puis se change en grêlons qui crépitent sur la tôle du toit. Gabrielle appuie la tête contre mon épaule. « Tu n'as pas peur ? » « Pas avec toi. Pas cette nuit. » Les grêlons cognent encore plus fort. Gabrielle se rapproche un peu plus, nous n'occupons presque qu'un siège à deux. La route devient blanche par endroits comme s'il avait neigé. Nous n'avançons presque plus, une voiture arrive en face, au pas aussi, je me range et m'arrête pour la laisser passer. « C'est beau, ce blanc, tout d'un coup... murmure Gabrielle. On dirait un tapis exprès pour nous... » « Tu crois que ça ne sera pas trop lourd tout ça ? » « Quoi donc ? » « Ce passé, ces histoires. » « Au contraire. C'est notre chance. » Elle se pelotonne contre moi, palpe le papier qui craque dans ma poche. « Qu'est-ce que c'est ? » Je l'avais oubliée. C'est l'enveloppe que mon père m'a remise à la fin de la cérémonie du thé et que je n'ai pas ouverte. « Je peux voir ? »

Les éclairs fusent encore mais la grêle cède la place à la pluie. Je redémarre au ralenti. Généralement les parents chinois glissent dans l'enveloppe une liasse de billets ou un chèque. Je l'ai oubliée parce qu'elle m'a paru si légère et très plate. Gabrielle allume le plafonnier. « Doucement... » me dit-elle parce que j'accélère. Elle retire de l'enveloppe l'habituel papier pelure de mon père. Il n'y a presque rien d'écrit dessus, tout juste trois lignes manuscrites à l'encre bleue. Gabrielle me la tend, la glisse devant le volant, me dit : « Lis ! » et, tandis que je conduis, les trois lignes sautent devant mes yeux. Je lis : *Si tu veux, Zhida, vous venez vous installer avec moi à Hong Kong. Je t'apprendrai l'acupuncture. On prendra le temps qu'il faudra, six mois, un an. En France, l'acupuncture est une science nouvelle. Tu peux devenir un pionnier ici, si tu veux.* Il a signé : *Ton père.*

Mon père. Je freine et m'arrête sur le bas-côté une seconde fois. Gabrielle se blottit plus près encore, je ne sais pas si c'est son pouls ou le mien qui bat si vite à mon oreille. « Tu n'as pas pu faire la spécialisation en gynécologie, comme tu le souhaitais, dit-elle, sa main caressant ma joue. Tu vas devenir acupuncteur… » Elle ajoute comme pour me convaincre : « C'est notre chance… » J'avais prévu de m'installer médecin à Luçon à la fin de l'été. La lettre de mon père est devant nous, sur le tableau de bord. Elle l'attrape, nous la relisons ensemble. « Tu crois que ça peut marcher, avec mon père ? » Gabrielle bat des mains : « Nous allons aller vivre six mois, un an à Hong Kong ! » Je redémarre en tenant la main de ma femme. La tête appuyée sur mon épaule, elle ferme les yeux. Je perçois son souffle qui s'allonge, elle dort.

Quand on entre dans Luçon, il ne pleut plus. A peine si la route est mouillée. Gabrielle se redresse, réveillée avant que je coupe le moteur. Je descends la valise de nos vêtements pour demain. Elle a la clé de la petite porte de bois plein du fond de l'impasse. Le jardin qui s'égoutte sent la terre fraîchement détrempée. Elle tire le verrou derrière nous. « S'ils veulent entrer pour la soupe à l'oignon, me dit-elle en marchant vers moi, ils passeront par la maison et on les entendra venir. » La figure ronde de la lune jaillit de la masse noire des nuées qui s'écartent, la flèche de la cathédrale incline sur le jardin son ombre bleue, je tends les bras, ma femme en robe blanc et jaune, banane, se jette contre moi, je l'embrasse. Des aiguilles ! J'ouvrirai peut-être, bientôt, ici, mon cabinet de Chinetoque poseur d'aiguilles. Elle me dit en m'embrassant parce qu'elle lit tout ce qui tourne dans ma tête : « Tu l'ouvriras. » J'ai besoin d'elle pour essayer de recoudre là-bas ce qui s'est déchiré depuis si longtemps entre mon père et moi. « On y arrivera ! »

Vous souhaitez en savoir plus sur les livres et les auteurs de la collection Terres de France ?

Retrouvez toutes les informations sur le site
www.collection-terresdefrance.fr
et abonnez-vous à notre lettre d'information.

Suivez-nous également sur notre page Facebook
et sur notre fil Twitter.

Imprimé en France par CPI
en avril 2017

Composition et mise en pages
Nord Compo à Villeneuve-d'Ascq

Dépôt légal : avril 2017
N° d'impression : 141118